KIRA HOF

Pulverschneeherzen

Über die Autorin

Kira Hof kam im Sommer 1981 zur Welt. Seit ihrer Geburt wohnt sie in einem wunderschönen Dorf in Nordhessen. Da ihr Mann ebenfalls von dort stammt, bestand ihr erster und einziger Umzug darin, von einem Dorfende an das andere zu ziehen. Zu ihrer Familie gehören außerdem die beiden Töchter und aktuell drei Katzen und zwei Kaninchen.

Kira Hof

Pulverschneeherzen

Lübbe

Die Bastei Lübbe AG verfolgt eine nachhaltige Buchproduktion. Wir verwenden Papiere aus nachhaltiger Forstwirtschaft und verzichten darauf, Bücher einzeln in Folie zu verpacken. Wir stellen unsere Bücher in Deutschland und Europa (EU) her und arbeiten mit den Druckereien kontinuierlich an einer positiven Ökobilanz.

FSC
www.fsc.org
MIX
Papier | Fördert gute Waldnutzung
FSC® C014496

Dieser Titel ist auch als E-Book erschienen

Vollständige Taschenbuchausgabe
der bei Bastei Lübbe erschienenen E-Book-Ausgabe

Umschlaggestaltung: Birgit Gitschier, Augsburg unter der Verwendung von Motiven von © shutterstock: Jenny Sturm (HG), PH888 (Paar), Romanova Ecaterina (Rahmen), Andre_Eva (Sterne)
Satz: 3w+p GmbH, Rimpar
Gesetzt aus der Adobe Caslon Pro
Druck und Verarbeitung: GGP Media GmbH, Pößneck

Printed in Germany
ISBN 978-3-404-19260-1

3 5 4 2

Sie finden uns im Internet unter luebbe.de
Bitte beachten Sie auch: lesejury.de

Prolog

Durften sie so was? Gab es kein Gesetz, das Eltern zwang, ihre Kinder – ja, auch die volljährigen – an Weihnachten nicht allein zu lassen? Wenigstens nicht ohne schriftliches Einverständnis. Thailand? Als ob es hier in Nordhessen nicht genauso schön war. Nasser vielleicht und ein bisschen kälter um diese Jahreszeit, aber dennoch schön. Außerdem war es eine Tradition, mit allem, was dazugehörte. Mit Kirche, Kochwurst und Kartoffelsalat. Mit Bescherung, »Drei Haselnüsse für Aschenbrödel«, Glühwein und Plätzchen. So war es die letzten neunundzwanzig Jahre gewesen, so mochte ich es, und so sollte es sein.

Jetzt saß ich im Wohnzimmer meiner Eltern auf der vertrauten blaugrauen Couch und stellte mir mein diesjähriges Weihnachtsfest vor.

»Ach, Lilou, Schatz. Nun schau nicht wie drei Tage Regenwetter.« Mama seufzte.

»Tu ich nicht. Ich freue mich doch für euch.«

»Du weißt, davon träumen dein Vater und ich schon lange. Und worauf warten? Frau Bornemann hat immer davon gesprochen, was sie noch alles erleben wollte. Und schwups liegt sie unter der Erde. Das soll uns nicht passieren.«

»Ihr braucht euch nicht zu rechtfertigen, ich komme klar.«

Das schlechte Gewissen in Mamas Gesicht sorgte auch bei mir für eines. Natürlich sollten sie fahren. Mein in mancher Hinsicht verkorkstes Wesen durfte kein Grund sein, sie von ihrem Traum abzuhalten. Was so oder so nicht mehr möglich war. Sie hatten sich entschieden und die Reise gebucht, bevor sie mich eingeweiht hatten. Ziemlich schlau und ein wenig hinterhältig. Hätte ich ihnen gar nicht zugetraut.

Andererseits war es natürlich nicht so, als könnte man mich nicht allein lassen. Ich führte ein eigenständiges Leben, verdiente mein eigenes Geld und wohnte einzig aus dem Grund zu Hause, weil es sich um ein Zweifamilienhaus handelte. Wenn man es genau nahm, hatte ich also auch eine eigene Wohnung. Alles ganz normal für Leute in meinem Alter. Wäre da nicht diese klitzekleine Macke: Ich hasste Veränderungen. Hauptsächlich die, auf die ich keinen Einfluss hatte. Was in meinem Alltag zu einer Menge Ritualen, immer gleichen Abläufen und durchorganisierter Planung führte. Unvorhersehbare Ereignisse waren für mich schlimmer als das Umstyling für die Mädchen bei »Germany's Next Topmodel«.

Allerdings handelte es sich bei dem Thailand-Urlaub meiner Eltern nicht um ein komplett unvorhersehbares Ereignis. Sie hatten es des Öfteren erwähnt. Und ich hatte es genauso oft verdrängt. Dennoch brachte es meine Routine jetzt völlig durcheinander.

»Du kannst Lisa und Stefan fragen, ob du einen Weihnachtstag bei ihnen verbringen kannst«, schlug Mama vor.

Die beiden gehörten zu den wenigen Menschen, die ich meine Freunde nannte. Lisa und ich waren in derselben Straße aufgewachsen und kannten uns daher seit Kindertagen. Sie hatte meine Zurückhaltung anderen Menschen gegenüber nie als Hindernis betrachtet, mich besser kennenzulernen. Schnell war eine Vertrautheit entstanden, die uns bis heute eng miteinander verband. Auch Stefan hatte ich sofort gemocht, als er vor vier Jahren Lisas Herz erobert hatte. »Soweit ich weiß, feiern sie dieses Jahr Weihnachten bei Stefans Schwester in Frankfurt. Und bevor du fragst, Chrissy ist mit Robert im Urlaub.«

Chrissy, mit bürgerlichem Name Christina, war all das,

was ich nicht war. Spontan, selbstsicher, abenteuerlustig. Aber Gegensätze zogen sich bekanntlich an. Sie war mit ihrem Freund Robert vor ein paar Jahren in die Doppelhaushälfte neben uns eingezogen. Mit ihrem großen Herz hatte sie mich schnell auf ihre Seite gezogen.

Ich konnte sehen, wie es im Kopf meiner Mutter arbeitete. »Mit einem Mann an deiner Seite müsstest du Weihnachten jetzt nicht allein sein«, legte sie los. »Dann wärst du vielleicht auch mit ihm im Urlaub, oder ihr würdet als kleine Familie zusammen sein. Ach ja, Enkelkinder, die aufgeregt um den Weihnachtsbaum flitzen …« Sie verstummte und schaute versonnen vor sich hin.

Ich erwiderte nichts. Eine Reaktion erwartete meine Mutter schon lange nicht mehr. Sie fiel sowieso jedes Mal gleich aus. Trotzdem wurde sie nicht müde, das Thema zu erwähnen.

Ohne Partner und Kinder, die spontan vom Himmel fielen, waren meine Alternativen allerdings erschöpft. Familie gab es so gut wie keine. Meine Eltern waren beide Einzelkinder, ich auch. Also galt es jetzt, einen Plan für die Feiertage festzulegen.

»Wir hätten es besser gemeinsam besprechen sollen, statt über deinen Kopf hinweg zu entscheiden.«

Ich stand vom Sofa auf und drückte meiner Mutter, die aussah, als würde sie überlegen, wie sie mich ins Handgepäck schmuggeln konnte.

»Ich werde es mir hier einfach richtig gemütlich machen. Vielleicht schneit es endlich mal. Ich werde wunderbar zurechtkommen. Und um mich versöhnlich zu stimmen, wäre es ganz zauberhaft, wenn du mich bis zu eurer Abreise mit Essen verwöhnst.« Ich grinste sie an.

Der letzte Satz verursachte auf den Gesichtern meiner Eltern ein Lächeln. Mein innerer Monk lächelte ebenfalls. Er durfte sich an einer Weihnachtsliste austoben.

Kapitel 1

Weihnachtsliste

So verbringe ich meinen Heiligabend:

9:30 Aufstehen
Anschließend duschen
Dann Frühstück (mehr Zeit als sonst eingeplant, da ich auf einen Weihnachtsbaum und das Schmücken verzichte)
11:00 Pellkartoffeln kochen für Kartoffelsalat (Tradition ist Tradition)
Gewürzgurken in Würfel schneiden
Dressing mixen
11:45 – 12:30 Ich gönne mir eine Folge »Lucifer«. In der Zeit können die Kartoffeln abkühlen.
12:30 Kartoffeln pellen und alles andere vorbereiten
13:00 Kleinigkeit essen (wahrscheinlich einen Toast)
13:30 Jogginghose gegen Jeans tauschen
14:00 »Aschenbrödel« gucken
17:00 Kirche (noch zu prüfen, da allein, aber Tradition und so)
18:30 Abendessen
Anschließend Tag ausklingen lassen (mindestens zwei Folgen »Lucifer«)

Die Liste hing sichtbar an meiner Pinnwand. Ich hatte sie in den vergangenen Wochen das ein oder andere Mal überarbeitet. Der Punkt »Kirche« war weiterhin mit einem Fragezeichen versehen. Das gefiel mir nicht. Ich musste dringend darüber nachdenken. Bis Heiligabend waren es schließlich nur noch vierzehn Tage. Um es nicht länger aufzuschieben, speicherte ich mir für morgen früh um elf einen Termin ins Handy. Jetzt brauchte ich einen freien Kopf, um den Artikel über die nächste Wunderdiät zu redigieren. Am liebsten würde ich jedes Mal darunterschreiben: *Leute, glaubt diesen Mist nicht.*

Aber Job war Job, und grundsätzlich gefiel er mir. Ob ich bis ins Rentenalter für die Online-Redaktion eines Frauenmagazins arbeiten würde, bezweifelte ich jedoch stark. Seufzend klappte ich den Laptop auf, stellte den Timer auf sechzig Minuten und begann mit der Arbeit.

Mit dem ersten Durchgang war ich vor Ablauf der Zeit fertig. Trotzdem wartete ich geduldig auf das Alarmzeichen, erst dann stellte ich den Timer aus.

Inzwischen war es dunkel geworden. Nur mein Schreibtisch wurde vom Lichtkegel der kleinen Stehlampe erhellt. Ich ließ die Schultern kreisen und massierte mit den Fingern meine verspannte Nackenmuskulatur. Vielleicht sollte ich mir zu Weihnachten selbst ein Geschenk machen und mir ein paar Massagen gönnen. Ja, die Idee war es wert, ihr einen weiteren Gedanken zu widmen. Ich zog ein Post-it aus der Schublade, schrieb das Wort »Massage« darauf und pinnte es an die Magnettafel an der Wand. Dabei fiel mein Blick auf einen anderen Klebezettel, der dort haftete und mir mit seiner neonpinken Signalfarbe förmlich entgegensprang. Es standen gleich mehrere Wörter drauf. Klein, aber lesbar. Was eigentlich egal war, ich kannte sie auswendig. Ich atmete hörbar aus und löschte gleichzeitig das Licht. Es dauerte einen Moment, bis meine Augen sich an die Dunkelheit gewöhnt hatten und erste Umrisse erkennbar wurden. Ich ging langsam zur Tür und in die Küche. Aus dem Kühlschrank holte ich den fertig angerichteten Salat, vermengte und schmeckte ihn ein letztes Mal ab. Mit der Schüssel im Gepäck klopfte ich kurz bei meinen Eltern.

»Ich bin jetzt weg«, rief ich Richtung Wohnzimmer.

»Okay«, kam es von drinnen, »viel Spaß. Grüß lieb von uns.«

»Mach ich, danke.«

Ich trat auf den Bürgersteig, nur um gleich wieder im nächsten Hauseingang zu verschwinden. Die beste Freundin als Nachbarin zu haben war einfach durch nichts zu toppen.

»Pünktlich auf die Minute«, begrüßte Chrissy mich.

Ich zuckte mit den Schultern; was sollte ich sagen? Wir hatten alle unsere Macken. Chrissy konnte zum Beispiel an keinem Stand mit Sonnenbrillen vorbeigehen, ohne danach mindestens eine davon zu ihrem Besitz zu zählen. Sie hatte gefühlt einhundert Stück, die sogar ihren eigenen Schrank besaßen.

Ich folgte ihr durch Flur und Wohnbereich in den dahinterliegenden Wintergarten. Dieser reichte über die gesamte Hausbreite. Eine große Flügeltür führte in den Garten, wo Robert gerade am Grill stand und das Fleisch wendete. Um ihn zu begrüßen, stellte ich den Salat ab, öffnete eine der Türen und rief ihm ein »Hallo« zu. Lächelnd winkte er mir mit der Grillzange in der Hand.

»Stell einen Mann an den Grill und er erfüllt dir jeden Wunsch.« Chrissy stand hinter mir, den Blick auf ihren Freund gerichtet.

»Und?«

»Und was?« Sie grinste breit. »Ich habe möglicherweise vorhin erwähnt, wie glücklich ich wäre, wenn wir endlich das Badezimmer renovieren könnten.«

»So bescheiden.«

»Hey, du findest es auch furchtbar.«

»Senfgelb ist wieder total in.«

»Mmh.« Chrissy funkelte mich an. »So schade, dass du schon gehen musst. Dabei bist du grad erst gekommen.«

Ich streckte ihr lachend die Zunge raus und plumpste in

einen der Sessel. »Hast du was gesagt? Ich konnte dich nicht hören.«

Die Klingel unterbrach unsere Frotzelei. Chrissy ließ mich kurz allein, um zu öffnen. Mein Blick glitt zu Roberts selbst gebauter Theke aus Paletten, hinüber zu Chrissys neuestem Werk, einem Makramee-Traumfänger. Die beiden waren handwerklich begabt und hatten im Haus fast alles in Eigenarbeit renoviert. So, wie es aussah, stand das nächste Projekt schon in den Startlöchern. Meine Freundin machte selbst vor dem Fliesenlegen keinen Halt.

Mut. Vor meinem inneren Auge tauchte der neonpinke Klebezettel auf. Ich schüttelte den Kopf, in der Hoffnung, die Gedanken würden sich neu sortieren wie Würfel in einem Würfelbecher.

Zum Glück wurden in diesem Moment die Stimmen lauter, die sich aus dem Haus näherten. Chrissy tauchte mit Ludmilla und Eugen im Schlepptau auf. Den beiden gehörte der andere Teil der Doppelhaushälfte.

»Lilou, wie schön. Endlich klappt es mal wieder.« Ludmillas glockenklare Stimme, mit der sie am Staatstheater Solos schmetterte, erfüllte den Raum.

Ich lächelte und stand auf. »Ja, ich freu mich auch.«

Wir umarmten uns. Danach drückte mich Eugen an sich, der körperlich so ziemlich das genaue Gegenteil von seiner zierlichen Ehefrau war. Ein Schrank von Mann mit einem Gesicht eines knuffigen Teddybären. Er besaß eine eigene Dachdeckerfirma und packte gern selbst tatkräftig mit an. Im ersten Moment ein skurriles Paar, aber herzensgute Menschen.

»Das Fleisch müsste eigentlich gleich so weit sein«, bemerkte Chrissy mit einem Blick nach draußen.

»Ich werde mich davon kurz überzeugen«, sagte Eugen grinsend und ging durch den beleuchteten Garten zu Robert. Um die Äste der beiden halbhohen Apfelbäume rankten Lichterketten bis in die Kronen hinauf. Über einem ausladenden

Holunderbusch war ein Netz gespannt, dessen winzige Glühbirnen eine glitzernde Decke bildeten. Auf der gegenüberliegenden Seite standen zwei Sterne aus gebogenem Draht, deren Schein ebenfalls die tiefschwarze Nacht erhellte. Jetzt fehlt nur noch der Schnee, dachte ich und spürte zum ersten Mal in dieser Adventszeit einen Hauch von Weihnachtsstimmung in mir aufkommen.

Wir Frauen öffneten die erste Flasche Sekt und stießen auf einen gemütlichen Abend an.

Unser Wintergrillen war seit zwei Jahren ein fester Bestandteil in unseren Terminkalendern. Dank Ludmilla mussten unsere Treffen im Voraus oft langfristig geplant werden, was ich sehr zu schätzen wusste.

»Wer hat Hunger?«, fragte Robert, der mit einer Platte voller Leckereien im Wintergarten auftauchte.

Als Antwort klingelte es erneut an der Tür. Diesmal waren es Lisa und Stefan.

»Das nenne ich Timing«, kommentierte Robert ihr Eintreffen und winkte mit der Fleischgabel.

Lachend und plappernd begrüßten wir einander, setzten uns dann an den Tisch und ließen es uns schmecken. Es gab Würstchen und Steaks, gegrilltes Gemüse, drei verschiedene Salate und Kräuterbaguette. Ständig wurde irgendetwas davon über den Tisch hin und her gereicht. Es war faszinierend, welche Lautstärke sieben Personen verursachen konnten. Zum Nachtisch gab es noch Ludmillas unfassbar leckeren russischen Honigkuchen.

Ich legte die Gabel auf dem Teller ab, lehnte mich zurück und rieb mir den vollen Bauch. »Hilfe, Leute, ich platze.«

»Ich auch«, stimmte Chrissy mit ein.

»Und ich erst«, stöhnte Stefan.

Eugen lachte mit seiner tiefen Baritonstimme. »Dann wird es Zeit für den Schnaps.« Er stand auf und verschwand im

Haus, das zwar nicht seins war, in dem er sich aber, wenn es um Alkohol ging, nicht weniger gut auskannte.

Die klare Flüssigkeit brannte sich ihren Weg in meinen Magen. Ich hustete zweimal und schüttelte mich. Es blieb mir ein Rätsel, wie man Gefallen daran finden konnte. Noch während ich diesen Gedanken zu Ende dachte, füllte Eugen die Gläser erneut. Ich stöhnte auf, brachte es schnell hinter mich und mein Glas in Sicherheit. Mit einem großen Schluck Sekt spülte ich nach.

»Ach, Ludmilla«, meinte Chrissy freudig, »dein Tipp mit dem Sportladen war übrigens hervorragend. Ich habe mir einen megatollen neuen Skianzug gekauft. Ein echtes Schnäppchen.«

»Oh, das freut mich. Ihr fahrt auch am Freitag, richtig?«

»Ja, wir hatten an vier Uhr morgens gedacht. Mal schauen. Ich kann es kaum erwarten. Endlich Schnee!«

Die beiden vertieften ihr Gespräch über Skiurlaube, die neuesten Trends und das Für und Wider von Après-Ski-Partys. Irgendwann beteiligten sich auch die anderen und gaben Anekdoten zum Besten. Ich hörte zu, denn mein erster und einziger Kontakt zu diesem Sport hatte in der achten Klasse stattgefunden. Definitiv kein Thema zum Vertiefen.

»Lilou, weißt du noch … Berchtesgaden? Unsere erste gemeinsame Klassenfahrt? Hilfe!!« Lisa schlug lachend die Hände vors Gesicht.

Hilfe war das richtige Wort. »Oh ja … lange her.«

»Egal, ich kann mich noch sehr gut erinnern. Wir hatten riesigen Spaß.«

Ich schaute Lisa mit gesenktem Kopf fragend an. »Bist du sicher, dass wir dieselbe Fahrt meinen? Die …«

»… auf der du unserem Skilehrer mit dem Kopf voran in die Eier gefahren bist? Genau die«, unterbrach Lisa mich und prustete los.

»Hey, du hast geschworen, nie wieder darüber zu sprechen.«

»Tut mir leid«, gluckste sie und wischte sich die Lachtränen aus den Augenwinkeln. »Ich sehe es grad deutlich vor mir. Du warst so unsicher auf den Brettern und konntest einfach nicht bremsen. Warum hast du dich eigentlich vorgebeugt? Wolltest du unter ihm durchtauchen?« Ein weiterer Lachanfall schüttelte ihren Körper.

Inzwischen kicherten auch die anderen. Selbst ich konnte nicht länger ernst bleiben. »Ich hasse dich«, brachte ich heraus, bevor ich in ihr Lachen einstimmte.

Kurz vor ein Uhr nachts öffnete ich die Tür zu meiner Wohnung und streifte die Schuhe von den Füßen. Vorsorglich ging ich in der Küche an meine Schublade mit Medikamenten. Ein Aspirin konnte nach einem feuchtfröhlichen Abend wie diesem nie schaden. Nicht, dass ich betrunken wäre. Maximal ein bisschen. Was an dem blöden Schnaps liegen dürfte. Sekt vertrug ich nämlich hervorragend.

Nachdem die Tablette sich aufgelöst und ich das milchige Gebräu hinuntergeschluckt hatte, füllte ich mein Glas mit Leitungswasser auf und setzte mich auf die Couch.

Es war ein wunderbarer Abend gewesen. Ich grinste vor mich hin, als ich an unseren Lachflash zurückdachte. Dann wurde ich urplötzlich ernst. Solche Geschichten entstanden nicht, indem man allein auf der Couch saß. Chrissy und Robert hatten Dutzende witzige Momente in petto, genau wie Ludmilla und Eugen oder Lisa und Stefan. In einer Woche fuhren vier von ihnen in den Urlaub und kehrten mit weiteren Erinnerungen zurück. Während ich – na, was wohl? – auf der Couch saß. Weil Urlaub ein unvorhersehbares Ereignis war, und ich mochte unvorhersehbare Ereignisse nicht. Weil es niemanden an meiner Seite gab, der die Ereignisse mit mir teilte, der gemeinsam mit mir Erinnerungen schuf. Ein paar

Mal hatte jemand neben mir auf der Couch gesessen. Aber nie sehr lang. Mal hatte er mich nicht so toll gefunden wie gedacht, mal ich ihn nicht. Große Gefühle kannte ich nicht. Was ich schade fand. Es wäre schön, einen Partner zu haben, der mich liebte, der mich akzeptierte, wie ich war, mit dem ich reden und lachen konnte. Oft schon hatte ich mich gefragt, was mit mir nicht stimmte. Andererseits – musste ich mir die Frage überhaupt stellen? Stimmte mit mir was nicht, nur weil ich solo durchs Leben ging? Ich fühlte mich deswegen manchmal unvollkommen. Was nicht nur an meinen eigenen Sehnsüchten lag. Vielmehr war es die Gesellschaft, die mir einen Stempel aufdrückte. Die Mitmenschen um mich herum, die einem dieses Gefühl vermittelten.

Meine Mutter zum Beispiel konnte das in Perfektion. Sobald *sie* entschieden hatte, dass sie bereit dazu war, Oma zu werden, war ich plötzlich im gebärfähigen Alter. Ohne Schwiegersohn so eine Sache. Also waren mir ab dem Moment immer wieder kleine Erinnerungspfeile um die Ohren geflogen. Und wehe, im Bekannten- oder Freundeskreis fielen die Worte Heirat oder Schwangerschaft. Es war weniger ein versteckter Vorwurf als ein Wunsch. Den Druck spürte ich dennoch, und zwar ziemlich. Ob ich wollte oder nicht. Die Bürde eines Einzelkindes. Sonst hätte ich wenigstens einen Teil des Drucks abgeben können. Tja, man bekam nicht immer das, was man sich wünschte.

Was nicht hieß, dass man seinem Glück nicht auf die Sprünge helfen konnte. Warum sollte ich nicht das nächste Mal diejenige sein, die von ihrem Urlaub erzählte. Es lag allein an mir, das zu ändern. Ich war erwachsen und in der Lage, eigene Entscheidungen zu treffen.

Entschlossen legte ich den Laptop auf meinen Oberschenkeln ab und klappte ihn auf. *Wohin soll es gehen?* Ich könnte es meinen Eltern gleichtun und ins Warme flüchten. Oder dorthin fahren, wo der Winter seinen Namen noch verdient hatte. Vielleicht war es nicht nur an der Zeit, allein in den Urlaub zu fahren. Vielleicht wurde es Zeit, dem Gespenst der Vergangenheit entgegenzutreten und mich wieder auf Skier zu stellen. Warum nicht? Die Idee gefiel mir von Sekunde zu Sekunde besser. Ich tippte »Single« und »Winterurlaub« in das Suchfeld ein und scrollte mich durch die Ergebnisse. Ein Link führte mich auf die Seite eines lokalen Busreiseunternehmens.

Singlereise ab 18 Jahren – 11 Tage Ischgl – HP – inkl. Skikurs und Ausrüstung – Termin 17. bis 27. Dezember

Genau danach hatte ich gesucht. Perfekt. Los, Lilou, auf geht's, motivierte ich mich. Kein Problem, ich musste bloß meine Daten eingeben, fertig. Statt genau das zu tun, klappte ich den Laptop wieder zu.

Der 17. Dezember, war ich irre? Der war schon in einer Woche. Ich konnte niemals in einer Woche verreisen. So was brauchte Vorlaufzeit, Planung. Ohne mich schlaugemacht zu haben, konnte ich nicht mal eben mit irgendeinem Busunternehmen nach Ischgl, in ein fremdes Hotel reisen. Wem machte ich hier etwas vor?

Frustriert ging ich in die Küche. Im Kühlschrank fand ich eine angebrochene Flasche Sekt, im Kühlfach eine Schachtel Stracciatella-Eis.

Damit bewaffnet hockte ich wenig später wieder auf der Couch. Mein innerer Monk spielte Gedanken-Ping-Pong mit der angetrunkenen Lilou. *Du bist nicht bereit. Es ist viel zu kurzfristig*, hörte ich den Monk sagen. *Denk an den neonpinken Zettel*, erwiderte die betrunkene Lilou in meinem Kopf. *Die Zeit ist gekommen, um die leeren Begriffe mit Taten zu füllen.* Jetzt hielt sie mir den Zettel direkt vor die Augen. »Mut« stand dort, »Spontaneität«, »Lockerheit« und »Sex«. Okay, wann hatte ich denn Punkt vier hinzugefügt? Vergessen! Ist ja schon ’ne Weile her. Na ja, grundsätzlich kein schlechter Vorsatz. Nur darum ging es jetzt nicht.

Unentschlossen trommelte ich mit den Fingern auf die glatte schwarze Oberfläche des Computers. »Ach, verdammt«, platzte es aus mir heraus. Ich nahm einen großen Schluck Sekt und öffnete das blöde Ding wieder.

Der Alkohol zeigte seine Wirkung, ich blinzelte ein paarmal, weil die kleinen Buchstaben vor meinen Augen verschwammen. Ungeschickt vertippte ich mich und musste die Seite erneut aufrufen.

Keine Ausreden mehr, Lilou, meinte die Stimme energisch.

Also konzentrierte ich mich, füllte die erforderlichen Felder aus und drückte ohne Zögern den Button, auf dem »kostenpflichtig bestellen« stand.

Bevor die Panik von mir Besitz ergreifen konnte, schloss ich die Seite und klappte den Laptop endgültig zu.

Oh Scheiße, habe ich echt gerade einen Skiurlaub nach Österreich gebucht? Mir wurde heiß und kalt im Wechsel. »Das ist alles deine Schuld«, beschimpfte ich die vor mir stehende Sektflasche. »Ich muss ins Bett.«

Was ich dann auch tat.

In meinem Traum war ich wieder vierzehn Jahre alt und fuhr meinem Skilehrer mit Vollgas zwischen die Beine.

Kapitel 2

Checkliste Urlaub

Stadtplan von Ischgl ausdrucken und studieren
Packliste schreiben
Meine Eltern einweihen
Schneeanzug und lange Unterwäsche kaufen
Informationen über Busunternehmen einholen
(oder besser Augen zu und durch?)
Neonpinken Zettel vernichten
(das habe ich jetzt von »Mut« und »Spontaneität«)
Punkt 4 (Sex!) des pinken Zettels im Hinterkopf behalten
Versuchen, nicht auszurasten

Fünf! So viele Tage waren es noch bis zur Abfahrt, wenn ich den heutigen großzügig mitrechnete. Es war Viertel nach sieben. Wirklich was übrig vom Tag war nicht. Dafür konnte ich einen Punkt von der Liste streichen. Ich lud die beiden gefüllten Tüten in den Kofferraum meines schwarzen Seats. Darin befanden sich der Skianzug, Handschuhe, Mütze, Skibrille, lange Unterwäsche, Socken, also gefühlt ein Drittel meines Monatsgehalts. Zusätzliche Euros steckten in der zweiten Tüte: eine mittelgroße Reiseapotheke, ein Reiseführer von Ischgl, ein Ratgeber über Busreisen sowie einer zum Thema Skifahren.

Ich starrte auf die Tüten und konnte nicht glauben, auf was ich mich da eingelassen hatte. Das alles war so fernab meiner Komfortzone. Ein Rückzieher kam dennoch nicht infrage. Nicht nur, weil das Geld dann futsch war. Ich wollte es allen anderen und mir beweisen. Na ja, und wenn ich ehrlich war, war da neben der ganzen Panik auch eine gewisse Vorfreude. Ein richtiger Urlaub war in meinem Wortschatz schon länger nicht vorgekommen. Dafür sprach die Staubschicht auf meinem Koffer. Bis auf wenige Kleinigkeiten beinhaltete dieser, nachdem ich die neu erworbenen Sachen dazugepackt hatte, die vollständige Packliste. Diese Tatsache gab mir ein befriedigendes Gefühl.

Es klopfte an der Vordertür. Ich stand auf und ging über den Flur, um aufzuschließen.

»Seit wann sperrst du ab, wenn du zu Hause bist? Hast du Besuch?«, fragte meine Mutter neugierig.

»Ich habe keinen Mann versteckt, falls du darauf hinauswillst.«

»Ach, Lilou, du weißt, wie ich es meine.«

»Ja, weiß ich. Sorry, war nur Spaß. Was gibt's denn?«

»Hast du vielleicht eine Sonnenbrille, die du mir borgen kannst? Ich wollte eigentlich keine mitnehmen, aber dein Vater meint, es wäre besser. Sonst muss ich noch mal los und mir eine kaufen.«

»Ich habe zwei, eine davon passt bestimmt. Warte kurz.«

Ich ging zurück in mein Schlafzimmer, wo der geöffnete Koffer mitten auf dem Bett lag.

»Sortierst du Sachen aus?« Meine Mutter war mir in die Wohnung gefolgt und spähte durch die halb offene Tür.

Ich hatte überlegt, wie ich es ihnen erzählte und wann. Das Problem hatte sich nun von allein gelöst. »Hier sind die beiden Brillen. Ist Papa da? Dann komme ich kurz mit runter. Meine Pläne für die Feiertage haben sich etwas geändert.«

Zusammen gingen wir nach unten. Meine Mutter stellte den Fernseher auf stumm und brachte meinen Vater mit einer

Handbewegung zum Schweigen, bevor er Protest einlegen konnte.

»Lilou hat uns etwas zu sagen.«

»Ja, und das wird euch überraschen. Ich werde verreisen, in fünf Tagen, um genau zu sein. Also bin ich über Weihnachten auch nicht zu Hause.«

»Du verreist? Wohin? Seit wann weißt du das?« Meine Mutter hatte ich mit der Information völlig überrumpelt.

»Gebucht habe ich erst vor zwei Tagen. Eine spontane Idee.« Ich wusste selbst, wie sich das aus meinem Mund anhörte. »Es geht nach Österreich zum Skifahren, mit einer Busreisegruppe. Ich dachte mir, ich versuche es noch mal und geben dem Wintersport eine zweite Chance.«

»Eine Reisegruppe?« Das hatte sie sofort herausgefiltert. »Junge Leute?«

»Ja, eine Singlereise.«

Die Augen meiner Mutter begannen zu leuchten. »Wie toll. Eine sehr gute Idee, mein Schatz. Das wird bestimmt großartig. Mach dir keine Sorgen, um das Haus. Ingrid kann nach dem Rechten sehen.« Sie strahlte übers ganze Gesicht.

Es könnte mich amüsieren, wenn ich nicht den Druck spüren würde, der sich zwischen den Zeilen befand. »Super, sie kann sich den Haustürschlüssel bei mir holen, oder ich bringe ihn ihr vorbei.«

»Ich rufe sie gleich an und kläre das.«

Wo ich schon dabei war, meine Pläne zu offenbaren, machte ich gleich bei Chrissy und Lisa weiter. Ich suchte die beiden nacheinander zu Hause auf und erzählte ihnen, was ich getan hatte. Sprachloser als in diesem Moment hatte ich meine beiden Freundinnen noch nie gesehen. Das zeigte mir abermals, wie ungewöhnlich ich mich verhielt. Nachdem Chrissy die Neuigkeiten verdaut hatte, sprang sie mir überschwänglich in die Arme und nannte es eine geniale Idee. Ähnlich reagierte Lisa.

»Dich Weihnachten nicht allein zu wissen, macht mich froh. Ich hatte schon überlegt, hierzubleiben.«

»Wegen mir? Das ist so lieb von dir. Aber jetzt kannst du beruhigt nach Frankfurt fahren.«

»Ja, und du machst dir eine mega Zeit im Schnee. So cool. Ich hätte es mich nicht getraut.«

»Ich glaube es auch erst, wenn ich im Bus sitze.«

Zwei Tage später konnte ich einen weiteren Punkt abhaken: meine Eltern zum Bahnhof fahren. Sie nahmen den Zug nach Frankfurt, und von dort ging ihr Flieger nach Thailand. Für ganze drei Wochen.

Ich gönnte es ihnen von Herzen. Die Aufregung und Freude darüber, dass sich ihr Traum nun endlich erfüllte, stand meiner Mutter ins Gesicht geschrieben. In den vergangenen Tagen war sie zu beschäftigt gewesen, um die Emotionen an sich heranzulassen. Jetzt brach es aus ihr heraus.

»Ich kann es nicht glauben, es geht wirklich los. Oh, ich bin so furchtbar aufgeregt. Hoffentlich geht alles gut. Es ist ein langer Flug.«

Mein Vater fand sofort beruhigende Worte. Er hatte die Lage im Griff. Ich konnte die beiden entspannt fahren lassen. »Ich wünsche euch eine traumhaft schöne Zeit. Genießt Thailand und lasst von euch hören. Wir sehen uns im neuen Jahr.«

»Wir wünschen dir auch einen schönen Urlaub. Verletz dich nicht und sei offen für neue Bekanntschaften. Schließlich ist Weihnachten das Fest der Liebe.«

Mein Vater nahm mich in den Arm. »Wir sind stolz auf dich. Es ist ein großer Schritt, allein in den Urlaub zu fahren. Du bekommst das hin. Hab Spaß.«

»Ich gebe mir Mühe.«

Zum Glück kam in diesem Moment die Durchsage, dass der ICE einfuhr. Sonst hätte ich noch zu heulen angefangen. Die Worte meines Vaters berührten mich. Meine Eltern wussten, für mich war dieser Schritt mehr als außergewöhnlich. Wir drückten uns ein letztes Mal. Ich blieb am Gleis stehen, bis der Zug sich wieder in Bewegung setzte, dann machte ich mich auf den Heimweg.

Allmählich wurde es für mich ebenfalls ernst. Mamas beste Freundin kam und holte den Hausschlüssel. Ich hakte den letzten Punkt meiner Packliste ab und schloss am Freitag frühmorgens endgültig den Reißverschluss meines Koffers. Mit einem Puls von fünfhundert setzte ich mich in das bereitstehende Taxi, das mich zum Busparkplatz des Reiseunternehmens bringen würde, welches nach eingehender Prüfung von mir als absolut vertrauenerweckend eingestuft worden war.

Beim Anblick der vielen Menschen rebellierte mein Magen und ich rief mir die Geldsumme vor Augen, die von meinem Konto abgebucht worden war.

Mit Rucksack und Rollkoffer kam ich näher und stutzte. Verwirrt schaute ich mich um, denn das Bild, das sich mir bot, entsprach so gar nicht dem in meiner Vorstellung.

Die Altersklasse vor mir hatte nichts mit der Reisebeschreibung auf der Homepage gemein. Na gut, über achtzehn waren die hier alle. Sie sahen aber eher nach gemütlicher Kaffeefahrt aus. Skifahren würde ich dem ein oder anderen ganz sicher nicht mehr empfehlen. War ich doch am falschen Treffpunkt gelandet?

Ich bog mein verrutschtes Lächeln wieder gerade und suchte nach einer Person, die mir weiterhelfen konnte. »Hallo, Entschuldigung, ich bin Lilou Rosenthal.«

»Ah, haaaallo, Frau Rosenthaaaal.« Die Dame mit Klemmbrett mir gegenüber dehnte die Begrüßung, als hätte ich bei ihr aus Versehen die Zeitlupentaste aktiviert. Was mich wiederum in meiner Sorge bekräftigte, dass hier etwas nicht stimmte.

»Wo ist denn der Bus nach Ischgl?«, fragte ich und war erstaunt, wie unaufgeregt ich klingen konnte, obwohl innerlich längst das Höllenfeuer ausgebrochen war.

»Ischgl? Der ist vor einer Stunde losgefahren.« Sie schaute mich bedauernd an. »Dieser hier fährt in die Schweiz.«

»Schön, aber ich habe die Singlereise nach Ischgl gebucht.« Okay, jetzt war die Panik auch in meiner Stimme angekommen. »Da muss ein Fehler vorliegen.«

»Ihre Anmeldung habe ich hier. Für *diese* Reise. Sehen Sie!« Sie zeigte mir die Buchungsbestätigung. »Haben Sie denn keine E-Mail erhalten?«

»Natürlich, sonst wüsste ich ja nicht, wo und wann es losgeht. Moment!« Ich zog das Handy hervor, scrollte durch die Mails, bis ich die richtige gefunden hatte. »Hier steht alles. Abfahrt am 17. Dezember um sechs Uhr. Treffpunkt Parkplatz, Reisebüro Wittich.«

»Und die Bezeichnung der Reise?«

»Na, was ich sagte. Sing…« Ich stockte und las kaum hörbar weiter. »Seniorenreise, zehn Nächte Saas-Fee, Schweizer Kanton Wallis.«

Das war unmöglich. Niemals hatte ich diesen Urlaub gebucht. Solche Fehler unterliefen vielleicht anderen, aber nicht mir. Ich schloss die Augen und stöhnte. Außer ich hatte es meinem betrunkenen Ich überlassen, auf die Tasten zu drücken. Hui, mir war schlecht. Ein Albtraum. Spontaneität. Drauf geschissen. Brachte einem bloß Ärger ein, wenn man sich keine Zeit nahm, um in Ruhe über die Dinge nachzudenken. Mein innerer Monk lief Amok.

»Was mache ich denn jetzt?«

»Erst mal setzen. Kommen Sie, Frau Rosenthal, Sie sind ganz blass. Kippen Sie mir nicht um!« Sie schob mich zum Bus und drückte mich auf die Ladefläche des Gepäckraumes. »Ich organisiere Ihnen ein Glas Wasser.«

»Ach Quatsch, Wasser. Das Mädel braucht einen Schnaps«, kam es von irgendwoher.

Während ich mich auf meine Atmung konzentrierte, drückte mir tatsächlich jemand einen Kümmerling in die Hand.

»Na hopp, weg mit dem Zeug!«

Ich dachte an den Grillabend, auf dem das Dilemma seinen Anfang genommen hatte. Es beginnt mit Schnaps, es endet mit Schnaps, dachte ich mir im Stillen und setzte die Flasche an. Hustend blickte ich in die Runde. Lächelnde Gesichter, besorgte Gesichter, ziemlich verwirrte Gesichter.

»Was mache ich denn jetzt?«, wiederholte ich meine Worte von eben. Sogar den weinerlichen Tonfall bekam ich fast exakt so wieder hin.

»Was ist denn das für eine Frage?«, meinte ein älterer Herr in kariertem Sakko. »Sie setzen sich jetzt mit uns in den Bus, Kindchen. Wäre ja noch schöner, wenn wegen eines kleinen Fauxpas Ihr Urlaub gestrichen werden müsste.«

Von überall folgte zustimmendes Nicken.

Nur ich schüttelte vehement den Kopf. »Das geht nicht. So war das nicht geplant.«

»Pläne sind dazu da, um sie über den Haufen zu werfen«, kam es nun von einer kleinen Frau mit großem Busen, die sich direkt vor mich stellte. »Wir sind zwar alle nicht mehr unbedingt in deinem Alter, aber tot sind wir noch lange nicht. Du wirst sehen, es wird wunderbar. Und Saas-Fee wirst du lieben, glaub mir.«

Sie hatten ja alle keine Ahnung. Meine Pläne waren *nicht* dazu da, um sie über den Haufen zu werfen. Einer mit dieser Tragweite schon gar nicht. Wie hatte mir das bloß passieren können? Mir, der Königin der Listen. Ich hatte sogar eine Liste über meine Listen. Natürlich konnte ich es dem Alkohol zuschreiben. Der mochte an der fehlerhaften Buchung schuld sein. Die Mails jedoch hatten lang genug in meinem Postfach gelegen, damit mein nüchternes Ich sie hätte kontrollieren können. Stattdessen hatte ich sie ignoriert … bis zum Schluss. Bescheuert, es hatte mich schließlich keiner zu dieser Reise gezwungen. Höchstens ich mich selbst, und das war so untypisch gewesen, dass es mich schlichtweg überfordert hatte.

Es spielte keine Rolle. Ich musste hier und jetzt eine Entscheidung treffen. Nahm ich die Herausforderung an? Stieg ich in diesen Bus, ohne zu wissen, wohin es ging und was mich erwartete? Oder fuhr ich nach Hause, ließ das Geld verpuffen und beichtete allen meine Unfähigkeit.

Ich klatschte mit den Handflächen auf meine Oberschenkel und stand auf. »Alles klar, fahren wir in die Schweiz.«

»So ist es recht, Liebes. Komm mit, hinter uns die Reihe ist noch frei. Ich bin Ilse, das ist Herrmann.«

Beim Betreten des Busses fühlte ich mich wie Neil Armstrong, der zum ersten Mal einen Fuß auf unbekanntes Gebiet setzte. Auch er hatte nicht gewusst, was ihn erwartete. Nur mein Satz lautete eher: *Es ist ein kleiner Schritt für die Menschheit, aber ein großer für einen einzelnen, nämlich mich.*

Ich folgte Ilse und Herrmann und nahm meinen Platz ein. Nach und nach füllten sich die Reihen. Der Geräuschpegel wurde lauter. Ich schüttelte Hände, hörte Namen, die ich wieder vergaß, und stellte mich allen möglichen Leuten vor.

Unruhig rutschte ich auf meinem Sitz mit dem blau karierten Muster hin und her. Dann schlossen sich die Türen, und der anspringende Motor ließ den Bus vibrieren. Wenn sich Armstrong ins Weltall schießen lassen konnte, konnte ich auch mit einem Bus voller Rentner in die Schweiz fahren.

Ich lehnte mich im Sitz zurück und schaute aus dem Fenster dabei zu, wie sich der Bus seinen Weg durch die Stadt bahnte. Noch waren mir die Straßen und Gebäude vertraut. In wenigen Minuten würde sich auch das ändern. In meinem Herzklopfen schwang Ungewissheit mit, vor allem aber war es Stolz, den ich spürte. Ich war so weit gekommen – allein! –,

Startschwierigkeiten hin oder her. Vielleicht wurde der Urlaub mit diesen Senioren nicht sonderlich aufregend. Was aber nicht hieß, dass es nicht schön werden konnte. Ich war bereit, mich darauf einzulassen.

Kapitel 3

Gedankliche Checkliste

Buche niemals einen Urlaub, wenn du Alkohol getrunken hast.
Trinke am besten gar keinen Alkohol mehr.
Lese immer deine E-Mails!
Checklisten bringen nichts, wenn du in den falschen Bus steigst.
Spontaneität ist scheiße.
Wo zum Teufel liegt Saas-Fee?

»Sehr geehrte Damen und Herren, ich heiße Sie alle herzlich willkommen auf Ihrer Reise in die schöne Schweiz. Ich bin Werner, Ihr Busfahrer. Ein paar Kleinigkeiten zum Ablauf.«

Der Busfahrer teilte uns eine Reihe von Informationen mit, bevor er das Radio wieder anstellte.

Neben mir klirrte es, und ich wendete meinen Blick vom Fenster ab. Der groß gewachsene Herr mit dem karierten Sakko hielt tatsächlich eine Packung Kümmerling im ausgestreckten Arm.

»Nehmen Sie sich ein Fläschchen. Wir wollen auf einen guten Start anstoßen.«

»Das ist nett, aber lieber nicht. Ich hatte ja schon einen.«

»Deswegen doch. Auf einem Bein kann man bekanntlich nicht gut stehen.«

Hatte ich richtig gehört? Perplex schaute ich vom Schnaps zu ihm.

Er nickte auffordernd.

»Ach, ihr Männer mit diesem Kräuterzeug«, kam es nun aus dem Sitz vor mir.

Ilse, holte ich mir ihren Namen ins Gedächtnis zurück.

»Der ist besser, hier, Eierlikör, selbst gemacht.«

Bevor ich wiederholt ablehnen konnte oder sich die cremig gelbe Flüssigkeit über mir ergoss, hielt ich einen kleinen, durchsichtigen Plastikbecher in der Hand. »Prost, auf einen schönen Urlaub, gutes Essen und jede Menge Schnee.«

»Und auf neue Bekanntschaften.« Der Sakkomann zwinkerte mir zu.

Oje, auf solche Leute war ich nicht vorbereitet. Bei der Buchung der Reise hatte ich sehr wohl an einen netten Flirt gedacht. In meiner Fantasie hatte der Typ allerdings mehr ausgesehen wie Zac Efron oder Chris Hemsworth und nicht wie ein gealterter Tom Hanks. Mit der Situation überfordert, nuschelte ich ebenfalls ein »Prost« und kippte meinen Eierlikör hinunter. Er schmeckte wirklich lecker. »Der ist gut«, gab ich zu.

»Noch einen?«

Ich nickte. Warum nicht?

Nachdem der Inhalt des kleinen Bechers zum dritten Mal in meinem Magen gelandet war, wurde es höchste Zeit für eine Pause. Bei dem Tempo würde ich sonst das Ziel unter meinem Sitz liegend erreichen. Entspannt war ich, das stand außer Frage. Und müde. Mit einem Nickerchen würde ich zwei Fliegen mit einer Klappe schlagen. Ich umging die nächste Schnapsrunde und tankte neue Energie. In meinem Kopf setzte ich hinter beide Punkte ein Häkchen und lehnte mich lächelnd zurück. Unter dem monotonen Brummen des Motors und den sanften Tönen heimeliger Weihnachtsmusik, die aus dem CD-Player des Busses dudelte, schloss ich die Lider.

Irgendwann ließen mich andere Geräusche die Augen wieder öffnen. Der Bus hatte angehalten. Um mich herum war Hektik ausgebrochen. Für einen kurzen Moment überkam mich neue Panik. Brannte es? Hatten wir einen Unfall? Warum weckte mich keiner? Ich richtete mich auf.

»Ah, perfektes Timing«, flötete Ilse und lächelte. »Wobei, in deinem Alter hält die Blase noch, was sie verspricht. Aber ein wenig die Beine zu vertreten, schadet nie.«

Nun schaute ich aus dem Fenster und sah eine Schar Rentner, die sich auf den Eingang der Raststätte zubewegte. Mein Puls beruhigte sich. Was blieb, war ein flaues Gefühl. Ein typisches Zeichen, wenn mir klar wurde, dass mir die Kontrolle fehlte. *Blöde Spontaneität, ich verfluche dich!* Was hatte ich erwartet? Ich saß in einem Bus, den ich nicht selbst steuerte. Mit Dutzenden Menschen, die in ihrem Alltag alle ohne irgendwelche Listen und Abläufe zurechtkamen. Niemand kannte mich. Noch wusste ich nicht, ob dieser Umstand gut oder schlecht für mich war. So oder so, ich war hier, und frische Luft konnte ich gut gebrauchen.

Ich trat in den Gang und streckte mich. Hinter den anderen verließ ich als Letzte den Bus. Sofort griff der Wind nach meiner Jacke und zerzauste mir das Haar. Der Himmel hatte sich zugezogen, bestand inzwischen aus einer einzigen dicken Wolkenschicht. Einzelne kleine Schneeflocken wirbelten durch die Luft. Ich verschränkte die Arme vor der Brust und überlegte, ob sich der Gang zur Toilette lohnen würde.

»Warte noch zehn Minuten, falls du das vorhast, was ich denke.« Eine Frau trat lächelnd auf mich zu. Sie gehörte zur Reisegruppe. Bisher hatte ich sie nur aus dem Augenwinkel wahrgenommen. Ungefähr eins siebzig groß, schlank, schicke Kurzhaarfrisur und vom Alter her schwer einzuschätzen.

»Gute Idee.« Ich lächelte zurück.

»Ich bin übrigens die Rosi. Bereust du deine Entscheidung schon?« Sie zwinkerte. »War heute Morgen sicher ein Schock.«

»Hallo Rosi, ich heiße Lilou«, stellte ich mich vor, obwohl ich bezweifelte, dass mein Name noch nicht die Runde gemacht hatte. Ich war schließlich so was wie die Zirkusattraktion hier. »Na ja, so schlimm war es nicht«, flunkerte ich. Was sollte ich erwidern? Rosis Blick sprach allerdings nicht von einer überzeugten Darbietung. »Vielleicht ein bisschen schlimm. Im ersten Moment. Aber das Geld in den Wind zu schießen und zu Hause zu bleiben war keine Option«, gab ich deshalb zu.

»Gut gemacht. Ich spreche aus Erfahrung, wenn ich sage, dass Seniorenreisen nicht automatisch mit Langeweile und Kaffeekränzchen verbunden sind. Wobei Zweiteres deutlich häufiger vorkommt.«

»Trinkfest ist hier der ein oder andere auf jeden Fall.«

»Ja, das ist mir nicht entgangen. Wenn du flüchten willst, neben mir der Platz ist frei.«

»Danke, gut zu wissen.« Ich grinste und fragte mich gleichzeitig, warum sie wohl allein unterwegs war. Die Frage laut zu stellen traute ich mich nicht. Ging mich auch nichts an. Zumal sie mich ebenfalls bisher nicht nach meinen Beweggründen gefragt hatte. Vielleicht ergab es sich in weiteren Gesprächen. Rosi war mir auf Anhieb sympathisch. Ich konnte mir gut vorstellen, sie näher kennenzulernen.

Fest stand jedenfalls, dass ich schon jetzt meine Komfortzone verlassen hatte und es mir leichter fiel, mich zu öffnen, als ich es für möglich gehalten hätte. Was durchaus dem Umstand geschuldet sein könnte, dass ich mich mit diesen Menschen über mehrere Stunden auf engstem Raum aufhielt. Und ich hatte nicht das Gefühl, mich beweisen oder jemandem gefallen zu müssen. Ich war ich, und das war gut so. Ohne Konkurrenzkampf, schräge Blicke und verzweifelte Flirtversuche. Die entspannte Atmosphäre war längst auf mich übergeschwappt.

Die ersten Toilettengänger trudelten wieder am Bus ein. Ich entschied mich dazu, meine Blase nicht überzustrapazieren, und lief zur Raststätte.

Ilse empfing mich winkend, als ich zurückkam. »Lilou, da bist du. Hier, iss. Ihr jungen Leute habt doch meistens nichts Richtiges dabei.«

»Sie wird schon essen, wenn sie Hunger hat.« Herrmann schaute seine Frau vorwurfsvoll an.

»Papperlapapp, sie kann genauso gut gleich was essen.« Ilse drückte mir ein mit reichlich Wurst und Käse belegtes Brötchen in die Hand. Als ich kurz zögerte, fügte sie erschrocken hinzu: »Sag nicht, du gehörst den Vegetariern an?«

»Ilse«, mahnte Herrmann abermals.

Ich schmunzelte. Klang, als wäre es eine Sekte. »Nein, ich esse ganz gern Fleisch. Danke.«

»Gut so.« Sie nickte zufrieden und biss selbst genüsslich in ihr Brötchen. »Essen ist was Herrliches. Im Alter fast besser als Sex.«

Einen Atemzug lang stellte ich das Kauen ein. Das wurde hier ja immer besser. Vielleicht sollte ich für den Rest der Fahrt den Alkohol verstecken. Jetzt zwinkerte mir Heinz – ich hatte Namen geübt – wieder zu, auch das noch. Allerdings tat er dann etwas Unvorhersehbares: Er gab Wolfgang einen Klaps auf den Hintern. »Aber nur fast«, fügte er noch hinzu.

Die beiden waren ein Paar? Damit hatte ich definitiv nicht gerechnet. Oder hatte ich das Offensichtliche nur nicht gesehen? Ich war überzeugt gewesen, die beiden wären Kumpels, verwitwet oder so. Es war süß und zugleich erleichternd. So hatten seine kleinen Zwinkermomente außer Nettigkeit wenigstens keine andere Bedeutung. Puh!

Ein paar Minuten später setzte sich der Bus wieder in Bewegung. Nach meinem Nickerchen und der kleinen Stärkung fühlte ich mich gut. Dafür kehrte auf den Plätzen um mich herum nach und nach Ruhe ein. Ich lächelte vergnügt in mich hinein, wie eine Mutter, die ihre Kinder beim Schlafen beobachtete, und froh war, dass sie ein wenig Ruhe gaben. Aus dem Rucksack zog ich den angefangenen Nicolas-Sparks-Roman und schlug die letzte gelesene Seite auf. Ein bisschen Seelenfutter schadete nie.

Wir überquerten die Grenze zur Schweiz und machten kurz hinter Bern ein weiteres Mal Halt. Die Temperaturen waren gefallen, dafür hatte der Wind sich gelegt. Auf den Gehwegen lag eine feine Schicht frischen Schnees. Einzelne Fußspuren waren zu sehen. Auf der Straße war nur dreckiger Matsch übrig geblieben. Ich lief ein paar Meter und kehrte schnell in die gemütliche Wärme des Busses zurück. Auch die anderen Plätze füllten sich zeitig. Nach über sechs Stunden, die wir bereits hinter uns hatten, wollten wohl alle endlich ankommen.

Aufregung kam noch mal auf, als unser Bus auf einen Autoverladezug fuhr.

Werner machte das Mikro an. »Auf dem Zug werden wir jetzt durch den Lötschbergtunnel fahren und so zwischen dem Kanton Bern auf der einen Seite und dem Kanton Wallis auf der anderen Seite die nördliche Alpenkette unterqueren.«

Schon seit Längerem tauschte rechts und links der Straße das triste Grau den Platz mit einer immer dicker werdenden Schicht aus weißem Puderzucker. Nach Minuten der Dunkelheit öffnete sich vor uns nun der Tunnel, und uns empfing ein schneebedecktes Walliser Winterwunderland.

Zum ersten Mal überkam mich ein Gefühl von Urlaub. Die Neugier auf den Ort, an dem ich die nächsten Tage verbringen würde, wuchs. Gebannt schaute ich aus dem Fenster und hätte fast freudig gequietscht, als ich auf einem Hinweisschild »Saas-Fee« las.

Der Bus schlängelte sich die Serpentinen immer höher, bis er auf einem Hochplateau zum Stehen kam. Vor uns bettete sich unser Urlaubsort in eine ihn fast vollständig umgebende Bergwelt. Groß, ehrfurchtsvoll und zum Greifen nah ragten die Felsformationen gen Himmel.

Ich stieg aus und stand sprachlos vor dieser atemberaubenden Kulisse. Auf den Bergspitzen tanzten die letzten Sonnenstrahlen im Schnee. Kaum ein Laut war zu hören.

In dem Augenblick verliebte ich mich Hals über Kopf in meinen Urlaubsort. Längst war mir egal, mit wem ich die Tage verbringen würde. Ich wusste nur, ich würde jede Sekunde davon genießen.

Neben und hinter mir registrierte ich ebenfalls begeisterte »Ahs« und »Ohs«.

»Na, habe ich dir zu viel versprochen?« Ilse hakte sich bei mir unter und folgte meinem Blick.

»Nein, es ist unfassbar schön hier. Ohne meine Schusseligkeit hätte ich Saas-Fee wahrscheinlich nie bereist. Ich kann es kaum erwarten, mehr zu entdecken.«

»Damit kannst du gleich morgen früh loslegen. Jetzt wollen wir ins Hotel. Bin gespannt, wie das Essen schmeckt.«

Ich nickte versonnen und hörte nur mit halbem Ohr hin, als Ilse von dem herrlichen Büfett des letzten Hotelaufenthalts erzählte.

Erst das Geräusch einer niedlichen Hupe lenkte meine Aufmerksamkeit weg vom Bergpanorama auf eine Art Minibus. Ich zog die Augenbrauen nach oben.

»Der gehört zum Hotel. Ein Elektrobus. Saas-Fee ist autofrei, sonst hieße es jetzt laufen«, klärte mich Heinz auf, dem mein fragender Gesichtsausdruck wohl nicht entgangen war.

Das hatte ich nicht gewusst. Es erklärte die angenehme Stille und das Parkhaus, vor dem wir standen. Mit guter Vorbereitung wäre mir ein solches Detail nie entgangen. Das hatte ich gründlich verbockt. Es wurmte mich und ich spürte Unzufriedenheit aufkommen. Ich sah mich schon auf dem Zimmer sitzen, bewaffnet mit Zettel, Stift und Handy.

Andererseits war ich ohne Listen und vorherige Informationen gut durch den Tag gekommen. Und ein autofreier Ort war schließlich nichts Negatives, was mich aus dem Gleichgewicht bringen musste. Mein innerer Monk pflichtete mir bei.

Ich sollte stolz auf mich sein, nach diesem Chaos hier zu stehen. Ja, ich sollte es nicht nur sein, ich war es, aus tiefstem Herzen.

»Auf geht's, Kindchen, oder willst du da Wurzeln schlagen?«, rief Heinz.

Unser Taxi hatte die ersten Gäste bereits zum Hotel gebracht und stand wieder zur Abfahrt bereit.

»Ich komme, entschuldigt.«

Rosi, die sich noch ein bisschen mit dem Busfahrer unterhalten hatte, verdrehte die Augen, als ich neben ihr Platz nahm. »Ein Phänomen meiner Generation. Rentner haben nie Zeit und immer Hunger.«

Schmunzelnd schaute ich auf die Uhr. Für das Abendessen war es noch zu früh, aber man konnte nie pünktlich genug vor Ort sein. Ich erinnerte mich an eine Schiffsreise, die ich mit Lisa und meinen Eltern unternommen hatte. Damals hatte ich das »Phänomen«, wie es Rosi ausdrückte, zum ersten Mal hautnah miterlebt. Schon eine halbe Stunde, bevor sich die Türen zu den Restaurants geöffnet hatten, hatte sich eine Traube aus Senioren vor den Eingängen gebildet. Rangeleien nicht ausgeschlossen.

Ich würde niemanden aufhalten. Wer wusste schon, welche Macken auf meine Generation im Alter warteten.

Zügig brachte uns das Elektrogefährt, an dessen Rückspiegel eine niedliche rote Christbaumkugel baumelte, zum Hotel. Der weiße Putz und die aus dunklem Holz bestehenden Balkone, die sich auf drei Etagen um das gesamte Gebäude zogen, waren in bestem Zustand. An der Rezeption, die sich in Gesellschaft eines riesigen, sanft glitzernden Weihnachtsbaumes in einer weitläufigen Lobby befand, bekamen wir unsere Schlüssel.

Im zweiten Stock öffnete ich die Tür zu meinem Zimmer. Ich drehte eine Runde und hatte nichts auszusetzen. Es war vom Platz her überschaubar, aber alles war sauber und hatte einen gemütlichen Charme. Zum Schluss ging ich auf den Balkon. Er war zur Straße hin ausgerichtet, aber das spielte in einem autofreien Ort nur eine untergeordnete Rolle.

Binnen kürzester Zeit war die Sonne hinter den Bergen untergangen. Die Nacht brach herein. Gern wäre ich im Tageslicht auf Entdeckungstour gegangen. Dennoch entschied ich mich für einen Spaziergang. Nach neun Stunden Busfahrt brauchte ich dringend Bewegung und frische Luft.

Frisch war es, sehr frisch, wie ich schnell feststellte. Ich dachte an die Mütze im Koffer und kroch tiefer in meine Jacke. Der Ort war größer, als er auf den ersten Blick den Anschein erweckt hatte. Weihnachtliche Dekoration säumte Hauseingänge und Schaufenster, und sanft leuchtende Lichterketten brachten den Schnee unter meinen Füßen zum Glitzern. Allmählich kroch nicht nur die Kälte immer mehr an mir hoch, auch der Hunger meldete sich. Ich entschied mich dazu umzukehren.

In der Lobby des Hotels registrierte ich die ersten bekannten Gesichter, die wie Raubtiere um ihre Beute kreisten. Bei dem leckeren Duft von Essen, der einem in die Nase stieg, hatte ich absolutes Verständnis und konnte eine gewisse Vorfreude selbst nicht leugnen.

Nachdem ich mich umgezogen und aufgewärmt hatte, wartete ich im Flur auf den Fahrstuhl.

»Darf ich mich dir anschließen?«, fragte Rosi, die sich wartend neben mich stellte.

»Ich würde mich sehr freuen.« Bewundernd betrachtete ich Rosi. Sie hatte sich ebenfalls umgezogen, trug nun eine enge Jeans, in der ihre langen Beine perfekt zur Geltung kamen, und dazu eine legere rote Bluse, die sie vorn in den Bund ihrer Hose gesteckt hatte. Sie sah klasse aus.

Die Tische waren gut besetzt. Ich schaute mich um und entdeckte eine winkende Ilse.

»Hier drüben ihr beiden. Wir haben euch extra zwei Plätze frei gehalten.«

»Das ist aber nett, danke.«

»Wir haben uns die Teller schon einmal gefüllt. Alles sehr, sehr lecker. Wirklich. Deswegen gehe ich gleich noch mal. Kommt ihr mit?« Ilse war in ihrem Element, das war nicht zu übersehen.

Ich schaute zu Rosi.

»Ich brauche erst mal was zu trinken. Soll ich für dich mitbestellen?«, fragte sie.

»Das wäre lieb. Eine große Cola, bitte«, antwortete ich.

Am Büfett schwärmte Ilse erneut in höchsten Tönen, und ich musste aufpassen, dass sie mir vor lauter Begeisterung nicht meinen Teller ungefragt bis zum Rand mit Essen vollud.

Kaum am Tisch angekommen, tauchte sie die Gabel in einen Klacks Rotkohl. Appetit hatte sie, das musste man ihr lassen. Aber sie sah ja auch nicht aus, als würde sie die restlichen dreihundertvierundsechzig Tage des Jahres strenge Diät halten. Zumindest hatte sie recht, was das Essen anging. Es war spitze.

Nach der zweiten Runde lehnte ich mich pustend im Stuhl zurück.

»Sieht nach einem Verdauungsschnaps aus«, kommentierte Heinz meine Geste.

»Oh nein, danke, ich lege mich ins Bett und lasse mich vom Fernsehen berieseln.«

»Nach dem Schnaps.« Heinz blieb hartnäckig und winkte den Kellner heran. »Die Runde geht auf mich.«

»Also manche Leute …« Ilse kam aufgebracht mit ihrem dritten Schälchen Nachtisch zurück an unseren Tisch. »Ts, die da drüben. Drängelt sie sich einfach vor, als würde das Dessert ihr allein gehören.«

»Rede nicht immer schlecht über andere«, ermahnte Herrmann seine Frau.

»Nur, weil du nie den Mund aufmachst.«

»Schnaps?«, rief Heinz in die Runde und unterbrach die kleine eheliche Diskussion.

»Dann Prost, manche Dinge lassen sich mit Alkohol besser ertragen«, flüsterte Rosi mir ins Ohr.

Für einen kurzen Augenblick gestattete ich mir die Frage, wie wohl der Abend bei meinem eigentlich geplanten Urlaub verlaufen wäre. Langweiliger oder lustiger? Anders auf jeden Fall, so viel stand fest. Aber es spielte keine Rolle.

Nach dem zweiten Schnaps löste sich die urige Runde auf. Alle waren einstimmig dafür, früh ins Bett zu gehen.

In meinem Zimmer angekommen schaltete ich den Fernseher ein und durchstöberte das Internet nach Infos zu unserem morgigen Tagesausflug. So ein bisschen Vorbereitung musste schließlich sein, und ich setzte mich hin und schrieb mir was auf.

Kapitel 4

Tag 1 in Saas-Fee

Frühstück um 7:00 Uhr
Tagesausflug Gornergrat (Details auf Extrablatt)
Abfahrt 8:30 Uhr
Zurück in Zermatt um ca. 13:00 Uhr
Mittagessen; laut Suchmaschine ist das Restaurant »Time Out« zu empfehlen.
Auf jeden Fall nach Mitbringseln Ausschau halten
Zurück in Saas-Fee ca. 15:45 Uhr
Sofortige Erkundungstour des Ortes (komme, was wolle)
Abendessen 19:00 Uhr
Bingo-Abend? Nein, der Programmpunkt wird gegen eine schöne heiße Dusche eingetauscht!!!

Mein Wecker klingelte mich früh aus dem Schlaf. Obwohl ich gestern viel Zeit im Bus verbracht hatte, war ich müde. Ob es an der frischen Bergluft lag? Immerhin befanden wir uns in Saas-Fee auf 1800 Metern Höhe, ohne einen einzigen zusätzlichen Schritt auf einen Berg unternommen zu haben. Was mich an unseren heutigen Ausflug denken ließ. Der Block mit meinen Notizen lag neben dem Bett auf der Erde. Mein Handy ebenfalls. Ich konnte mich tatsächlich nicht daran erinnern, die Sachen weggelegt zu haben. Halb über das Bett gebeugt, fischte ich nach dem Smartphone und die Stimme von Milow verstummte. Danach schaute ich mir die geschriebene

Liste an. Sofort stieg Freude in mir auf. Denn während ich mich gestern schlaugemacht hatte, hatte ich festgestellt, dass es hier unheimlich tolle Dinge zu entdecken gab. Die Fahrt zum Gornergrat war eine davon. Weswegen mir das Aufstehen gleich leichter fiel. Die Bilder im Internet waren fantastisch gewesen, ich konnte es kaum abwarten, alles live zu sehen.

Mein Outfit hatte ich mir schon überlegt, daher war ich schnell fertig und ging zum Frühstück. Von unserer Gruppe war ich eine der Ersten, überhaupt war die Menge an Gästen heute früh recht überschaubar. Ich holte mir eine kleine Auswahl an Brötchen und Belag an den Tisch, dazu ein Frühstücksei und eine große Tasse Kakao. Während ich aß, genoss ich die Ruhe. Das Gefühl, sich nicht kümmern zu müssen, hatte etwas Befriedigendes.

Gestärkt lief ich zurück aufs Zimmer und packte meinen Wanderrucksack, als es klopfte.

»Guten Morgen, Lilou«, begrüßte mich Rosi. »Hast du Lust, mit mir zu Fuß zum Parkplatz zu laufen?«

»Gern, die Idee hatte ich auch schon. Ist ja nicht weit. Kann gleich losgehen.«

»Okay, ich hole meine Sachen. Treffen wir uns unten?«

Ich nickte und schloss die Tür. Das Elektrotaxi war eine tolle Sache für Ältere und wenn man Gepäck dabei hatte. Ansonsten war Saas-Fee nicht so riesig, um nicht alles zu Fuß erreichen zu können.

Im Foyer traf ich auf Ilse und Herrmann, die auf dem Weg zum Fahrstuhl waren.

»Guten Morgen, Liebes. Gut geschlafen?«, begrüßte Ilse mich fröhlich.

»Wie ein Stein.«

Sie lachten beide. »Das ist die gute Bergluft. Und gleich geht's noch höher. Rosi hat Bescheid gesagt, dass ihr zum Bus lauft. Bis gleich, wir müssen noch mal schnell wohin«, sagte Ilse zwinkernd, dann verschwanden sie im Aufzug.

Kurz darauf kam Rosi, und wir verließen das Hotel. Der Morgen brachte herrlichstes Winterwetter. Kühle, klare Luft und ein wolkenloser Himmel empfingen uns. Noch hatte es die Sonne nicht über die Gipfel der Berge geschafft, spätestens gegen Mittag würde sich das sicher ändern, und Saas-Fee wäre in goldenes Licht getaucht.

Wir liefen auf der vom Schnee befreiten Straße Richtung Ortseingang, vorbei an rustikalen alten Holzhäusern, die einen kleinen Eindruck vermittelten, wie es früher hier ausgesehen hatte.

»Nachher muss ich mir den Ort noch mal in aller Ruhe anschauen«, meinte ich entschlossen, drehte mich um und lief ein paar Schritte rückwärts, um einen Blick auf die schneebedeckten Bergriesen in meinem Rücken werfen zu können. Das Panorama raubte mir erneut den Atem. »Es ist so unfassbar schön hier.«

Rosi war stehen geblieben und folgte meinem Blick. »Stimmt, das hat etwas Magisches. Es hätte dich schlimmer treffen können.«

Ich nickte zustimmend, während wir uns wieder in Bewegung setzten. Plötzlich hörten wir lautes Geklopfe. Der hoteleigene Elektrobus fuhr vorbei. Wolfgang und Heinz winkten uns durchs Fenster ausgelassen zu. Ich grinste breit und winkte zurück. »Ich habe gestern kurzzeitig tatsächlich gedacht, Heinz baggert mich an.« Lachend erzählte ich Rosi davon.

»Ein Charmeur ist er. Selbst wenn er das gleiche Geschlecht bevorzugt, er weiß, wie es geht.«

»Absolut.« Ich seufzte unbedacht.

»Na, denkst du an die echten Flirts, die dir entgangen sind?«

»Nein, ehrlich gesagt bin ich nicht wirklich traurig darüber, dass mir dieser Fehler passiert ist. So eine Singlereise ist glaube ich gar nichts für mich. Ich bin nicht offen genug für dieses geplante Geflirte.«

Wir waren fast am Bus angekommen und schwiegen eine Weile.

»Warum hast du trotzdem gebucht, wenn ich fragen darf?«

»Das war ich nicht«, scherzte ich und kräuselte die Nase. »Das war mein betrunkenes Ich. Nach einer Grillparty, auf der drei befreundete Pärchen von vergangenen und bevorstehenden Urlauben erzählt hatten, wollte ich mir beweisen, dass ich keinen Partner brauche, um wegzufahren. Und da mein nüchternes Ich ziemlich das Gegenteil von spontan ist, habe ich eben angedudelt Nägel mit Köpfen gemacht.«

Rosi sah mich lange von der Seite an. »Also, ich habe dich äußerst spontan kennengelernt. Nicht viele hätten reagiert wie du«, erwiderte sie mit ernstem Blick.

Ich dachte über ihre Worte nach, konnte aber das Gespräch nicht fortführen. Heinz und Wolfgang gesellten sich zu uns.

»Freut ihr euch? Das wird ein Erlebnis.« Wolfgangs Augen glänzten.

»Die Gornergratbahn ist eine Zahnradbahn, elektrisch betrieben, und die zweithöchste Bergbahn der Alpen. Erbaut wurde sie schon 1898. Die Strecke bis zum Gornergrat beträgt neun Kilometer und endet auf einer Höhe von 3089 Metern. Die Fahrt von Zermatt aus dauert etwa eine halbe Stunde, in denen man 1469 Höhenmeter zurücklegt.«

»Jaja, Heinz ist in diesen Dingen ein wandelndes Lexikon. Ohne exakte Vorbereitung geht er nirgends hin. Im Hotel liegt seine Liste mit allen wichtigen Fakten zum heutigen Ausflugsziel.«

Erstaunt schaute ich ihn an und wusste nicht, ob ich mich outen sollte. Es gab mir auf jeden Fall ein Gesprächsthema und das gute Gefühl, mit meiner Macke nicht allein zu sein.

Wir bestiegen den Bus.

»Guten Morgen, die Damen und Herren. Die erste Nacht gut verbracht?« Busfahrer Werner schenkte uns ein breites Grinsen.

Wir nickten einstimmig, nahmen unsere Plätze ein und warteten auf das letzte Trüppchen, das gerade abgeholt wurde. Als wir vollzählig waren, schlossen sich die Türen.

Die Fahrt führte uns ins Nachbartal. Im Ort Täsch war nach gut fünfundvierzig Minuten Aussteigen angesagt. Weiter ging es mit dem Zug ins bekannte Zermatt, ebenfalls ein autofreier Ort.

Dort angekommen, hatten wir eine Viertelstunde Aufenthalt. Die meisten setzten sich zum Warten auf die umstehenden Ruhebänke. Die Gornergratbahn, die uns auf über dreitausend Meter Höhe bringen würde, hatte ihren Einstieg direkt gegenüber dem Bahnhof.

Ohne uns abzusprechen, schlenderten Rosi und ich ein Stück die Straße hinauf. Ilse und Wolfgang schlossen sich uns an. Man hätte meinen können, die beiden hatten einen Wettbewerb am Laufen: Wer spricht an einem Tag die meisten Wörter? Bei Wolfgang war es freudige Aufregung. Ilse konnte einfach nicht anders. Herrlich. Mir wurde richtig warm ums Herz, und ich hätte in diesem Augenblick nirgendwo anders auf der Welt sein wollen.

Pünktlich setzte sich die Bahn in Bewegung. Durch die verschneite Landschaft ging es höher und höher. Die Baumgrenze war längst überschritten, es gab nur noch uns und die Berge. Ich genoss die Fahrt in vollen Zügen, klebte mit dem Gesicht regelrecht am Fenster und saugte jedes Detail in mich auf. Fast war ich traurig, als wir unser Ziel erreicht hatten.

Wir stiegen aus. Sofort bewegte sich gefühlt alles, was zwei Beine hatte, in Richtung Aussichtsterrasse des höchsten Berghotels der Schweiz. Ich konnte es ihnen nicht verübeln, denn von dort bot sich ein phänomenaler Blick auf ein Wahrzeichen der Schweiz und einen der höchsten Berge der Alpen – das Matterhorn.

Auch ich zückte mein Handy, fotografierte und ließ mich fotografieren. Doch während die anderen es sich auf der Terrasse bei einem Kaffee in der warmen Wintersonne gemütlich machten, wollte ich mich nicht schon wieder setzen. Deshalb ging ich um das Hotel herum, orientierte mich und lief gemütlich einen der gespurten Winterwanderwege entlang. Blauer Himmel, Sonne und die einmalige Aussicht brachten mir tiefe Entspannung. Bis eben hatte ich nicht gewusst, dass ich dazu in der Lage war. Dass ich mich treiben lassen und jeden noch so kleinen Gedanken beiseiteschieben konnte. Vor Überraschung traten mir Tränen in die Augen. Schnell wischte ich sie mit dem Handrücken weg. Damit hatte ich nicht gerechnet. Es war eine Erkenntnis, die ich sacken lassen musste. Zwanghaft durchorganisiert zu sein bedeutete für mich, nie wirklich entspannt sein zu können. Ein Teil von mir stand immer unter Strom. Hier löste sich dieser Knoten und zeigte mir, wie es auch sein konnte. Ich hatte geglaubt, eine solche Ruhe existiere nicht in mir. Ein Gegenpol zu dem stetigen Drang nach Planung. Aber sie war vielleicht immer dagewesen und hier zeigte sie sich mir endlich. Ein bisschen machte es mich traurig. In der Spirale des Alltags hätte ich nie davon erfahren. Aber hatte ich es je aufrichtig versucht? Nein, nicht wirklich. Noch etwas, das ich mir eingestehen musste. Ich atmete tief durch die Nase ein und stieß die Luft durch den Mund wieder aus. Dankbar für den Moment, stand ich eine Weile nur da, bis ich bereit war, den Rückweg anzutreten.

Bei den anderen angekommen, gönnte ich mir noch einen Tee, dann fuhr uns die Bahn zurück nach Zermatt.

Dort blieb ich in der Gruppe. Gemeinsam suchten wir in Souvenirläden nach Erinnerungsstücken und Mitbringseln und aßen zu Mittag. Ich war ruhiger und in mich gekehrter als sonst. Das fiel nicht nur mir selbst, sondern mindestens auch Rosi auf.

»Geht es dir gut?«, fragte sie leise.

»Ja, alles in Ordnung. Mir ist vorhin etwas klar geworden, worüber ich nachdenken muss. Nichts Schlimmes, keine Sorge.«

»Du kannst jederzeit mit mir reden, wenn du magst.«

»Das ist lieb.« Ich lächelte dankbar.

Wie ich mir vorgenommen hatte, drehte ich nach unserer Ankunft in Saas-Fee eine Runde durch den Ort. Die schmalen Gassen mit ihren zahlreichen Lokalen und den historischen Holzhütten versprühten ihren ganz eigenen Charme. Jetzt im Dämmerlicht erstrahlte alles in weihnachtlichem Glanz, die Fenster waren mit Sternen, Kugeln und Tannenzweigen liebevoll dekoriert. Und im Hintergrund thronte stets das prachtvolle Bergmassiv. Schon jetzt hatte ich mit mir selbst eine Abmachung getroffen. Im Sommer würde ich hierher zurückkehren. Allein oder nicht, das spielte keine Rolle. Langweilig würde mir gewiss nicht werden.

Sobald die Sonne ganz verschwunden war, kam die Kälte mit Macht zurück und trieb mich ins Hotel. Dort duschte ich ausgiebig und ließ meinen Eltern eine Nachricht zukommen. Noch hatten sie keine Ahnung, dass ich nicht in Österreich gelandet war. Fotos waren deshalb tabu. Das Matterhorn würde mich definitiv auffliegen lassen. Nein, die Geschichte hob ich mir für zu Hause auf. Zum Glück waren auch die anderen zu beschäftigt mit ihrem Leben. Niemand wunderte sich über meine seltenen und knappen Textnachrichten. Dabei hatte ich so viel zu erzählen. Oh Mann, die würden aus allen Wolken fallen.

Dieses Jahr war wirklich alles anders. Einerseits fand ich es enorm aufregend. Ich war stolz auf mich und genoss jede Minute. Aber wie würde ich mich an Heiligabend fühlen? Würde die Euphorie anhalten oder bekam ich Heimweh? Ich war kein Kind mehr. Trotzdem waren Weihnachten und Familie für mich untrennbar miteinander verwoben. Es war eine weitere Herausforderung, der ich mich würde stellen müssen. Bis jetzt war ich guter Dinge.

Nach dem Tag an der frischen Luft verspürte ich großen Hunger. Kurz vor sieben machte ich mich auf zum Speisesaal. Ich musste lachen, als ich Ilse, bewaffnet mit leerem Teller, bereits wartend antraf. Herrmann saß indessen geduldig am Tisch und nippte an einem Glas Wasser. Normalerweise würde ich mich zu ihm setzen und den ersten Schwung Hungriger beobachten, wie sie über das Büfett herfielen. Nicht aber heute. Heute war ich eine von ihnen. Also schnappte ich mir einen Teller und gesellte mich zu Ilse.

Erst nach dem dritten Gang stellte sich ein zufriedenes Sättigungsgefühl ein.

»Gleich im Anschluss gibt's Bingo. Herrlich, da freue ich mich seit heute früh drauf.«

Wolfgang rieb sich den kleinen Bauchansatz unter seinem bordeauxroten Kaschmirpullover und erinnerte mich in dem Moment an Bilbo aus »Der Herr der Ringe«. Ja, sie hatten tatsächlich eine gewisse Ähnlichkeit.

»Lilou, du bleibst hoffentlich und machst mit«, fügte er hinzu.

»Eigentlich«, druckste ich herum, »wollte ich aufs Zimmer gehen.«

»Waaas?« Ilse schaute mich an, als wäre es eine Sünde, nicht am Bingo teilzunehmen.

»Eine Runde. Mir zuliebe«, bat mich Rosi.

Ich seufzte. »Na gut, aber nur eine Runde.«

»Bingo!«, jubelte ich und beendete damit Runde drei.

Mit meinem Zettel wedelnd lief ich durch die Reihen zu dem Hotelangestellten, der die ganze Sause moderierte.

»Herzlichen Glückwunsch, Sie erhalten das letzte Geschenk des heutigen Abends«, sagte er und drückte mir eine Flasche Sekt in die Hand. Die dritte, die es zu gewinnen gab. Einfallsreich ging irgendwie anders, aber es hätte mich schlimmer treffen können. Mit Sekt konnte auch meine Generation gut etwas anfangen.

»Die lassen wir uns jetzt noch schmecken.« Ilse grinste, bekam aber direkt Gegenwind von ihrem Mann.

»Die gehört Lilou, sag ihr nicht, was sie damit tun soll.«

»Schon gut, ich würde sie gern mit euch teilen.« Ich stand auf, organisierte uns Gläser und schenkte jedem ein. »Prost, auf den erfolgreichen Abend und darauf, dass ihr mich überredet habt mitzuspielen.«

Wir blieben noch ein Viertelstündchen sitzen, dann fing der Erste an zu gähnen. Und weil Gähnen ansteckend war, erklärten wir den Abend für beendet.

Kaum auf meinem Zimmer, klopfte es an der Tür.

»Entschuldige die Störung. Kann ich dich was fragen?« Heinz hatte die Stimme gesenkt. »Ich muss schnell machen. Wolfgang glaubt, ich bin zurückgegangen, um mein Handy zu holen.«

»Schieß los!«

»Du musst mir versprechen, es für dich zu behalten.« Er sah mich eindringlich an.

»Versprochen.«

Unauffällig schaute er sich nach allen Seiten um. »Ich möchte Wolfgang einen Heiratsantrag machen, an Heiligabend. Würdest du mir helfen, Ringe auszusuchen?«

»Ehrlich?« Ich freute mich wohl ein wenig zu laut, denn er hielt sich gleich den Finger vor die Lippen. »Entschuldige. Ich helfe dir gern. Gleich morgen? Hier sind die Geschäfte sonntags doch geöffnet. Viel Zeit bleibt nicht mehr.«

»Gib mir am besten deine Handynummer. Ich melde mich bei dir.«

»Einverstanden.« Ich lief ins Zimmer, schrieb die Nummer auf einen Zettel und reichte ihn an Heinz weiter.

»Danke, Lilou, und gute Nacht.«

»Gute Nacht, Heinz.«

Wie aufregend. Ich schaute sofort, ob der Ort einen Juwelier sein Eigen nannte. Zum Glück gab es tatsächlich einen, und er hatte morgen geöffnet.

Der Sonntag stand uns zur freien Verfügung. Eigentlich hatte ich vorgehabt, länger zu schlafen, aber Heinz wollte mich um zehn Uhr schon treffen. Direkt beim Juwelier, das Hotel verließen wir getrennt. Niemand sollte Fragen stellen. Der Himmel war verhangener als die beiden Tage zuvor. Ein kühler Wind wehte durch die Straßen und wirbelte erste dicke Flocken durch die Luft. Trotz der Kälte verlangsamte ich meinen Schritt. Ich streckte die Hand aus, ließ die kleinen Eiskristalle auf der warmen Haut schmelzen und grinste vor mich hin. Weihnachten im Schnee. Herrlich. Wie lange warteten wir in Hessen schon auf weiße Weihnachten? Ich hatte meine Liebsten nicht um mich, aber die märchenhafte Winterlandschaft entschädigte mich definitiv dafür. Freudig lief ich weiter zum Juwelier. Da ich nicht wusste, wo ich auf Heinz warten sollte, ging ich direkt hinein, nur um festzustellen, dass er bereits vor mir angekommen war.

»Ah, perfekt. Hierher, Lilou!« Heinz winkte mich zu sich und einer Dame an eine Vitrine. Auf der Glasfläche lag eine Auswahl an Ringen in Gold und Silber. »Schau, was meinst du, welche nehmen wir in die engere Wahl?«

Ich begrüßte die Verkäuferin und betrachtete dann die

Ringe vor mir. »Wohin würde Wolfgang tendieren?« Ich überlegte, ob mir Schmuck an ihm aufgefallen war.

»Wir mögen es beide lieber schlicht. Deswegen fällt Gold für mich eigentlich eher raus. Wie findest du den?«

Heinz griff nach einem hellen Ring und streifte ihn sich über den Finger.

»Dieses Modell ist aus Platin. Absolut robust und widerstandsfähig. Es kommt nicht zu Materialabrieb. Auch sehr gut für Allergiker geeignet. Steht Ihnen.«

»Ja, finde ich auch«, stimmte ich zu.

»Wo liegen wir preislich bei zwei Stück?«, wollte Heinz wissen.

»Der Gesamtpreis liegt hier bei 4060 Schweizer Franken.« Sie nahm das Handy zur Hand. »Also 4200 Euro.«

Mir klappte die Kinnlade runter. Ich konnte mir nicht einen davon leisten. Skeptisch schaute ich zu Heinz, den die Summe nicht zu jucken schien. »Der gefällt mir immer besser.« Er zog den Ring wieder ab und drehte ihn zwischen den Fingern hin und her.

»Das erste Gefühl ist immer das beste«, hauchte ich. Mir würde bei der Vorstellung, so viel Geld dafür auszugeben, der kalte Schweiß ausbrechen. Andererseits war es ein besonderer Anlass und etwas für die Ewigkeit.

»Okay, die nehmen wir«, meinte Heinz glücklich.

Das Lächeln der Verkäuferin wurde noch breiter. »Sehr gern. Die Ringgröße Ihres Partners wissen Sie?«

Heinz nickte eifrig und wirkte völlig gelöst.

Ich wartete, bis alle Formalitäten erledigt waren, dann verließen wir gemeinsam das Geschäft. Auf der Straße umarmte mich Heinz und bedankte sich überschwänglich.

»Könntest du die Ringe an dich nehmen? Ich will nicht, dass Wolfgang sie zufällig findet.«

»Ich weiß nicht, die waren so teuer.«

»Lilou, ich vertraue dir.«

»Na gut, wenn du es so willst.«

Er nickte, und wir gingen zum Hotel zurück.

Im Zimmer verstaute ich die Ringe in der Seitentasche meines Koffers. Einen Moment ruhte ich mich aus. Anschließend verließ ich das Hotel erneut und fuhr hoch zu einer Berghütte, um mir Saas-Fee von oben anzuschauen.

Ich war grundsätzlich kein Bewegungsfanatiker, hatte aber das dringende Bedürfnis, so viele Eindrücke wie möglich mit nach Hause zu nehmen. Wobei ich aufpassen musste, mich selbst mit diesem Plan nicht wieder zu sehr unter Druck zu setzen, sodass am Ende von Genuss nicht mehr viel übrig war.

Noch während mich die Gondel zur Bergstation brachte, brach der dunkle Winterhimmel auf, und die Sonne tauchte alles in eine weiße Glitzerwelt. Das Gefühl von gestern stellte sich ein. Ich freute mich, dass es keine einmalige Erscheinung gewesen war. Tiefe Entspannung zu empfinden war neu, ungewohnt, aber etwas, das ich mir bewahren wollte. Ich wusste nicht, ob ich es schaffte, diese Sorglosigkeit in meinen Alltag zu integrieren. Solange ich mich zurückerinnern konnte, hatte mein Leben aus Listen und Plänen bestanden. Nichts hatte ich dem Zufall überlassen. Ich war gefangen gewesen in meinem Kopf.

Doch jetzt war nicht der richtige Zeitpunkt, um sich darüber Gedanken zu machen. Ich schüttelte die negativen Energien ab und fokussierte mich auf das, was meine Augen sahen. Auf der Terrasse des Restaurants ergatterte ich ein Plätzchen auf einer aus Paletten gebauten Bank mit dicken blauen Sitzkissen und direktem Blick ins Tal. Die Kellnerin nahm meine Bestellung auf und brachte mir eine zusätzliche Wolldecke.

Die nächsten beiden Stunden schaltete ich ab, verschmolz mit dem Hier und Jetzt, den Bergen, dem Gletscher, dem Schnee, dem blauen Himmel und der Sonne. *Lilou, bald ist Weihnachten, und du sitzt nicht allein daheim vor dem Fernse-*

her, sondern inmitten dieser unglaublich beeindruckenden winterlichen Bergkulisse. Ich seufzte zufrieden.

Innerlich erfüllt von tiefer Dankbarkeit und neuen, wundervollen Erinnerungen kam ich wieder im Hotel an. Als hätte sie auf mich gewartet, sprang mir Ilse fast in die Arme. Ich zuckte erschrocken zusammen. Dann sah ich auch den Rest der Bande und runzelte die Stirn. Nach Zufall sah das hier nicht aus.

»Lilou, wir haben auf dich gewartet«, meinte Heinz und wurde gleich von Ilse unterbrochen.

»Wir haben eine Überraschung für dich.« Sie klatschte aufgeregt in die Hände.

»Eine Überraschung?« Ich hasste Überraschungen. Mein altes Ich hasste sie. Mein neues Ich war mit der Situation leicht überfordert und zog sich zurück. »Okay, wie schön«, brachte ich heraus.

»Darf ich es ihr geben?« Ilse liebte Überraschungen, daran bestand kein Zweifel.

Na gut, dann sollte es so sein.

Kapitel 5

Fachbegriffe Skifahren

Bindung – Verbindungselement zwischen Ski und Skischuh
Mittellage – zentrale Position auf dem Ski
Alpines Fahrverhalten – Grundposition beim Skifahren
Falllinie – direkter und kürzester Weg ins Tal
Carving – geschnittene Kurve auf den Metallkanten der Ski
Schneepflug – Skitechnik für Anfänger
Idiotenhügel – Anfängerpiste
Skiform – Schaufel (vorn), Taille (Mitte), Heck (hinten)
Blaue Piste – für Anfänger
Rote Piste – für Fortgeschrittene
Schwarze Piste – für Profis

»Ein Skikurs?« Sprachlos sah ich von einem zum anderen.

»Wir haben uns schlaugemacht«, begann Wolfgang.

»Genau«, bestätigte Ilse.

»Aha«, meinte ich zögernd. »Inwiefern?«

Heinz räusperte sich. »Wärst du jetzt in Ischgl, würdest du einen Skikurs besuchen. Darauf sollst du nicht verzichten müssen. Ihr jungen Leute wollt euch bewegen und nicht von einem Café ins nächste spazieren. Heute hat es dich auch wieder den Berg hinaufgezogen.«

»Ich fühle mich wohl so. Ihr sollt kein Geld für mich ausgeben.«

»Zu spät und zurückgeben kommt nicht infrage. Drei

Tage. Am Donnerstag ist der Ganztagesausflug, den unternehmen wir wieder gemeinsam.« Ilse stemmte die Hände in die Hüften.

Widerspruch zwecklos, sollte das wohl heißen. »Wollt ihr mich loswerden?«, fragte ich lachend und fügte ein gerührtes »Danke« hinzu. Ich drückte alle der Reihe nach. »Wie habt ihr das so kurzfristig hinbekommen? Hätte gedacht, die Kurse sind zu der Jahreszeit grundsätzlich ausgebucht.«

»Eine Fügung des Schicksals«, gab Heinz als Antwort und zwinkerte mir mal wieder zu.

»Wow, ich weiß wirklich nicht, was ich sagen soll. Ihr habt mich komplett geflasht. Die Überraschung ist euch gelungen.« Ich bedankte mich ein weiteres Mal und verabschiedete mich aufs Zimmer.

Kaum schloss sich hinter mir die Tür, ließ ich mich der Länge nach aufs Bett fallen. Ich starrte auf den Gutschein in meiner Hand. Ein Skikurs. Meine Emotionen wechselten zwischen Freude und Panik. Freude vor allem darüber, wie lieb meine Gang an mich gedacht hatte. Panik, weil der Skikurs das Letzte war, was ich derzeit vermisste.

Sie hatten recht, wenn sie sagten, ich wollte mich nicht nur in Cafés aufhalten. Andererseits war der gestrige Tag perfekt gewesen, wie er war. Egal, es half nichts, da musste ich durch. Sie hatten sich Gedanken um mich gemacht, ich würde niemanden enttäuschen. Außerdem hatte ich in Ischgl vorgehabt, die Gespenster der Vergangenheit zu verjagen. Jetzt bekam ich auch hier die Chance dazu. Deswegen bückte ich mich und zog den kleineren der beiden Koffer unter dem Bett hervor. Darin befanden sich die neu gekauften Skisachen wie Anzug, Skisocken, Handschuhe und eine Liste. Erst wollte ich sie zusammenknüllen und entsorgen, warf dann aber doch einen Blick drauf. Die Theorie würde nicht das Problem sein. Was die Praxis betraf, hoffte ich beim Zubettgehen an ein Wunder bestehend aus plötzlicher Schneeschmelze.

Natürlich war am nächsten Morgen nichts geschmolzen, außer vielleicht mein Selbstvertrauen.

Diese blöde Klassenfahrt war ewig her, vieles verblasst. Ausgerechnet mein nicht vorhandenes Talent fürs Skifahren war mir in Erinnerung geblieben.

In voller Montur stand ich vor dem Spiegel. Nicht mehr ganz eine Stunde, bis ich dem Skilehrer zeigen konnte, dass ich zwar sämtliche Fachbegriffe beherrschte, mein Körper diese Sprache aber nicht verstand.

Ich schloss die Augen. Mit dieser Einstellung hatte ich schon verloren. Ich musste positiv denken. Immerhin war ich inzwischen kein vierzehnjähriges Mädchen mehr. Wer sagte, dass es diesmal nicht besser klappen könnte?

Es wurde Zeit, dem Schrecken der Vergangenheit gehörig in den Hintern zu treten. Bevor ich das tun konnte, musste ich das Hotel verlassen, was leichter gesagt war als getan. Im Eingangsbereich warteten meine Groupies, um mich anzufeuern, mir Wünsche mit auf den Weg zu geben und meine Vorfreude für die Ewigkeit festzuhalten. Ich schwöre, ich gab mir größte Mühe, mein Lächeln echt aussehen zu lassen.

Nachdem das geschafft war, folgte ich Heinz' Beschreibung zum Büro der Skischule. Nach fünf Minuten Fußweg machte eine große Schrift auf einem noch größeren Fenster auf das Büro aufmerksam. Selbst wenn ich es gewollt hätte, hätte ich es nicht übersehen können. Unsicher lief ich daran vorbei, fand mich dann aber selbst albern und ging hinein.

»Einen Moment«, rief eine Stimme, deren Besitzer ich nicht sehen konnte.

Ich schaute mich um. Bilder mit Bergpanorama hingen an den Wänden, viele aufgenommen im Winter, einzelne im Frühling oder Sommer. Auf einer Seite stand eine Vitrine, darin alte Skier, Skistöcke, Steigeisen, irgendwelche Karabiner, ein alter Anzug und verschiedene Medaillen.

»So, da bin ich. Entschuldigung.« Ein Mann mittleren Alters, graue Haare, drahtige Figur, mit einem freundlichen Lächeln, kam auf mich zu. »Was kann ich für Sie tun?«

»Ich sollte mich um halb zehn wegen eines Skikurses hier einfinden. Mein Name ist Lilou Rosenthal.«

»Ah, Frau Rosenthal, genau. Der Luca ist noch nicht da, wird aber gleich kommen. Anfänger?«, fragte er im selben Atemzug, und ich musste erst den Zusammenhang herstellen.

»Totaler Anfänger«, gab ich zerknirscht zu.

»Macht nichts, in drei Tagen fliegen Sie über die Pisten.«

Mit dem Kopf voraus, vervollständigte ich tonlos. Seine Zuversicht harmonierte nicht mit meiner Erinnerung.

»Gucken wir mal nach der Ausrüstung. Schuhgröße?«

»Neununddreißig.«

»Aha.«

Während wir nach den passenden Sachen suchten, hörte ich die Glocke der Eingangstür. Kurz darauf spürte ich die Anwesenheit einer Person hinter mir.

»Guten Morgen zusammen.«

Ich richtete mich auf, da ich gerade einen Skischuh angezogen hatte, und drehte mich um. Im Türrahmen stand ein Typ in Skiklamotten mit Sonnenbrille, Basecap und einem breiten Lächeln.

»Güte Tag, Luca. Dini Schielri isch bereit«, begrüßte der Ältere den Neuankömmling mit Schweizer Dialekt.

»Perfekt.« Er zog die Brille ab. »Ich bin Luca.«

»Lilou, hi.« Ich grinste bis über beide Ohren. Es war die pure Freude über den Kontakt mit einer Person meines Alters, dazu kam sein gutes Aussehen. Auch wenn er für einen Skilehrer dem absoluten Klischee entsprach.

»En güeti Entscheidig, dini Züesag, was?« sagte der Ältere.

»Das weri jetzt ganz blöd gsi, z'Gäld nit z näh«, antwortete Luca. Er hatte eine angenehm tiefe Stimme.

»Ja, ich redu va güete Üsichte. En biz g'Spass schadut de dier gar nit.«

»Ich hä gat äns der G'Spass.«

Zwar hatte ich kein Wort verstanden, spürte aber, wie die Stimmung leicht zu kippen drohte.

Luca presste die Lippen aufeinander. Dann atmete er tief durch. »Okay, Lilou. Bringen wir dir das Skifahren bei. Bereit?«

Obwohl mir ein *Nein* auf der Zunge lag, nickte ich tapfer. Wir suchten die richtigen Skier aus, stellten die Bindung im Hinblick auf mein Gewicht und meine Größe ein, und los ging's.

Zusammen verließen wir das Büro. Es ging zur Talstation Spielboden. Dort lag der Sammelplatz der Skischule und das Anfängergebiet mit leichten Übungshängen und blauen Pisten. Bis wir am Ziel angekommen waren, war meine Kondition das erste Mal im roten Bereich. Na, das konnte ja was werden. Meine Nervosität stieg, als ich die Skier anschnallte. Zum Glück fuhren wir erst mal nirgendwohin, sondern Luca erklärte mir die Grundlagen. Dank meiner Liste und den Erinnerungen, die ich aus meinem Gedächtnis hervorkramte, konnte ich mit Wörtern wie »Schneepflug«, »Körperschwerpunkt« oder »Tal- und Bergski« schnell wieder etwas anfangen und stellte mich bei den ersten Übungen gar nicht so doof an.

»Na, bitte. Nicht schlecht für den Anfang«, bestätigte Luca meine Einschätzung. Er trug zwar wieder seine Sonnenbrille, aber ich nahm an, er sagte es nicht nur, weil er Geld dafür bekam. »Machen wir eine kleine Pause, dann geht's an die Praxis.«

Mein Blick folgte seinem ausgestreckten Zeigefinger. Ein Schlepplift fuhr knapp fünfzig Meter von uns entfernt seitlich eine Piste nach oben. Die Endstation war von hier aus zu sehen, dennoch hatte ich das Gefühl, gleich von der Spitze des Matterhorns ins Tal fahren zu müssen. »Von mir aus bleiben wir heute hier. Ich habe es nicht eilig.«

Luca antwortete mit einem Lachen, dessen Klang meine Nervenenden zum Vibrieren brachte und ein Kribbeln über meine Haut jagte.

»Nur keine Angst, da habe ich noch jeden heil runterbekommen.«

»Einmal ist immer das erste Mal. Und du kennst meine Vorgeschichte nicht.« Sobald der Satz ausgesprochen war, bereute ich ihn.

Luca zog die Sonnenbrille ab und schaute mich interessiert an. »Es gibt eine … Vorgeschichte?«

»Die ich, wenn überhaupt, erst am Ende des Kurses erzählen werde.«

Wow, diese Augen! Das intensive Blau brachte mich ganz durcheinander. Ob ich ihn bitten konnte, die Sonnenbrille wieder aufzusetzen? Ablenkung war in meinem Fall nicht wirklich förderlich. Ich wollte das damalige Missgeschick in keiner Weise wiederholen.

»Okay, Deal: Ich bin jetzt wirklich neugierig. Zeigst du mir am Mittwoch auf der blauen Piste mindestens drei Parallelschwünge erzählst du es mir. Wenn nicht …« Er überlegte.

»… lädst du mich zum Essen ein«, rutschte es mir raus.

Eine Mischung aus Überraschung und etwas Undefinierbarem huschte über sein Gesicht. Was war das denn? Panik? Na, super. Ich musste meinem Skilehrer gar nicht zwischen die Beine fahren, um mich zu blamieren. Das konnte ich inzwischen auch mit Worten. »Oder du erzählst mir dafür von deinem skurrilsten Erlebnis mit einem Skischüler«, versuchte ich, die Kurve zu kriegen.

»Mach ich … beim Abendessen.« Seine blauen Augen leuchteten, als er mir zuzwinkerte.

Nichts gegen Heinz, aber das Zwinkern hier war eher nach meinem Geschmack. Und was noch besser war: Er wollte mit mir essen gehen. Mein Herz hüpfte.

»Dafür müssen wir aber jetzt dort hoch«, sagte er abschließend und holte mich auf den Boden der Tatsachen zurück.

Luca stopfte Basecap und Sonnenbrille in seinen Rucksack und tauschte beides gegen Helm und Skibrille. So erhaschte ich einen Blick auf sein blondes Haar. Gekonnt schnallte er sich die Bretter unter. Dann klopfte er die Enden der Stöcke aneinander. »Auf geht's.«

Eben noch vor Freude, schlug mir das Herz jetzt vor Aufregung bis zum Hals. Wenn ich vor einer Sache noch mehr Respekt hatte, als den Berg mit Skiern an den Füßen runterzukommen, war es, ihn raufzukommen. Ich beobachtete die Leute im Tellerlift genau. Es sah so einfach aus. Skier gerade in die Spur stellen, Stöcke in die eine Hand, die tellerförmige Plastikschale unter den Po klemmen und nach oben ziehen lassen. Fertig. Wir schauten uns das Treiben ein paar Minuten von der Seite an. Luca erklärte mir, wie es am besten klappte.

»Okay, Lilou, du bist dran. Verkrampf die Beine nicht, bleib locker, aber konzentriert. Ich bin gleich hinter dir. Und ja, du schaffst das allein! Ganz sicher.« Er schenkte mir ein Lächeln, dann drückte mir der Typ am Lift auch schon den Bügel in die Hand. »Lehn dich weiter nach hinten«, hörte ich Luca noch sagen.

Gerade rechtzeitig, bevor der Ruck kam. Andernfalls läge ich jetzt todsicher mit dem Gesicht voraus im Schnee. Der Anfang war geschafft. Ich fokussierte die Skier, redete ihnen gut zu, bloß keine Dummheiten zu machen.

Irgendwie kam ich ohne Zwischenfälle oben an, ließ den Bügel los und stolperte zur Seite.

»Perfekt«, freute sich Luca ein paar Sekunden später. »Das klappt nicht immer beim ersten Mal.«

»Freu dich nicht zu früh.«

»Wir machen langsam, versprochen.«

So war es auch. Luca nahm sich Zeit, war geduldig und echt süß dabei. Jaja, Klischee und so. Zu viel Schwärmen war eh nicht drin. Sobald ich abgelenkt war, verknoteten sich die Skier, und ich landete auf dem Hintern. Zwei Mal lotste er mich die Piste hinunter. Als ich das dritte Mal den Lift heil hinter mich gebracht hatte, erlöste er mich.

»Die Pause hast du dir verdient.«

»Ja, und den Apfelstrudel mit viel Sahne und noch mehr Vanillesoße.«

»Den auch.«

Nach fast drei Stunden auf Skiern, hatte ich vergessen, wie man lief. »O Mann, fühlt sich das komisch an.«

»Besser oder schlechter?«

»Eindeutig besser.«

Luca schüttelte lachend den Kopf. »Die Frage stelle ich dir morgen noch mal.«

Wir ergatterten einen freien Tisch. Ich entledigte mich Helm und Brille und schirmte meine Augen vor der Intensität der Sonnenstrahlen ab.

Allmählich gewöhnte ich mich an die Helligkeit. Als ich aufsah, ertappte ich Luca dabei, wie er mich musterte. Weil er sofort den Blick abwendete, war der Moment schnell vorbei. Das feine Kribbeln auf meiner Haut spürte ich dennoch. Ob er diese Reaktion bewusst auslöste? Nutzte er das aus? War er deshalb Skilehrer? Tagsüber auf der Piste, abends in die Kiste. Bei diesem albernen Wortspiel rutschte mir ein Grunzer raus.

»Was war das denn? Hast du geniest?«, fragte er lachend.

»Nein, ich … Nicht wichtig.« Ich biss mir auf die Unterlippe. »Machst du den Job schon lange?«

»Ja, habe nie was anderes getan. Im Sommer arbeite ich zusätzlich als Bergführer.«

»So richtig klettern, mit Seil und allem?«

»Unter anderem.«

Ich schüttelte mich bei der Vorstellung, irgendwo an einem Berg zu kleben und mich auf einen kleinen Haken im Gestein zu verlassen.

»Und wo findet man dich, Lilou, wenn du nicht im Urlaub bist?« Das Blau seiner Augen strahlte mit dem Himmel um die Wette, während er mich abwartend betrachtete.

»Ich arbeite für eine Frauenzeitschrift, schreibe Artikel, hauptsächlich über Ernährung, Diäten und so.«

»Klingt spannend.«

Ich fixierte ihn. »Nein, klingt es nicht.« Wir lachten beide. »Ich mag meinen Job, ich liebe es zu schreiben und zu recherchieren. Und viele interessiert eben die neueste Diät aus den USA. Außerdem bin ich immer up to date.«

Endlich kam die Bedienung und nahm unsere Wünsche entgegen. Ich lehnte mich zurück und schloss die Augen. Die Anstrengung der vergangenen Stunden machte sich bemerkbar. Arme und Beine wurden schwer.

»Wenn der Job einem Spaß macht, gibt es nichts Besseres, egal was man tut. Darf ich dich was fragen?«

»Mmh«, murmelte ich schläfrig.

»Wer war die Truppe, die am Samstag das Büro gestürmt hat?«

Grinsend richtete ich mich wieder auf. »Möchtest du die kurze oder die lange Version hören?«

»Die lange«, meinte Luca nach einem Blick auf die Uhr.

Also erzählte ich ihm meine Geschichte. Gebannt hing er an meinen Lippen. Wahrscheinlich überlegte er, ob ich ihm ein Märchen auftischen wollte. Oder er fragte sich, an was für eine Bekloppte er da geraten war. Egal welchen Eindruck ich bei ihm hinterließ, ich genoss jede Sekunde, mich mit ihm zu unterhalten. Es war angenehm, leicht, vertraut. Noch vor wenigen Stunden hatte ich den verpassten Flirts keine Träne nachgeweint. Jetzt saß ich hier vor diesem Sahneschnittchen und war kurz davor, meinem Kopfkino einen FSK-18-Stempel zu verpassen. Ich hoffte sehr, die Gedanken standen mir nicht auf die Stirn geschrieben. Ein Flirt mit dem Skilehrer, nein, in diese Schublade wollte ich nicht gehören. Nicht gleich am ersten Tag. Vielleicht würde ich morgen ein Signal senden und schauen, ob die Frequenz stimmte.

Ich brauchte nachher dringend eine Pro-und-Kontra-Liste.

»Darüber kannst du ein ganzes Buch schreiben, wenn du zu Hause bist.«

»Lieber nicht, zumindest nicht mit dem echten Anfang.«

»Quatsch, ist doch eine coole Nummer von dir, dich der Reisegruppe anzuschließen.«

»Findest du?«, fragte ich ungläubig nach.

»Auf jeden Fall. Und diese Senioren sind ziemlich tough und überzeugend. Du hättest sie sehen sollen. Sie haben sich richtig für dich ins Zeug gelegt.«

Mir ging das Herz auf. Ich war so gerührt, dass ich gegen die Tränen ankämpfen musste. Gleichzeitig bekam ich ein schlechtes Gewissen, wie wenig ich ihr Geschenk gestern Abend gewürdigt hatte. Statt alles zu geben, hatte ich gar nicht erst versucht, mich fürs Skifahren zu begeistern, und war mit den Gedanken ganz wo anders gewesen. Damit war jetzt Schluss.

»Ich hoffe, die Gang hat keine utopische Summe gezahlt.«

»Nein, natürlich nicht. Es war ein fairer Preis. Wir arbeiten seriös. Und ich hatte eh keine anderen Pläne.«

»Zu der Jahreszeit in dem Job keine Pläne?« Ich schaute ihn skeptisch an. Dann fiel es mir wie Schuppen von den Augen. »Sag nicht, du hättest eigentlich Urlaub.«

Er antwortete nicht.

»Luca?«

»Du meintest doch, ich soll es nicht sagen.«

»Verdammt, dein Ernst?« Der Rucksack auf meinem Rücken füllte sich mehr und mehr mit schlechtem Gewissen. »Wenn ich das gewusst hätte …«

»Entspann dich, Lilou. Ich wurde zu nichts gezwungen«, unterbrach er mich. »Ich mache meinen Job gern. Richtigen Urlaub kann man es auch gar nicht nennen. Auf dem Plan stand jeden Vormittag eine Stunde Skikurs. Wir sind dieses Jahr genug Leute und können uns die Kurse vor den Feiertagen gut einteilen. Als die Anfrage für dich kam, habe ich angeboten zu übernehmen. Es war also meine persönliche Entscheidung. Außerdem wartet zu Hause niemand auf mich, der sauer auf dich werden könnte.«

»Der Gedanke gefällt mir trotzdem nicht.« Nur dass niemand auf ihn wartete, das gefiel mir. Aber ich wollte mich ja nicht mehr ablenken lassen.

»Lass uns drei schöne Tage zusammen verbringen. Davon haben wir beide was. Und deine Gang, wie du sie so liebevoll nennst, freut sich ebenfalls.«

»Wenn es wirklich okay für dich ist, ist es das für mich auch.«

»Ja, und jetzt kein Wort mehr darüber, einverstanden?«

»Einverstanden.« Ich griff nach Lucas hingehaltener Hand.

Sein Lächeln war so verlockend süß wie die Vanillesoße auf meinem Apfelstrudel. Hach! Er hatte absolut recht. Wir sollten drei schöne Tage miteinander verbringen. Ich war bereit, es zu genießen und mich auf das Abenteuer Skifahren einzulassen. Mit Luca an meiner Seite sollte es mir nicht schwerfallen. Und vielleicht war am Ende eine kleine Belohnung für mich drin.

Kapitel 6

Flirt-Liste

Pro Luca
Ich bin Single, ich darf das.
Ich bin im Urlaub.
Ich sehe ihn zu 99,9 % nie wieder.
Er ist so süß.
Ich muss unbedingt wissen, wie er unter den ganzen Klamotten aussieht.
Er ist Single.
Ich wollte spontaner sein.
Ich wollte Spaß haben.
Ich möchte noch mehr Zeit mit ihm verbringen.
Er ist so verdammt süß.
Punkt 4 auf meinen Neonzetteln lautet »Sex«.

Kontra Luca
Ich kenne ihn nicht.
Ich könnte mich blamieren.
Ich will keinen falschen Eindruck hinterlassen.
Es ist sooo klischeehaft.
Ich könnte mein Herz verlieren.

Nach unserer Stärkung stiegen wir wieder auf die Skier und starteten eine letzte Abfahrt. Mein Vorsatz, alles zu geben, war schnell dahin. Ich war dermaßen erschöpft aufgrund der vergangenen Stunden, es wollte einfach nichts mehr klappen.

Meine Beine waren wie Fremdkörper. Nicht mal Lucas gutes Zureden konnte mich friedlich stimmen. Was ihn nicht im Mindesten aus der Ruhe brachte.

»Lach nicht, das ist nicht witzig«, schimpfte ich ihn, nachdem sich meine Skispitzen wieder zu nahe gekommen waren und ich im Schnee gelandet war.

»Ein bisschen schon. Nicht der Sturz, nur dein Vokabular. Wären Kinder in der Nähe, müsste ich ihnen glatt die Ohren zuhalten.«

Ich schnaufte. »Übertreib nicht!« Trotzig blieb ich im Schnee sitzen.

»Na komm, gleich geschafft.« Er hielt mir die Hände hin und ich griff danach.

Als ich stand, klopfte er mir liebevoll den Schnee vom Anzug. Diesmal wurden meine Knie nicht vor Erschöpfung weich. Schemenhaft spiegelte ich mich im Glas seiner Skibrille. Glücklicherweise waren meine Wangen längst durch die Kälte rötlich gefärbt. Eine Weile standen wir still voreinander, gefangen im Moment, dem man einerseits kaum Beachtung schenken konnte, in dem aber andererseits eine intime Vertrautheit zu finden war, die uns innehalten ließ.

Luca löste sich als Erster und fuhr ein Stück voraus. »Nicht schlappmachen«, rief er mir zu.

Das Erreichen der Talstation kam mir vor wie die Entdeckung des Heiligen Grals. So also hatte sich Indiana Jones gefühlt. Eine tiefe Erleichterung machte sich breit, als ich die Skier abschnallte. Meine Energiereserven waren vollends aufgebraucht.

»Falls ich morgen nicht erscheine, konnte ich das Bett vor Erschöpfung und Muskelkater nicht verlassen«, warnte ich Luca vor.

»Jetzt kommt, übertreib mal nicht. Du bist wie alt?«

»Meinst du das biologische oder das gefühlte Alter?« Ich kräuselte die Nase.

»Eine schöne heiße Dusche und ein Gläschen Wein, und du bist wie neu.«

Wir waren bereits auf dem Weg zurück zur Skischule. Skier und Stöcke trug ich zusammengebunden über der Schulter.

»Dazu muss ich mich erst auf mein Zimmer durchschlagen. Schätze, ich werde vorher ausgiebig interviewt.« Ich konnte mir lebhaft vorstellen, wie sie alle neugierig warteten. Allen voran Ilse und Wolfgang. Wir wussten nicht viel voneinander, aber ich konnte sie nach der kurzen Zeit ziemlich gut einschätzen. Die beiden waren wie ein offenes Buch, trugen das Herz auf der Zunge.

»Soll ich mitkommen? Ich könnte ein paar deiner Flüche zum Besten geben«, feixte Luca.

»Du findest dich richtig lustig, oder?« Ich wollte grimmig schauen, konnte aber mein Grinsen nicht zurückhalten.

»Ich *bin* lustig.«

Wir waren angekommen. Endlich war ich die Sachen los. Den Helm legte ich auf dem Tresen ab und warf einen schnellen Blick in den Spiegel. Da ich die Haare zum Mittelscheitel und kinnlang trug, konnte nicht viel passieren. Sie lagen höchstens etwas platter am Kopf an.

»Sitzt alles«, kommentierte Luca sofort.

»Das kann nicht jeder von sich behaupten.« Kichernd zeigte ich auf ihn. Eine Strähne seiner blonden Haare stand kerzengerade nach oben ab. »Welchen Sender hörst du gerade?«, fragte ich albern.

Luca kontrollierte nun seinerseits das Spiegelbild und versuchte, ein wenig zu retten. Ohne Erfolg. Weil das nicht klappte, ging er an den Rucksack, holte seine Basecap raus und setzte sie auf. »Keine Ahnung, was du meinst.« Unbeeindruckt zuckte er mit den Schultern.

Ich lachte noch immer. »Sorry, so witzig war das nicht. Ich glaube, ich bin tierisch k. o.«

»War es zu anstrengend?«, fragte Luca plötzlich ernst.

»Was, nein. Überhaupt nicht. Ich habe konditionell bloß viel Luft nach oben. Du hast alles richtig gemacht«, beruhigte ich ihn.

Seine Gesichtszüge entspannten sich. Süß, wie besorgt er war. Dabei war es nicht sein erster Kurs. Die Erfahrung sollte ihm Sicherheit geben. Aber er ruhte sich darauf nicht aus. Man spürte, er war mit dem Herzen bei der Sache. Es ging nicht nur ums Geld. Er wurde mir immer sympathischer.

Nachdem ich ihm ein zweites Mal versichert hatte, dass es mir gut ging, verabschiedeten wir uns voneinander.

In gemächlichem Tempo schlenderte ich zum Hotel zurück. Der Tag war anstrengend gewesen. Mental wie körperlich. Doch trotz der Müdigkeit oder gerade wegen ihr empfand ich Zufriedenheit. Ja, ich hatte zum Schluss die Nase voll gehabt und hatte geflucht wie ein gestandener Seemann. Aber ich war niemandem, und schon gar nicht Luca, zwischen die Beine gefahren. Allein diese Tatsache war Grund für Selbstlob.

»Oh, Lilou, was für ein Zufall. Wir haben uns ein wenig die Füße vertreten. Schön, dass du wieder da bist. Hattest du einen interessanten Tag?« Wie vorausgesagt, fing mich Ilse ab, kaum, dass ich das Hotel betreten hatte. Ich ertappte Herrmann, wie er die Augen verdrehte. Zum Knuddeln die zwei. Nur wirkte er ein bisschen blass um die Nase.

»Hallo, ihr zwei, schön, wieder hier zu sein. Ja, der Tag war sehr interessant. Ich bin ziemlich abgekämpft, aber ich hatte viel Spaß. Danke euch noch mal. Ich weiß nicht, wie ich das gutmachen soll.«

»Gar nicht. Das ist ein Geschenk. Von uns an dich. Ohne Gegenleistung.«

»Ich weiß, aber …«

»Nichts aber!« Ilse schüttelte demonstrativ den Kopf. »Du hattest Spaß. Mehr muss ich nicht hören. Dann ruh dich aus, und beim Essen erzählst du uns was, ja?«

»So machen wir es.« Spontan nahm ich die beiden nacheinander in den Arm. »Ich bin froh, die falsche Reise gebucht zu haben.«

Am Freitag hatte ich geglaubt, die Welt ginge unter durch meine Dummheit. Nur drei Tage später hörte ich mich diese Worte sagen. Es war verrückt, wie das Leben spielte. Die kleinste Entscheidung konnte zu großen Veränderungen führen. Die Singlereise war nur einen Knopfdruck entfernt von der Seniorenreise gewesen. Vielleicht hatte es so sein sollen. Ich würde mit tollen Erinnerungen und verrückten Geschichten nach Hause zurückkehren. Das war der Grund gewesen, warum ich überhaupt erst den Schicksalsknopf betätigt hatte.

Ich stieg aus dem Fahrstuhl, lief über den Flur und atmete erleichtert auf, als ich die Keycard in den dafür vorgesehenen Schlitz an meiner Zimmertür schob. Als Erstes musste ich die Klamotten loswerden. Danach plante ich eine ausgiebige heiße Dusche. Nur der Wein musste warten. Sonst würde ich hundertprozentig noch vor dem Abendessen einschlafen. Und Hunger hatte ich, das stand fest.

»Lilou!« Jemand rief über den Gang hinweg meinen Namen.

In Gedanken schon unter der Dusche zuckte ich erschrocken zusammen. Nur Sekunden später stand Wolfgang hinter mir. Er trug einen Weinachtspullover mit einem Rentiermotiv. »Sehr gut, du bist unverletzt. Bist du doch? Ich würde mir Vorwürfe machen, wenn du unseretwegen im Krankenhaus landen würdest. Skifahren ist nicht zu unterschätzen.«

»Mir geht's bestens«, beruhigte ich ihn. »Nur Muskelkater, sonst ist alles dran.«

Wolfgang fasste sich ans Herz. »Da bin ich heilfroh.« Er lächelte erleichtert und tätschelte meinen Arm. Dann bekam sein Gesicht einen verschwörerischen Ausdruck. »Was fürs Auge ist auch dabei, oder? Mir hat er gleich gefallen.«

»Ja«, gab ich zu, »Luca ist süß.«

»Ich sehe, wir sind uns einig«, meinte er zwinkernd und legte den Zeigefinger an die geschlossenen Lippen.

Ich nickte und unterdrückte ein Gähnen. So gern ich mich mit ihm unterhielt, ich brauchte dringend eine Pause. Die dazugehörigen Signale sendete ich nicht absichtlich, aber Wolfgang empfing sie dennoch.

»Ich merke, du bist kaputt. Aber eine Frage noch: Kommt dir Heinz auch komisch vor? Er ist anders als sonst.«

»Nein … nein, eigentlich nicht. Allerdings kenne ich ihn natürlich nicht wirklich gut. Was meinst du genau?«, fragte ich vorgetäuscht ahnungslos.

»Er schaut mich merkwürdig an, und ach, ich weiß nicht. Vielleicht bilde ich es mir nur ein.«

»So wird es sein. Ich finde, er sieht immer ganz verliebt aus.«

Er wirkte besänftigt, verabschiedete sich und verschwand so schnell, wie er gekommen war. Endlich betrat ich mein Zimmer, schälte mich im Eiltempo aus dem Anzug. Durch die Verzögerungen war es darunter heiß wie in einer Sauna. Daher war es das schönste Gefühl der Welt, als die Wasserstrahlen meine Haut trafen und den Schweiß mit sich nahmen. Ich drehte mich hin und her, hielt mein Gesicht unter den Duschkopf, spürte die wohltuende Wärme.

Entspannt kuschelte ich mich in frischer Unterwäsche ins Bett und zog die Decke bis zu den Ohren. Zur Sicherheit stellte ich den Wecker am Handy. Wider Erwarten schlief ich nicht ein. Meine Gedanken kreisten um Luca. Ich sah seine blauen Augen vor mir. Stellte mir vor, wie ich mit den Fingern durch seine blonden Haare glitt. Dachte daran, seine Lippen zu küssen, und überlegte, wie er wohl schmeckte. Ich mochte seine zurückhaltende Art. Allerdings war sie es auch, die mich verunsicherte. Nicht, dass ich es nicht abwarten konnte, mich auf ihn zu stürzen. Ich war kein männerverschlingender Vamp. Ein Profi im Flirten genauso wenig. Ich brauchte ein Gegenüber, das mir eindeutige Signale sendete. Dann hatte ich den Mut, ein Stück weit aus mir herauszugehen. Wem gab es kein gutes Gefühl, wenn jemand Interesse zeigte? Wenn auch nur rein sexueller Natur. Besser als nichts. Es machte das Alleinsein erträglicher, schmeichelte dem Ego. Mir war klar, dass ich mich nicht über einen Mann identifizieren sollte. Ich war gut so, wie ich war. Es waren andere Dinge, über die ich mich definierte, die das Leben lebenswert machten. Diese Sätze kamen in der Regel von denen, die in einer festen Beziehung steckten. Von denjenigen, die keine Ahnung hatten, wie es war, mit Ende zwanzig im Haus der Eltern zu wohnen, ohne Aussicht auf einen potenziellen Partner und mit dem Wunsch der Mutter nach Enkelkindern im Nacken. Mit dem Wunsch dazuzugehören.

Erst gestern hatte sie mir eine WhatsApp aus Thailand geschickt mit Bildern von einem Paar in ihrem Alter, das sie kennengelernt hatten. Auf den angehängten Fotos baute mein Vater mit dem anderen Herrn und dessen Enkelsohn eine riesige Sandburg am Strand. Meine Mutter hatte einen Smiley daruntergesetzt und einen Kommentar: *Dein Vater hat echte Opa-Qualitäten!*

Manchmal ärgerte es mich, wie stark ich mich davon beeinflussen ließ. Andererseits gab es in meiner Vorstellung von Zukunft ebenfalls nicht nur mich. Und wer viele Frösche küsste, fand bestimmt irgendwann seinen Prinzen. Wenn der Frosch dann noch so gut aussah wie Luca, sprach nichts dagegen.

Ich war froh, als es Zeit fürs Abendessen wurde. Grundsätzlich kam ich gut mit mir selbst klar. Immer mochte ich mit meinen Gedanken allerdings nicht allein sein. So wie jetzt, wo mir die Sehnsucht nach einem Partner den Abend zu versauen drohte. Ich entschied mich für meine Lieblingsjeans und einen bequemen Pullover. Kämmte kurz über die Haare, legte etwas Parfüm auf und verließ das Zimmer. Seit ich hier war, hatte ich mir kein einziges Mal die Mühe gemacht, den Lockenstab zu benutzen.

Schon zum zweiten Mal heute hatte ich Hunger wie ein Raubtier. Der köstliche Duft tat sein Übriges. Obwohl ich früh dran war, waren an unserem Tisch schon alle da. Nur Herrmann fehlte.

»Wo ist denn dein Mann?«, fragte ich Ilse nach einer kurzen Begrüßung.

»Der fühlt sich nicht gut. Ist die ganze Bewegung und die viele frische Luft von zu Hause nicht gewohnt.«

»Oje.«

»Mach dir keine Sorgen. Ich bringe ihm nachher Essen aufs Zimmer, das lädt die Batterien wieder auf.«

»Okay.« Ilse wirkte völlig entspannt, dann durfte ich es auch sein. Sie kannte ihren Mann schließlich besser. Aber dann hatte mich meine Intuition von vorhin nicht getäuscht, die blasse Haut hatte nicht das Licht verursacht.

Ich entschuldigte mich. Mein Hunger ließ keine weitere Wartezeit zu.

»Wie war euer Tag sonst?«, fragte ich in die Runde, nachdem ich ein paar Bissen zu mir genommen hatte und sich eine erste Zufriedenheit einstellte.

Als hätte ich eine Lawine losgetreten, plapperten im nächsten Moment alle durcheinander, bis Rosi ein Machtwort sprach. »Einer nach dem anderen.«

»Die hast du aber im Griff«, raunte ich ihr leise zu.

»Irgendwer muss den Überblick behalten.« Sie lachte. »Apropos Überblick. Wie war denn dein Ausblick heute?« Rosis linke Augenbraue zog sich leicht nach oben.

»Ganz nett.«

»Soso. Magst du mit mir nach dem Essen einen kleinen Absacker trinken? Dann kannst du mir von dem ›ganz netten‹ Ausblick erzählen, wenn du magst.«

Eigentlich wollte ich wirklich früh zu Bett gehen. Dusche

und Essen hatten meine Müdigkeit nicht besiegen können. Doch ich fand die Art, wie Rosi gefragt hatte, so süß, ich konnte nicht ablehnen. Also wanderten wir nach dem Essen rüber an die Hotelbar, bestellten uns je einen Cocktail und ließen den Abend entspannt ausklingen. Rosi fackelte nicht lange und griff das Thema Ausblick erneut auf.

»Ja, ihr habt eine gute Wahl getroffen.«

»Dafür, dass wir keine hatten, ist das doch perfekt gelaufen.« Sie lachte wieder ihr fröhliches Jungmädchenlachen.

»Obwohl es beim Skifahren bekanntlich nicht auf die Optik ankommt. Weder um es zu lernen noch um es zu können«, meine ich.

»Klar, mit einem langweiligen Fiat Panda komme ich auch von A nach B. Dazu brauche ich kein schickes Cabrio. Aber es macht viel mehr Spaß.«

Ich schaute Rosi amüsiert an und überlegte, was für ein Auto Luca war.

»Und selbst wenn es kein Auto für immer ist, Probefahrten kann man jederzeit machen«, philosophierte sie weiter.

»Rosi«, rief ich überrascht.

»Was ist? Darf man in meinem Alter solche Gedanken nicht mehr haben?«

»Doch, natürlich. Die Einstellung ist total cool.« Ich überlegte. »Darf ich dich fragen, warum du allein hier bist?«

»Ach, Schätzchen. Klar darfst du. Ich bin eine glückliche Single Lady, die gern auf Reisen ist. In meinem Alter bieten sich Busreisen an. Dass ich meist die einzige Alleinstehende bin, weiß ich im Voraus. Manchmal fährt eine Freundin mit. Die restliche Zeit bin ich solo unterwegs. Warum willst du das wissen?«

»Ach, nur so, reine Neugierde«, sagte ich.

»Meine erste und einzige Ehe ist schon so lange her, dass es gefühlt in einem anderen Leben gewesen ist. Damals war ich jung und bis über beide Ohren verliebt. Die Hochzeit war für mein vergangenes Ich die absolut richtige Entscheidung. Aber wie gesagt, wir waren jung, und irgendwann passte es nicht mehr. Einige Zeit habe ich damit und mit mir selbst gehadert. Eine gescheiterte Ehe. Früher taten die Leute so, als hätte man Hochverrat begangen. Was soll ich sagen, ich habe es überlebt. Nur der Drang zu heiraten kam bis heute nicht zurück. Es gab Männer in meinem Leben, nette Männer. Ich genieße ihre Gesellschaft. Wenn es harmoniert, ist es wunderbar. Wenn nicht, dann ist es genauso gut. Ich komme bestens mit mir aus.«

Ich blieb stumm, als Rosi geendet hatte. So viele Details hatte ich nicht erwartet. Ich dachte über ihre Worte nach, kam nicht umhin, sie für ihre Stärke zu bewundern. Ich hatte mich mit meinem Alleinsein arrangiert und bis auf mein anstrengendes Faible für Listen ertrug ich mich selbst auch ganz gut. Nur wollte ich das eben nicht als Dauerlösung. Wir standen allerdings an verschiedenen Punkten unseres Lebens.

»Oje, ich wollte dir keine Angst machen. Du hast noch viel Zeit, um den Richtigen für dich zu finden.« Rosi strich mir sanft über den Arm.

»Da bin ich mir nicht sicher«, sagte ich grüblerisch.

»Du bist ein tolles Mädchen. Denk nicht darüber nach, was du im Moment nicht hast. Alles wird sich fügen. Hab Spaß am Leben.« Sie legte den Kopf schief. »Wir sind völlig vom eigentlichen Thema abgekommen. Wie heißt er eigentlich, der Herr Skilehrer?«

»Luca.« Sofort begann ich zu grinsen, konnte nichts dagegen tun. Ich erzählte Rosi bereitwillig und ausführlich von meinem ersten Eindruck. Zuvor beim Essen hatte ich mich auf den sportlichen Teil beschränkt, jetzt gab es die komplette Fassung.

»Das klingt vielversprechend.« Sie zwinkerte. »Da wird unser Wolfgang sicher neidisch, wenn er das hört.«

»Hat er dir auch verraten, dass Luca ihm gefällt?«

»Er hat kein Geheimnis daraus gemacht. War ja nicht ernst gemeint.«

»Bei mir hat er so getan, als dürfte ich bloß nichts verraten. So einer. Der wollte mich nur aushorchen.«

Jetzt lachten wir beide. Es machte unglaublich viel Spaß, sich mit Rosi zu unterhalten. Sie besaß eine klare Einstellung zum Leben, traute sich, ihre Meinung zum Ausdruck zu bringen, und hatte eine ehrliche, einfühlsame Art.

Es gab nicht viele Vertraute in meinem persönlichen Universum. Bei Rosi ging es mir wie bei Lisa und Chrissy. Sie hatten beide mein Herz im Sturm erobert. Obwohl Rosi locker meine Mutter sein könnte, fühlte es sich mit ihr an wie mit einer engen Freundin.

»Auf jeden Fall wünsche ich dir morgen ganz viel Spaß.«

»Danke.«

Wir beendeten den Abend und fuhren gemeinsam im Fahrstuhl in unsere Etage. Ich begleitete sie bis zu ihrem Zimmer, wo sie verdutzt stehen blieb. Dann bückte sie sich und hob ein kleines Päckchen auf.

»Hat das jemand verloren?«, fragte ich.

»Es sah eher absichtlich platziert aus.«

»Was ist es denn?«

Rosi entfernte das Papier. Zum Vorschein kam eine Schneekugel mit dem Motiv des Matterhorns. Sie schüttelte die Kugel, und die weißen Körnchen sanken in der Flüssigkeit zu Boden wie herabfallender Schnee.

»Keine Karte oder irgendein Hinweis?«

»Nein, nichts.« Sie zuckte mit den Schultern. »Ich nehme es erst mal mit, vielleicht findet sich morgen der Besitzer. »Gute Nacht, Lilou.«

»Gute Nacht.« Ich verabschiedete mich mit einer Umarmung und einem guten Gefühl. Das Gespräch mit Rosi hatte geholfen, meine Gedanken zu ordnen. Hatte mir eine innere Ruhe verliehen. Ich neigte leider dazu, mir viel zu oft, viel zu viele Gedanken zu machen. Morgen stand Kopfausschalten und Spaßhaben auf der Tagesordnung. Ganz ohne Pro-und-Kontra-Liste. Die nahm ich sofort, nachdem ich das Zimmer betreten hatte, und zerriss sie in Dutzende Schnipsel. Verrückt, wie erleichternd sich so etwas Banales anfühlen konnte.

Kapitel 7

Der Wecker klingelte, und ich streckte mich verschlafen. Kurz darauf bereute ich es schon wieder. Meine Muskeln von so gut wie jedem Körperteil sendeten Alarmsignale an mein Hirn. Ich hatte es geahnt. Das würde heute ein noch größerer Spaß werden als gestern schon. Ich sah es bildlich vor mir. Egal, mehr als blamieren konnte ich mich nicht, und schlimmer als damals würde es sicher nicht werden. Den ersten Tag hatte ich schließlich bereits ohne peinliche Vorkommnisse hinter mich gebracht. Ich schlug mich tapfer. Dennoch, Skifahren lag mir nicht. Würde es wohl nie. Das spürte ich. War das schlimm? Nein. Konnte ich trotzdem Spaß haben? Ja, absolut. Also startete ich gut gelaunt und mit Muskelkater in Tag zwei meines Abenteuers.

Diesmal erwartete Luca mich bereits. Seine Augen strahlten, als er mich lächelnd begrüßte. Ich hatte über Nacht fast vergessen, wie blau sie waren und wie gut er aussah. Groß, athletisch und er roch verdammt gut. Jetzt erinnerte ich mich und konnte das feine Ziehen in meinem Unterleib nur schwer ignorieren.

»Du hast es geschafft. Sogar pünktlich. Dann ist der Muskelkater nicht schlimm?«

»Das würde ich so nicht sagen«, gab ich zu und verzog das Gesicht. »Ich bin schon leichter und schwungvoller aus dem Bett gekommen.«

»In einer halben Stunde merkst du davon nichts mehr.«

»Wahrscheinlich, weil ich wegen fehlender Muskelkontrolle einen Baum geknutscht habe.«

»Fürs Knutschen finden wir sicher eine harzfreie Alternative.«

Hui, was war das denn für ein Blick? Meinte er sich damit? Flirtete er mit mir? Das Blut rauschte so laut in meinen Ohren, ich hörte meine eigenen Gedanken nicht. Ich sollte etwas erwidern. Warum fiel mir nichts ein? So ein Mist. Als hätte jemand die Tür zu meinem Sprachzentrum verschlossen und ein paar Synapsen gekappt. Und schwups war der Moment vorbei. Mein inneres Ich verdrehte genervt die Augen. Hoffentlich hatte ich meine einzige Chance nicht vertan. Egal, wir hatten den ganzen Tag vor uns. *Nicht zu viel nachdenken, Lilou. Spaß haben ist die Devise.* Deshalb sammelte ich mich schnell und folgte Luca in die Kammer mit der Skiausrüstung.

Über Nacht hatte es kräftig geschneit. Ich liebte den Anblick unberührten Schnees. Sogar auf den Straßen lag noch eine dicke Schicht. Auf dem Weg zum Lift hinterließen wir darauf unsere Spuren. Durch die Bewegung war mein Muskelkater erträglicher geworden, dennoch spürte ich jeden Schritt. Während wir liefen, wiederholte Luca, worauf ich achten musste und wie wichtig der Helm war. Ich lauschte seiner angenehm tiefen männlichen Stimme und merkte erst, dass wir einen anderen Weg genommen hatten, als wir stehen blieben.

»Oh, heute eine andere Piste?«, fragte ich vorsichtig.

»Ja, ich dachte, wir fahren ein bisschen höher hinauf.«

Ich konnte sehen, dass er auf meine Reaktion wartete. Mein Gesicht sprach wohl Bände, denn er fand gleich darauf beruhigende Worte. »Keine Sorge, wird nicht anders als gestern. Und du bekommst nur eine richtige Gondel.«

Ich schaute genauer hin und stieß einen kleinen Freudenschrei aus. Zu meiner Überraschung fuhr da tatsächlich eine Gondelbahn den Berg hinauf. Alpin Express, las ich.

»Die fährt ganz hoch?«

»Ja, zum Felskinn. Der liegt auf 3000 Metern Höhe. Aber keine Angst, die Pisten dort sind gut zu fahren, auch für Anfänger.«

»Das heißt, wir ziehen auch erst da die Skier an?«

»Genau.«

»Du bist der Beste.«

»Ich weiß.« Luca grinste breit und ließ mich dabei nicht aus den Augen.

»Gehört das zum Programm oder sind wir mir zuliebe hier?«, wollte ich wissen.

Sein Blick ruhte weiter auf mir. Meine Haut begann zu glühen, und das lag ganz sicher nicht an der Wintersonne, die auf meinen Skianzug schien. Das Feuer loderte in seinen Augen. Wie viel ein Mensch sagen konnte, ohne dafür ein Wort zu benutzen. Ich war überzeugt, es mir nicht einzubilden. Was auch immer es war, was ich darin erkannte, es war für mich bestimmt.

Einen Atemzug später war es verschwunden.

»Normalerweise ist das jedes Mal der gleiche Ablauf.«

»Klar, blöde Frage.« *Tja, wer doof fragt, bekommt doofe Antworten, Lilou.*

»Der Schnee ist super, das Wetter auch. Es wird dir gefallen. Bisher mochten meine Schüler den zweiten Tag meist mehr als den ersten.«

Nach Flirten hörte sich das nun nicht mehr an. War ich nicht direkt genug gewesen? Männer brauchten ja oft den Wink mit dem Zaunpfahl. Was hätte ich sonst sagen sollen? Hey, Luca, entführst du mich absichtlich auf eine Piste mit Gondel, in der Hoffnung, dass wir darin allein sind? Wahrscheinlich nahm er gleich nicht mal dieselbe, sondern schickte mich vor.

Lilou, du tust es schon wieder.

Alles klar: nicht zu viel nachdenken, nicht zu viel nachdenken – mein Mantra für den heutigen Tag, zumindest was

Luca betraf. Am besten ging das mit Ablenkung. »Worauf warten wir noch? Überzeug den Skimuffel in mir«, forderte ich ihn auf.

»Das lass ich mir nicht zweimal sagen.«

Es war voller, als ich vermutet hatte. Wir mussten einige Minuten anstehen, bis wir an der Reihe waren.

Mit den Skiern im Arm war es in der Gondel gar nicht leicht, einen festen Stand zu bekommen. Umfallen konnte ich allerdings nicht, dafür war es zu eng in dem Ding. Erfreulicherweise hatte ich auf einer Seite einen tollen Blick aus dem Fenster. Ich beobachtete, wie Saas-Fee immer kleiner wurde. Die umgebenden Berge waren majestätisch, tief verschneit und glitzernd im morgendlichen Sonnenlicht. Sobald ich den traumhaften Anblick in mich aufnahm, verschwanden alle anderen Gedanken. Ich ließ innerlich los.

»Alles gut?«, hörte ich Luca ganz nah an meinem Ohr fragen.

»Ja, ich kann mich nur einfach nicht sattsehen an der Natur.« Ich wendete mich ihm zu. Nur ein kleines Stück vorbeugen, und unsere Nasenspitzen würden sich berühren.

»Geht mir ähnlich.«

»Bist du hier geboren?«

Er nickte. »Ich kann mir nicht vorstellen, irgendwo anders zu leben.«

»Kann ich verstehen. Schon als ich am ersten Tag aus dem Bus gestiegen bin, war ich verzaubert. Die Stille, das Panorama. Ich kann es nicht richtig beschreiben. Es beruhigt mich und …« Ich dachte an den Moment oben am Gornergrat. Erinnerte mich an meine Tränen. »… macht mich glücklich«, beendete ich den Satz leise.

Ich traute mich kaum, Luca in die Augen zu sehen, tat es aber dennoch. In seinem Blick fand ich die Wärme wieder, die ich vorhin bereits gesehen und gespürt hatte. Die Intensität ließ meine Knie weich werden. Und ich musste mir endgültig eingestehen, dass ich mich in ihn verguckt hatte. Ja, ich wollte ihn. Wollte ihn berühren, ihn küssen und ihm so nah sein, wie man jemandem körperlich nah sein konnte. Doch ich wusste, da gab es noch mehr. Es war nicht nur mein Unterleib, der auf ihn reagierte. Mein Herz tat es ebenfalls. Ich kannte ihn erst seit vierundzwanzig Stunden. Zu wenig, um über Gefühle zu reden. Trotzdem keimten sie in mir. Aber die Zeit, die ich hier verbrachte, würde nicht ausreichen, um diesem Keim Nahrung zum Wachsen zu geben. Vielleicht würde es bei einem Flirt bleiben.

»Hier gibt es einige schöne Dinge zu sehen«, traute ich mich zu sagen und schaute ihm tief in die Augen. Bitte, bitte, lass es nicht peinlich enden, betete ich still.

Es ging ein Ruck durch die Gondel. Luca kippte ein klitzeklein wenig auf mich zu und verweilte in der Position. Ein niedliches Schmunzeln umspielte seine Lippen. Aber er blieb stumm. Kurz darauf öffneten sich die Türen.

Beim Hinaustreten spürte ich seine Hand auf meinem Rücken. Für den Anfang immerhin keine völlige Katastrophe. Doch Luca ließ sich nicht in die Karten schauen. Spielte er den Schüchternen, um mich aus der Reserve zu locken? War es echt? Oder war er bloß höflich und dachte innerlich so was wie »Nicht schon wieder«? Wenn ich ehrlich war, machte mich das ganz kribbelig. Ich wüsste zu gern, woran ich war. Herrje, wie sollte ich mich denn aufs Skifahren konzentrieren?

Eine berechtigte Frage. Die stellte ich mir in den folgenden eineinhalb Stunden öfter. Dabei hatte ich überhaupt keine Zeit, mir über Luca Gedanken zu machen. Zu sehr war ich damit beschäftigt, nicht hinzufallen. Nichts wollte klappen. Ich gab mir große Mühe, nicht gefrustet zu sein. Was mir nicht gelang.

»Zum Teufel noch mal«, fluchte ich. »Gibt's das? Warum funktioniert der Mist heute nicht?«

»Lilou, entspann dich. Wenn du dich aufregst, wird es nur schlimmer.«

»Ich bin entspannt, und ich rege mich nicht auf. Ich rede bloß etwas lauter.«

Obwohl ich seine Augen unter der Brille nicht sehen konnte, wusste ich, dass er die Augenbrauen nach oben zog. Seine Mundwinkel zuckten. Er amüsierte sich köstlich.

»Du verhältst dich nicht sehr professionell.«

»Was mache ich denn?«, fragte Luca unschuldig und grinste jetzt richtig.

»Im Ernst, ich strenge mich soooo an. Aber nichts klappt.«

Er legte den Kopf schief und schob die Skibrille nach oben. »Vielleicht liegt es daran, dass du dich zu sehr anstrengst. Du willst es unbedingt können, das ist super, aber dadurch bist du kopflastig und verkrampfst dich. Konzentration ist wichtig, genauso aber eine Portion Lockerheit. Lass uns eine Pause machen. Danach versuchen wir es von vorn.«

Ich war zu kopflastig. Klar, was sonst. Luca hatte mich erschreckend genau analysiert. Er besaß eine gute Menschenkenntnis. Wenn das der Fall war, hatte er meine Flirtversuche ebenfalls bemerkt. Egal. Wenn es funktionieren sollte, das eine wie das andere, musste ich diesen blöden Kopf zum Schweigen bringen. Seitdem ich hier war, hatte es diese Situationen der Entspannung ab und an gegeben. Ich konnte es also durchaus.

»Einverstanden.«

Die letzten Meter bis zur Berghütte und unserem Zwischenstopp brachte ich sturzfrei hinter mich. Immerhin ein kleiner Erfolg. Die Unsicherheit war dennoch mein stetiger Begleiter. Die Skier blieben ein Fremdkörper. Ich bezweifelte, dass sich das bis morgen ändern würde. Selbst, wenn mein Kopf die Klappe hielt.

Mein Problem, ich hatte keine Alternative. Abbrechen kam nicht infrage. Erstens weil ich die anderen nicht enttäuschen wollte. Und zweitens würde es bedeuten, Luca nicht mehr zu sehen. Definitiv keine Option.

»Huhu, Lilou.«

Inzwischen waren mir die Stimmen so vertraut, ich wusste sofort, wer da rief.

»Heinz, warum … was … Oh, ihr auch?« Vor Überraschung blieb mir der Mund offen stehen.

»Überraschung!«, rief dann auch Ilse. »Wir dachten, wir feuern dich an. Das sah ja schon sehr professionell aus, meine Liebe.«

Ich schielte zu Luca, dessen Mundwinkel zum zweiten Mal am heutigen Tag gefährlich zuckten, während ich nicht wusste, ob ich lachen oder schreien sollte. Meine Stimmung war echt im Keller. So lieb ich sie alle hatte, genau jetzt hätte ich meine Ruhe gebrauchen können. Ich würde einen Teufel tun und es mir anmerken lassen.

»Ihr könnt mir beim Pausieren zusehen«, scherzte ich und versuchte mich an einem Lächeln.

»Ja, wenn ich Lilou jetzt weiter quäle, besteht die Gefahr, dass sie mich mit einem ihrer Skistöcke erdolcht.«

Ich bewies Luca, dass ich keine Skistöcke benötigte und es auch sehr gut mit Blicken erledigen konnte. Was ihn nicht sonderlich beeindruckte. Er hatte schon den ganzen Morgen extrem gute Laune.

»Lasst euch Zeit. Setzen wir uns gemütlich?« Wolfgang ließ Luca nicht aus den Augen.

Heinz zeigte ähnliches Interesse. Aus ihren Erzählungen hatte ich bereits mitbekommen, wie offen sie beim Thema Sex waren. Jemanden wie Luca vernaschten sie bestimmt zum Frühstück. Ich beobachtete belustigt, wie sie ihn in ihre Mitte nahmen und in ein Gespräch verwickelten.

Es war verrückt. Sobald meine Gedanken Ablenkung vom Skifahren fanden, stieg meine Laune. Ich setzte mich zwischen Rosi und Ilse und bestellte mir eine Traubenschorle. Ilse war die Erste, die vorschlug, etwas zu essen. Um meine Pause in die Länge zu ziehen, stimmte ich ihr zu. Luca schüttelte als Reaktion nur mit dem Kopf. Ich streckte ihm die Zunge raus.

Das warme Essen in meinem Bauch sorgte für zusätzliche Entspannung. Ich atmete tief durch und schüttelte den Ballast der vergangenen Stunden ab.

»Jetzt siehst du wieder fröhlicher aus«, meinte Rosi neben mir. »Vorhin hast du mir nicht gefallen.«

»Da habt ihr mich in einem schlechten Moment erwischt. Es wollte nichts funktionieren, und ich war auf hundertachtzig. Gestern war ich voller Hoffnung. Tja, ich und Skifahren. Wir sind genauso kompatibel wie Wasser und Strom«, schüttete ich ihr mein Herz aus.

»Oje, so schlimm? Lilou, du musst nicht unseretwegen durchhalten. Wir wollten dir eine Freude bereiten, dich nicht quälen.«

»Ich freue mich ja … eigentlich. Vielleicht war ich nicht richtig bei der Sache heute Morgen. Ich habe noch den ganzen Nachmittag, um es besser zu machen.«

Rosi beugte sich vor. »Der Grund für deine Ablenkung sitzt nicht zufällig gegenüber?«

Ich zuckte unschuldig mit den Schultern.

»Wenn es darum geht, mit ihm Zeit zu verbringen, frag ihn, ob ihr morgen was anderes zusammen machen wollt. Meinen Segen hast du.« Sie stupste mich freundschaftlich an.

»Ich werde drüber nachdenken. Hast du eigentlich was über das kleine Geschenk herausfinden können?«

»Nein, es scheint niemandem zu gehören.«

Ich grinste. »Dann war es für dich bestimmt.«

»Hey, ihr Tuscheltanten«, rief Heinz über den Tisch hinweg. »Euer Schnaps verdunstet.«

Schnaps? Tatsächlich stand vor mir ein Schnapsglas mit klarer Flüssigkeit. Ich stöhnte … Wie ich das Zeug hasste. Mich schüttelte es schon, ohne einen Schluck getrunken zu haben. »Ich will den Berg noch heil nach unten kommen«, versuchte ich mich rauszureden.

»Das kleine Schnäpschen wird dich daran nicht hindern«, konterte Heinz. »Prost.«

Ich schloss die Augen und kippte das Zeug in einem Zug hinunter. Nach dem Brennen im Hals breitete sich die Wärme des Alkohols im ganzen Körper aus. Vorsichtig schaute ich zu Luca und konnte sehen, dass es ihm auch nicht sonderlich geschmeckt hatte. Er wirkte ein bisschen verloren zwischen Wolfgang und Heinz. Ich sollte ihn erlösen.

»Ihr Lieben, es war schön mit euch. Aber die Arbeit ruft.«

»Ach … Arbeit. Hier ist es so gemütlich. Na los, ein Ründchen gönnen wir uns noch.«

Ilse drückte mich auf den Platz zurück. Ich hoffte auf Rosis Unterstützung. Die war jedoch in ein Gespräch mit Herrmann verwickelt und bekam davon leider nichts mit. Und zack stand ein weiterer Schnaps vor mir. Ich kannte das Tempo, das sie dabei an den Tag legen konnten, allen voran Heinz. Der sah in seiner Cordhose und dem wie immer karierten Sakko eher nach Pfeife und Monokel aus.

»Jetzt ist Schluss. Habt ihr mal auf die Uhr gesehen?«, schimpfte ich grinsend. »Bekomme ich meinen Skilehrer wieder?«, fragte ich an Heinz und Wolfgang gewandt.

Nur widerwillig machten sie Platz.

»Soso, *dein* Skilehrer. Wir haben ihn aber bezahlt.« Ilse kicherte mit geröteten Wangen.

»Geschenke gibt man nicht zurück, die behält man.« Ich war weit weg von betrunken. Trotzdem hatte der Alkohol eindeutig meine Zunge gelöst. »Genießt die Sonne und trinkt nicht zu viel!«

Wir winkten und gingen zurück zu unseren Skiern.

»So hatte ich mir eine Seniorentruppe nicht vorgestellt.« Luca schnallte sich die Skier an.

»Sie sind was ganz Besonderes.«

»Sind Heinz und Wolfgang ein Paar?«

»Ja, süß die beiden, oder? Und ganz harmlos«, beruhigte ich ihn, obwohl ich mir da nicht sicher war.

»Alles gut, war doch lustig.« Er schaute mich an, bevor er sich die Brille aufsetzte. »Bereit?«

Die Pause hatte mir neue Energie verliehen. Doch sobald meine Füße in der Bindung steckten, ereilte mich ein beklemmendes Gefühl. Luca bemerkte die veränderte Stimmung sofort. Er schob die Brille wieder nach oben. »Alles okay?«

»Ich bekomme den Kopf nicht frei, und ich fühle mich nicht wohl auf Skiern«, gab ich zu. »Irgendwie wird es schlimmer statt besser.«

»Liegt es an der Sache von früher, worüber du nicht reden willst?«

»Nein, das Trauma habe ich überwunden. Der Funke springt nicht über. Ich weiß nicht, wie ich es erklären soll.«

»Musst du nicht. Ich verstehe, was du meinst. Das ist total in Ordnung. Nicht jeder fährt gern Ski. Genauso, wie nicht jeder gern schwimmt oder joggt. Es ist gut, wenn du ehrlich zu dir selbst bist, statt dich zu etwas zu zwingen, was du nicht willst.«

»Danke.«

»Hauptsache, ich bin nicht schuld.«

»Oh nein, ganz sicher nicht.« Du bist der Grund, der mich durchhalten lässt, fügte ich still hinzu.

»Wir hatten zwar gewettet, dass du mir die Geschichte nur erzählst, wenn du die blaue Piste im Parallelschwung runterfährst. Was nicht mehr passieren wird, nehme ich an. Verrätst du es mir trotzdem? Biiitte.«

»Wette ist Wette.«

»Ach, komm schon.« Er überlegte. »Wie wäre es, wenn wir den Skikurs hiermit für beendet erklären und ich dir morgen ein bisschen mehr von meiner Heimat zeige? Klingt das nach einem Deal?«

»Und als Gegenleistung bekommst du die Geschichte.«

»Genau.«

Ich verdrehte die Augen. Hatte ich eine Wahl? Einen Tag mit Luca zu verbringen, ohne mich auf Skiern rumzuquälen. Da musste ich nicht lange überlegen. »Einverstanden«, sagte ich lächelnd.

»Dann schieß los. Ich bin ganz Ohr.« Er ließ sich in den Schnee fallen.

Also erzählte ich, und Luca bekam sich vor Lachen kaum wieder ein. Es klang herrlich erfrischend, kam ehrlich von Herzen und war derart ansteckend, dass ich keine Chance hatte, als mit einzustimmen.

»Darauf könnte ich glatt noch einen Schnaps trinken.«

»Willst du zurück zu meiner Gang? Ich warne dich, unterschätz die nicht, die trinken dich unter den Tisch.«

»Das schafft vermutlich jeder. Oder wir gönnen uns eine allerletzte Abfahrt ins Tal und kehren im Ort irgendwo ein.«

»Eine Abschiedstour. Das finde ich fair.«

Luca schenkte mir einen intensiven Blick, der mir durch und durch ging, bevor er sich die Skibrille erneut aufsetzte und seine Augen hinter dunklen Gläsern verschwanden. Da er den Kopf nicht wegdrehte, hatte ich weiter das Gefühl, seinen Blick auf meiner Haut zu spüren. Ich räusperte mich, zu mehr war ich nicht imstande. Es dauerte einige Sekunden, bis ich meinem Körper die richtigen Befehle erteilen konnte und mich langsam in Bewegung setzte. Die gesamte Abfahrt konnte ich nur daran denken, dass wir den morgigen Tag gemeinsam verbringen würden, ohne die vielen Klamotten, die mir die Sicht versperrten.

Kapitel 8

Ich stieß einen freudigen Seufzer aus und streifte mir Brille und Helm vom Kopf. Stolz drehte ich mich zu Luca um und streckte die Arme in die Luft. »Geschafft!«, rief ich aus.

»Na bitte, und dein hübscher Hintern hatte nicht ein einziges Mal Schneekontakt.«

»Nennt man Körperkontrolle«, meinte ich ernst. Die Erkenntnis, dass er meinen Hintern gerade als hübsch bezeichnet hatte, kam zeitverzögert bei mir an. War es ihm herausgerutscht? Hatte ich es hören *sollen?* Ich glaubte langsam, Flirten lag mir noch weniger als Skifahren.

»Also knüpfen wir morgen daran an und verzichten auf den Ausflug?«, hörte ich ihn fragen.

»Auf keinen Fall«, protestierte ich schnell. »Man hört bekanntlich auf, wenn es am schönsten ist.«

»Okay, aber mich willst du morgen wiedersehen. Ist das dann ein gutes oder ein schlechtes Zeichen?«

»Witzbold.«

»Nein, das meine ich vollkommen ernst.«

Alles oder nichts, Lilou. Na komm, trau dich. Ich grinste ihn an. »Finde es doch heraus.« *Genau, so ist es richtig.*

Seine Augen verengten sich, während die Herausforderung darin aufblitzte. Wobei, eine wirkliche Herausforderung würde es wohl nicht werden, wenn er es darauf anlegte. Ich würde keinen Widerstand leisten. »Okay«, sagte er nach einer kurzen Bedenkpause, »beim Abendessen. Neunzehn Uhr? Ich hole dich am Hotel ab.«

»Einverstanden. Sehr gern.« Es hatte funktioniert, ich hatte ein Date. War doch gar nicht schwer gewesen.

Diesmal hielt ich seinem Blick nicht stand. Aber ich speicherte ihn ab, wollte ihn für die Ewigkeit festhalten. Ich konnte es mir einbilden, weil durch meine Synapsen gerade 100.000 Volt schossen. Doch ich war mir ziemlich sicher, von einem Mann noch nie auf diese Weise angeguckt worden zu sein. Ich schwebte förmlich zum Hotel zurück.

Die Lobby war wie ausgestorben, nur der stattliche Weihnachtsbaum glitzerte wunderschön und verbreitete eine heimelige Atmosphäre. Meine Gang verweilte vermutlich noch auf der Hütte. Ein paar andere hatte ich beim Spaziergang durch den Ort entdeckt.

Für einen Außenstehenden musste ich ein klein wenig irre gewirkt haben, wie ich dümmlich grinsend durch die Gegend gelaufen war. Im Fahrstuhl warf ich meinem Spiegelbild einen skeptischen Blick zu. Albern riss ich die Augen auf. Jetzt noch ein Messer und ich wäre die perfekte weibliche Besetzung für eine Neuauflage von »Shining«. Okay, stopp, nicht durchdrehen. Ist bloß eine Verabredung zum Abendessen. Ich schüttelte den Kopf, als könnte ich dadurch meine Hirnwindungen neu justieren. Im Zimmer angekommen, checkte ich mein Handy und musste erneut grinsen. Chrissy hatte mir eine Nachricht hinterlassen.

Hey, du treulose Tomate. Kaum lässt man dich allein losziehen, machst du dich rar. Erzähl endlich! Gefällt es dir? Sind ein paar Leckerbissen dabei? Schon davon gekostet? Ich brauche Informationen. Jetzt! Sofort! HDL

Die zweite Nachricht war von Lisa.

Entschuldigen Sie die Störung! Diese Telefonnummer gehört meiner besten Freundin. Haben Sie eine Ahnung, wie es ihr geht? Was sie macht, wo sie gestrandet ist? Für eine Antwort wäre ich Ihnen sehr dankbar.
MfG Lisa Siemon

Aus meiner Kehle rutschte erst eine Art Neandertaler-Laut, dann lachte ich aus vollem Herzen los. Die beiden hatten sich definitiv abgesprochen. Ich schickte ihnen gedanklich eine Umarmung mit dickem Schmatzer. Na gut, sie hatten recht. Ein paar Infos könnte ich ihnen zukommen lassen.

Hallo ihr zwei (ich weiß, ihr habt euch abgesprochen, deshalb bekommt ihr beide dieselbe Nachricht ☺), hier ist eure treulose Tomate. Obwohl es anders geworden ist als erwartet, gefällt es mir hier richtig gut. Zwei Tage Skikurs liegen hinter mir. Ihr wärt stolz auf mich. Kann dem Skilehrer noch in die Augen sehen und hatte keinen Kontakt mit seinen Hoden. Übrigens zwei besonders hübsche Exemplare. Ich rede von den Augen! Meine Reisegruppe ist ein ziemlich wilder Haufen. Wird nie langweilig. So, muss jetzt los, habe ein Date. Nein, Details gibt's erst, wenn ich wieder zu Hause bin. Hab euch lieb, L

Ich schickte die Nachricht an beide raus. Dann saß ich still da. Ich hatte wirklich ein Date. Mit Luca. Oh Mann, ein Date. Sofort begann mein Herz, schneller zu schlagen. Dafür verging die Zeit nicht mehr.

Obwohl ich um Viertel vor sieben startklar war und mich am liebsten in die Lobby gesetzt hätte, wartete ich bis zur letzten Minute auf meinem Zimmer. Zum einen wollte ich keine Erklärungen abgeben und vermeiden, dass Luca ein Empfangskomitee vorfand. Ich hatte Rosi Bescheid gesagt. Zum anderen sollte Luca nicht denken, ich konnte es nicht erwarten. Also fuhr ich erst kurz vorher mit dem Fahrstuhl nach unten und übte in den wenigen Sekunden einen lässigen Gesichtsausdruck, während mein Puls raste. Nur ein Abendessen, versuchte ich mich zu beruhigen. Essen, ein bisschen quatschen, fertig. Ich sollte so was öfter machen, um Routine zu bekommen. Ich hatte eine dieser Dating Apps auf dem Handy, mich aber nie angemeldet. Vielleicht sollte ich diesen Umstand ändern, sobald ich zu Hause war.

Ich entdeckte Luca, bevor er auf mich aufmerksam wurde. Er trug Jeans und eine dunkelblaue Daunenjacke. Ich wusste, ohne es von meiner Position aus sehen zu können, dass die Farbe wunderbar mit seinen Augen harmonierte, und hielt die Luft an, als er sich zu mir umdrehte. Ich hatte recht.

»Hey, ich hoffe, du wartest noch nicht lange?«, begrüßte ich ihn unsicher.

»Nein, grad erst angekommen.« Er steckte die Hände in die Hosentaschen, lächelte schief. »Wollen wir?«

Ich nickte und folgte ihm nach draußen. Diese typische Stille, wenn der Motorenlärm fehlte, umfing uns. Der Himmel war übersät mit funkelnden Sternen, die eiskalte Luft trug den Duft von Köstlichkeiten aus den vielen Küchen des Ortes mit sich, und das Licht der Laternen zeichnete unsere Schatten auf den Schnee. Die Straßen waren fast menschenleer. Um die Uhrzeit saßen alle am Abendbrottisch, ob Einheimische oder Touristen. Ich fragte Luca nicht, wohin er mich ausführte. Das einvernehmliche Schweigen zwischen uns übte eine beruhigende Wirkung auf mich aus. Immerhin hörte ich den Pulsschlag nicht mehr in den Ohren und hatte nicht mehr das Gefühl, mein Herz würde außerhalb meines Körpers pochen. Ich genoss den Moment, bevor wir wieder in Licht und Trubel eintauchen würden.

Wir bogen zweimal rechts und einmal links ab und kamen vor einem kleinen Lokal zum Stehen.

»Hier gibt es das beste Raclette der Welt.« Es waren die ersten Worte, die seinen Mund verließen, seit wir uns vom Hotel entfernt hatten. Er schaute mich lange an. »Ohne hier gewesen zu sein, kann ich dich nicht nach Hause gehen lassen. Das wäre, als würdest du Paris besuchen, ohne den Eiffelturm zu Gesicht zu bekommen.«

»Vielleicht will ich nach heute Abend gar nicht mehr gehen.« Der Satz war nur so dahingesagt, dennoch hielt ich die Luft an, während ich Luca beobachtete. Doch sein Blick war nicht zu deuten.

Er trat vor und hielt mir die Tür auf. Ein Schwall warmer Luft wirbelte auf und vermischte sich mit der Kälte, die wir mitbrachten. Blicke huschten flüchtig über uns hinweg. Alle Tische, die ich vom Eingang aus sehen konnte, waren besetzt. Ich schnappte Gesprächsfetzen auf.

Ein Kellner kam auf uns zu. »Hallo, guten Abend. Sie haben reserviert?« Er schaute Luca mit erhobenem Kinn ernst an.

»Ja, wenn dieser Typ am Telefon seinen Job richtig gemacht hat, sollte ein Tisch für uns vorbestellt sein.« Das klang ziemlich unfreundlich.

»Oh, das ist immer so eine Sache.« Jetzt sah er zu mir und zuckte mit den Achseln. »Dieser Typ war total überrascht von dem Anruf, wissen Sie.«

»Okay, Schluss jetzt. Wir haben Hunger.« Luca boxte sein Gegenüber freundschaftlich gegen die Brust.

Da fiel bei mir der Groschen. Die beiden kannten sich, logisch.

»Lilou, darf ich dir meinen besten Freund Samuel vorstellen. Samu, das ist Lilou. Sie verbringt ihren Urlaub hier.«

»Und du bringst sie zu uns? Welche Ehre. Liebe Lilou, du wirst es nicht bereuen. Das Essen, meine ich, den Abend mit

Luca, na ja …« Er grinste verschmitzt. »Wenn du die Nase voll hast, komm an die Theke.«

»Ich behalte es im Hinterkopf«, erwiderte ich lachend.

Wir gingen in einem rechten Bogen um den Küchen- und Thekenbereich herum. Niedrige Holzwände trennten den Raum in kleinere Nischen. Weiter hinten gab es sogar eine kleine Holzbrücke, die man überqueren musste. Darunter ein künstlich angelegter Bach und an der Wand ein Wasserfall, an dem das Wasser sanft plätschernd hinabfloss. Und überall Grünpflanzen, zwischen denen es dank vieler Lichterketten weihnachtlich glitzerte. Ganz am Ende war ein Tisch für zwei Personen gedeckt. Samuel zog mir den Stuhl zurück und ich setzte mich dankend.

»Ich bringe euch gleich die Karten.«

Luca nickte und setzte sich ebenfalls. »Tja, das war Samuel. Keine Ahnung, warum er mein bester Freund ist.« Er schmunzelte.

»Er ist nett.«

»Zu anderen immer.«

»Und lustig.«

»Ja, das wird es wohl sein, warum ich ihn immer noch in mein Haus lasse.«

»Du hast ein ganzes Haus? Für dich allein?«, fragte ich interessiert.

Kurz sah es so aus, als würde er seine Worte gern zurücknehmen, doch dann lächelte er. »Traust du mir das nicht zu? Du klingst überrascht.«

»Nein, ich bin nicht … Also ja, ich traue dir das natürlich zu. Ich habe dich nur eher in einer typischen Junggesellenbude gesehen.« Ich kräuselte die Nase.

»Mit einer Schublade voller Kondome?«

»Das hast du jetzt gesagt.« Ich schaute wohl etwas entsetzt und vielleicht ein bisschen ertappt. Zumindest brachte ich Luca damit zum Lachen.

»Schon gut, ich kenne die Vorurteile, die meinem Beruf anlasten. Fluch und Segen zugleich.« Er zwinkerte. »Nein, im Ernst. Mir geht's tatsächlich darum, den Leuten das Skifahren beizubringen.«

»Das ist wirklich lobenswert.«

»Ja, oder?«

Unsere Blicke verfingen sich ineinander. Mein Magen füllte sich in diesem Moment mit Millionen von Schmetterlingen. Ich konnte ihr Flattern spüren und war mir nicht sicher, ob Essen da noch Platz finden würde.

»Langweilt er dich schon?« Samuel war neben uns aufgetaucht und streckte mir eine Karte hin.

»Nein, ganz und gar nicht. Luca ist sehr unterhaltsam.« Ich löste meinen Blick nur ungern von ihm, um mich Samuel zuzuwenden.

»Ehrlich, unser ernsthafter Luca?«

»Danke für die Karten, Samu«, meinte Luca mit Nachdruck.

»Hey, du bringst zum ersten Mal eine hübsche Frau in unser Restaurant und willst, das ich die Klappe halte?« Er seufzte. »Na gut, ich gönn es dir ja. Bin in fünf Minuten wieder bei euch.«

Luca verdrehte die Augen. »Das Essen ist wirklich lecker. Auch wenn die Bedienung eine Nervensäge ist. Aber man kann eben nicht alles haben.«

»Das habe ich gehört«, rief Samuel uns über die Schulter hinweg grinsend zu.

»Solltest du auch«, rief Luca zurück.

»Ihr kennt euch schon ziemlich lange, oder?«, hakte ich belustigt nach. »Wie alt bist du?«

»Zweiunddreißig. Wir lagen sogar nach der Geburt im gleichen Krankenzimmer. Samu ist nur einen Tag älter als ich.«

»Wow, also fast so was wie Zwillinge.«

»Ja, der gute und der böse«, lachte Luca.

Ich stimmte ein und schlug dabei die Speisekarte auf. Obwohl ich nur die Auflistung der Getränke studierte, konnte ich mich nicht konzentrieren. Es mochte unbedeutend sein, dennoch konnte ich nicht vergessen, was Samuel gesagt hatte. »Du bringst zum ersten Mal eine hübsche Frau in unser Restaurant.« Ich wollte in diesen Satz nichts hineininterpretieren. Samuel plapperte eine Menge Blödsinn. Und wenn es stimmte? Wenn es noch nie vorgekommen war? Es würde sicher Frauen in seinem Leben gegeben haben. Also war ich der Grund für seine Entscheidung, oder wollte er mir tatsächlich nur das leckere Essen nicht vorenthalten? In meinem Kopf begannen ich sofort, eine Liste zu erstellen. Ich schrie innerlich dagegen an, atmete tief durch und fokussierte die Karte in meiner Hand.

»Wenn ich dir eine Empfehlung geben darf? Nimm einen Weißwein zum Raclette. Du kannst natürlich auch ...«

»Nein, perfekt«, unterbrach ich ihn.

Als Samuel zurück war, bestellte Luca für uns das Essen und die Getränke. Samuel notierte und nickte höflich. Doch seine Mundwinkel zuckten. Er hatte großen Spaß daran, seinen Freund aufzuziehen, wusste aber, wann es besser war, die Klappe zu halten.

»Hast du deinem Fanklub erzählt, dass du die Pisten morgen nicht mehr unsicher machst?«, fragte Luca, als wir wieder für uns waren.

Ich schaute betreten. »Nein, davon weiß niemand.«

»Sie werden es verstehen«, versuchte er, mich zu beruhigen.

»Ja, wahrscheinlich. Trotzdem fühle ich mich unwohl. Du musst mir sagen, was der Tag gekostet hat. Ich zahle ihnen das Geld zurück, und für morgen übernehme ich die Kosten, die eventuell noch dazukommen. War schließlich meine Idee.«

»Lilou, stress dich nicht. Wenn die anderen das Geld erstattet haben möchten, gebe ich es ihnen. Und den Tag morgen verbringe ich mit dir, weil ich es möchte, nicht, weil du mich dafür bezahlst.«

Die Situation überforderte mich. Zu viel Durcheinander, zu wenig Kontrolle. Ich blinzelte ein paarmal schnell, konnte spüren, wie sich winzige Tränen ihren Weg bahnten. Es war albern, und ich hasste dieses Gefühl. Dann lief eben nicht alles nach Plan. Na und? Dass lief es schon seit Tagen nicht mehr. Mein Leben wurde völlig auf den Kopf gestellt. Im positiven Sinn. Ich hatte eine Menge Leute an mich herangelassen. Sie alle meinten es gut mit mir. So was kennt man eben nicht, wenn man sonst eher menschenscheu ist. Es war neu und ungewohnt. Mit meiner Entscheidung, den Urlaub zu buchen und anzutreten, hatte ich mich selbst ins kalte Wasser geworfen. Jetzt musste ich den Mut haben zu schwimmen.

»Hey, habe ich was Falsches gesagt?«

»Nein, ganz und gar nicht.« Ich schüttelte den Kopf.

»Aber?«, ließ er nicht locker.

»Ich fechte ein paar Kämpfe mit mir aus, seit ich hier bin. Oh Mann, ich bin total verkorkst. Lassen wir das lieber.«

»Du siehst gar nicht verkorkst aus.«

»Immerhin. Wie sehe ich denn aus?«

»Willst du jetzt die Revanche, weil du bei mir danebengelegen und dich von den Vorurteilen über Skilehrer hast beeinflussen lassen?«

»Na los«, forderte ich ihn auf. »Deine Chance.«

Luca machte ein nachdenkliches Gesicht und betrachtete mich eingehend. »Du siehst aus, als würdest du für eine Onlinezeitschrift Berichte verfassen. Über Diäten zum Beispiel. Und Skifahren ist für dich eher Qual als Vergnügen. Ach ja, betrunken buchst du falsche Reisen.« Er lachte über sich selbst.

»Sehr witzig. Na komm, das kannst du besser.«

»Okay. Ich glaube, du stößt Menschen ungern vor den Kopf. Machst dir viel zu viele Gedanken. Und dir ist Familie sehr wichtig. Du wohnst noch zu Hause bei deinen Eltern. Hast da aber deinen eigenen Bereich.«

Ich starrte ihn an. Er hatte voll ins Schwarze getroffen. War das so offensichtlich? Der erste Teil, okay. Den hatte er heute selbst mitbekommen und seine Schlüsse daraus gezogen. Aber die Sache mit meinem Elternhaus?

»Ich kann gerade jedes Wort sehen, das du denkst. Soll ich dich erlösen? Wolfgang war heute Mittag auf der Hütte ein wenig in Plauderlaune. Daher weiß ich, dass du zu Hause wohnst.«

»Hätte ich mir denken können.« Ich war ehrlich erleichtert, ein nicht ganz so offenes Buch zu sein, wie es eben den Anschein erweckt hatte.

»Deshalb bist du aber nicht verkorkst«, stellte er ernst fest.

»Nein, darum geht es nicht. Ich …«

»Entschuldigt, ihr Turteltäubchen. Hier euer Wein und – Vorsicht heiß! – der Racletteofen. Da sind Kartoffeln, Gurken und Silberzwiebeln. Einmal traditionell Schweizer Raclette. Guten Appetit. Wenn ihr mich braucht, ich bin immer in eurer Nähe.« Er zwinkerte.

»Wie beruhigend«, meinte Luca mit ironischem Unterton und zu mir: »Lass es dir schmecken.«

»Danke.«

Auf einem separaten Tisch standen die verschiedenen Schüsseln mit den Beilagen. Der mobile Racletteofen sah aus wie ein Solarium für Käse. Am Metallboden war seitlich eine Stange angebracht. Daran befanden sich ganz oben der Heizkörper und in der Mitte ein Schwenkarm. Dort war ein großes Stück Käse befestigt. Die angeschnittene Seite begann unter der Hitze zu schmelzen und wurde von einer leckeren Kruste überdeckt. Luca nahm das Messer und meinen Teller und streifte die oberste Schicht herunter. Mir lief schon beim Zuschauen das Wasser im Mund zusammen.

»Sei vorsichtig, verbrenn dir nicht die Zunge«, warnte er mich.

Die folgenden Minuten gaben wir uns dem Genuss des Essens hin. Es war einfach und doch unfassbar lecker.

»Ich brauche nie wieder irgendwas anderes«, sagte ich begeistert.

»Hab nicht zu viel versprochen, nicht wahr? Den Käse stellt Samus Familie selbst her.«

Wir verfielen wieder in Schweigen. Nach einer Weile räusperte sich Luca. »Magst du mir immer noch nicht verraten, warum du dich als verkorkst empfindest?«

Mit der Gabel schob ich eine Zwiebel auf dem Teller hin und her, bevor ich meinen Blick langsam hob. In seinen Augen fand ich ehrliches Interesse. »Ich mache Pläne, immer und für alles. Allein im Vorfeld dieser Reise waren es vier. Eine Checkliste für die allgemeine Vorbereitung, eine Packliste. Die bestand allerdings aus mehreren Unterlisten. Eine Liste über Ischgl, die dann ja schnell hinfällig war. Ich habe sogar eine über die wichtigsten Skibegriffe verfasst.« Jetzt zog Luca eine Augenbraue hoch. »Es gibt mir das Gefühl, alles unter Kontrolle zu haben. Ich plane am liebsten langfristig. Spontaneität ist meine persönliche Apokalypse. Unvorhersehbare Dinge sind der totale Horror.«

»Du kannst nicht alles im Leben planen.«

»Nein, aber ich kann es versuchen.«

»Damit setzt du dich ziemlich unter Druck, oder?«

Ich zuckte mit den Achseln, wusste nichts zu erwidern. Er hatte ja recht.

»Wie fühlst du dich im Moment?«

»Gut.«

»Na ja, ich frage nur, weil hiervon nichts geplant war. Du buchst spontan eine Reise.«

»Die falsche.«

»Die du dann antrittst.«

»Weil das Geld futsch gewesen wäre.«

»Du nimmst spontan an einem Skikurs teil.«

»Es war ein Geschenk.«

»Du brichst den Skikurs ab und willst kurzfristig was anderes erleben.«

Ich lachte auf. »Ja, schon gut, ich habe es kapiert. Von diesem Urlaub werde ich mich aber wahrscheinlich die nächsten zwanzig Jahre erholen müssen.«

»Lilou, du hast es trotzdem in dir.«

Ich seufzte und winkte Samuel, um ein weiteres Glas Wein zu bestellen.

»Keine Sorge, ich kann absolut nachempfinden, wie es ist, nicht aus seiner Haut zu können.« Luca wartete, bis Samuel mir nachgeschenkt hatte. »Es kostet eine Menge Mut. Den hast du bewiesen und wurdest belohnt. Und außerdem, wer will schon nach Ischgl?«

Ich hob mein Glas. »Auf den verrücktesten Urlaub, den ich wohl je erleben werde.«

Wir stießen an, und mir fiel ein, dass mir Luca noch eine Geschichte schuldig war.

Da er den Job als Skilehrer schon einige Jahre machte, gab es mehr als eine Geschichte, an die er sich erinnerte. Es war erholsam, nicht mehr über mich reden zu müssen. Dennoch war es mir nicht schwergefallen. Ich hatte mich ihm wie selbstverständlich geöffnet. Mit jemand anderem darüber geredet hatte ich ewig nicht. Meine Eltern und die wenigen Menschen, die ich sonst an meinem Leben teilhaben ließ, kannten meine Macke. Wie sie hinter meinem Rücken dachten, wusste ich nicht. Mir war klar, dass es mit mir nicht immer einfach war, eben weil ich vieles verkomplizierte. Ich war gespannt auf die Reaktion, die ich bei ihnen hervorrufen würde, wenn ich ihnen alles erzählte. Ich brauchte jedenfalls eine Menge Beweisfotos.

Nach und nach lichteten sich die Tische um uns herum, und wir entschieden uns auch zu gehen. Samuel brachte uns die Rechnung, und ich holte meinen Geldbeutel raus.

»Alles zusammen, bitte«, bat ich.

»Was wird das?«

»Ich übernehme, als Dankeschön für morgen.«

»Du weißt gar nicht, was auf dich zukommt.«

»Mein Risiko.«

»Grundsätzlich würde ich einer Frau nie widersprechen, aber das Essen geht auf mich. Ich bestehe darauf.«

»Na gut«, gab ich mich geschlagen.

»Seid ihr euch einig?«, fragte Samuel dazwischen und Luca wedelte mit dem Portemonnaie. »Vielen Dank, sehr großzügig«, bedankte er sich anschließend. »Habt noch einen schönen Abend. Luca, bring sie ja anständig zum Hotel. Und Lilou, du weißt, wo du mich findest.« Er gab mir grinsend die Hand und beugte sich an mein Ohr. »Schön, dass du es geschafft hast, diesen Kerl mal unter die Leute zu bekommen.«

Wir zogen uns die Winterjacken an, verabschiedeten uns ein letztes Mal und traten in die Kälte. Ich schob den Schal bis über die Ohren. Nach dem gemütlichen Lokal und dem warmen Essen empfand ich die Temperaturen als eisig kalt.

»Was hat er dir zugeflüstert?«, wollte Luca nach ein paar Schritten wissen.

Ich zögerte.

»Ich reiße weder ihm noch dir den Kopf ab, versprochen.«

»Er meinte bloß, es sei schön, dass ich dich dazu gebracht hätte auszugehen.«

Luca gab einen undefinierbaren Laut von sich.

»Alles okay? Ich hätte die Klappe halten sollen.«

»Eher Samuel. Egal, ich hoffe, du hattest einen schönen Abend.«

»Ja.« Ich traute mich nicht zu fragen, ob es ihm genauso ergangen war. Irgendetwas sagte mir, dieses Thema nicht weiter zu vertiefen. Also blieb ich still. Bis wir am Hotel ankamen, sprach keiner von uns mehr ein Wort. Es wirkte fast so, als sei Luca mit den Gedanken ganz woanders. Ich kannte ihn nicht und hatte keine Ahnung, was Samuel gemeint oder was die Worte in Luca ausgelöst hatten. Inzwischen war ich müde und sehnte mich nach meinem Bett. »Wir müssen morgen nichts unternehmen, wenn du nicht willst.«

»Oh doch, das werden wir.« Unter dem Licht der Straßenlaterne schaute er mir tief in die Augen. »Tut mir leid, es ist kompliziert. Nicht nur du hast das Gefühl, verkorkst zu sein. Schlaf gut, Lilou.«

»Gute Nacht.« Ich blieb einen Augenblick auf der Stelle stehen, sah ihm nach und wünschte mir, ich könnte seine Gedanken lesen. Erst als mich ein kühler Schauder erfasste, eilte ich ins Hotel.

Trotz der Müdigkeit lag ich noch lange wach. Luca besaß eine unheimlich humorvolle, entspannte Seite. Er war zurückhaltend und höflich. Aber es gab einen dunklen Teil in ihm, der vorhin aufgeblitzt war und ihm zu schaffen machte. Er hatte so gar nichts mit dem Klischee des Skilehrers gemein. Ich spürte, wie sich nach dem Abend in mir etwas veränderte. Es ging nicht mehr um einen schnellen Urlaubsflirt. Luca berührte mein Herz. Ich genoss seine Nähe viel mehr, als gut für mich war.

Kapitel 9

Hinter mir lag eine unruhige Nacht. Ein voller Kopf und ein voller Magen hatten nicht zu einem erholsamen Schlaf beigetragen. Entsprechend schwer fiel es mir, die Augen offen zu halten. Ich stellte schnell fest, dass Frühstück heute kein Thema war. Daher machte ich mich in aller Ruhe fertig und legte mir Worte zurecht. Irgendwie musste ich Rosi, Ilse und den anderen beichten, dass ich heute die Skier kein weiteres Mal anziehen würde. Weil ich es hinter mich bringen wollte, trat ich auf den Flur und ging zu Rosis Zimmer. Sie würde am ehesten Verständnis zeigen und mich nicht mit Fragen löchern. Sie öffnete mir nach meinem Klopfen die Tür und ließ mich rein.

»Schön, dich heute Morgen noch zu sehen. Du warst nicht beim Frühstück.«

»Luca und ich haben ausgiebig geschlemmt. Ich brauche gefühlt die nächsten drei Tage nichts zu essen.«

»Dann hattest du einen angenehmen Abend?«

»Ja, sehr. Warum ich …«

Ein weiteres Klopfen ertönte. Rosi lachte und öffnete die Tür ein zweites Mal. Diesmal stand Ilse im Flur.

»Habe ich doch richtig gesehen. Na bitte, Herrmann, gar nichts bilde ich mir ein«, rief sie ihrem Mann zu und betrat energisch das Zimmer. »Männer!! Als hätte ich Tomaten auf den Augen. Ich weiß doch, was ich gesehen habe. Aber die Pille darf ich ihm jeden Abend rauslegen, damit er nicht die falsche nimmt.« Sie schüttelte den Kopf. »Man muss sie sich von Anfang an richtig erziehen, diese Kerle. Ich habe ihn immer viel zu sehr verwöhnt, meinen Herrmann.« Sie verstummte und sah nun abwechselnd Rosi und mich an. Es fehlte im Grunde nur ein »Wo waren wir stehen geblieben?«.

So hatte ich mir das zwar nicht vorgestellt, aber wo sie schon hier war und da es sie genauso etwas anging, konnte ich es auch hinter mich bringen.

»Bevor ihr euren Ausflug startet, wollte ich kurz was loswerden. Ich danke euch wirklich für die Möglichkeit, hier Skifahren zu können. Es waren zwei sehr interessante und aufschlussreiche Tage. Aber … also, was ich sagen will, es …«

»… macht dir keinen Spaß«, half mir Rosi.

»Richtig.« Ich schaute zerknirscht.

»Das ist okay, Lilou. Wie ich dir schon auf der Hütte gesagt habe: Du sollst dich nicht quälen.«

»So ist das nicht, aber ich weiß zu Hundertprozent, ich werde mich nicht wieder auf diese Dinger stellen. Ich habe Luca gebeten, mir zu sagen, was der Tag kostet. Das Geld bekommt ihr zurück.«

»Ach, papperlapapp.« Ilse wirbelte mit den Händen in der Luft herum. »Es geht doch nicht ums Geld. Ich kann dich voll und ganz verstehen. Für mich war das auch nie eine Option. Begleitest du uns denn dafür heute?«

»Nein, ich verbringe den Tag mit Luca. Er wollte sich als Ausgleich zum Skikurs etwas einfallen lassen.«

»Na bitte, dann macht euch einen schönen Tag.« Rosi zwinkerte mir zu.

Ich versuchte mich an einem Lächeln. Nach dem Abschied gestern Abend war ich mir nicht sicher, wie es zwischen Luca und mir sein würde. Seine Ernsthaftigkeit war ein Bereich, den ich nicht greifen konnte. Und der andere Luca wurde mir auf eine Weise gefährlich, die mein Herz in Mitleidenschaft zog. Keine guten Voraussetzungen für einen entspannten Tag.

Tja, oder die nervige Lilou machte sich mal wieder viel zu viele Gedanken, statt einfach alles auf sich zukommen zu lassen.

»Eine hervorragende Idee. Und heute Abend erzählen wir uns gegenseitig, was wir erlebt haben.« Ilse klatschte in die Hände. »Ich könnte ewig mit euch weiterplaudern, aber wir sollten los. Rosi, kommst du gleich mit?«

»Ich brauch noch einen Moment, bin gleich unten.« Sie schloss die Tür hinter Ilse und wendete sich mir zu. »Wo drückt der Schuh?«

»Ist das so offensichtlich?« Ich seufzte. »Es fällt mir bloß schwer, den Moment zu genießen.«

»Dein Kopf muss ausgeschaltet sein.«

»Ja, den Schalter dafür suche ich seit Jahren.«

Rosi lächelte verständnisvoll. »Du magst ihn.«

»Ja.«

»Dann hab Spaß, egal wie der Tag endet. Das wirst du sowieso erst erfahren, wenn du dort angekommen bist.« In einer liebevollen Geste zupfte sie ein loses Haar von meinem Pulli. »Ich weiß, ich habe in meinem Alter gut reden. Aber ich bereue lieber das ein oder andere, als es gar nicht erst riskiert zu haben. Jetzt muss ich los. Wir sehen uns heute Abend. Es wird toll, das habe ich im Gefühl.«

»Euch auch einen schönen Tag.«

Auf dem Flur trennten sich unsere Wege, und ich ging zurück auf mein Zimmer. Dort nahm ich als Erstes das Handy vom Nachttisch. Luca hatte mir eine Nachricht hinterlassen.

> Hole dich um halb zehn ab. Zieh dich ausreichend warm an. Bis später.

Mir blieben also noch zwanzig Minuten. Ich starrte auf das Display und konnte nicht verhindern, in seine Worte Emotionen beziehungsweise nicht vorhandene Emotionen hineinzuinterpretieren. Die Nachricht klang ziemlich nichtssagend.

Kein Hinweis, der darauf schließen ließ, ob er sich auf den heutigen Tag freute. Wie hatte Rosi gesagt? Egal wie es lief oder endete, ich würde es erst erfahren, wenn ich an dem Punkt gelandet war. Um runterzukommen, öffnete ich die Musik-App auf meinem Handy und spielte meine Playlist ab. Automatisch stimmte ich in den Text von Coldplay mit ein. Musik half immer, den Kopf freizupusten. Kurz vor halb zehn zog ich meine restlichen Sachen an, atmete tief durch und machte mich auf den Weg.

»Guten Morgen«, begrüßte ich Luca gut gelaunt, weil ich ihn meine Unsicherheit nicht spüren lassen wollte und weil ich dank Chris Martin tatsächlich sehr gute Laune hatte.

»Guten Morgen, Lilou, bereit für dein Abenteuer abseits der Skipiste?«

»Kommt auf deine Pläne an.« Ich musterte ihn unauffällig von der Seite. Sein Lächeln war echt. Er wirkte locker und schien genau wie ich Lust auf den Tag zu haben. Für den Moment war das alles, was ich wollte.

»Wir gehen wandern.« Sein Blick fiel auf meine Schuhe. Er nickte zufrieden. »Aber nicht allein. Das wäre dann doch zu langweilig.«

»Langweilig wäre aber sicherer«, meinte ich grinsend. »Gibst du mir wenigstens einen Hinweis?«

»Habe ich schon. Außerdem will ich dein Gesicht sehen, wenn wir da sind.«

»Du bist gemein. Hast du mir zugehört, als ich dir von meinem Problem erzählt habe? Zum Glück habe ich dich gestern zahlen lassen.«

Jetzt lachte er. »Sieh es einfach als weitere Übung an, die Kontrolle mal anderen zu überlassen. Vertrau mir.«

»Habe ich eine Wahl?«

»Nein, außer wir beenden das Ganze jetzt und hier.«

»Vergiss es.«

»Gute Einstellung. Na, komm!«

Wir gingen Richtung Ortseingang. Fuhren wir mit dem Auto irgendwo hin? Und mit wem würden wir gemeinsam wandern? Innerlich war ich ziemlich aufgewühlt. Ein Teil war Aufregung und Vorfreude, der andere hasste es, nicht zu wissen, was auf ihn zukommen würde. Ich musste spontan sein und die Kontrolle abgeben. Gleich zwei Dinge, um die ich in meinem Leben bisher einen großen Bogen gemacht hatte. Dennoch spürte ich das Vertrauen, das ich Luca schenkte. Es war ein Gefühl, als würde er gedanklich meine Hand halten und mir gut zureden.

Auf dem Parkplatz angekommen, schaute er sich um und winkte dann. Hundert Meter weiter lehnte eine Frau an einem Van. Ein Jaulen, das ich in den Ohren hatte, seit wir den Parkplatz erreicht hatten, wurde lauter, je weiter wir uns auf sie zubewegten. Das Geräusch kam eindeutig aus dem Auto. Auf dem Lack war eine Werbeschrift angebracht. Mir stachen sofort die Worte »wild« und »Adventure« ins Auge. Ich schluckte. Worauf ließ ich mich da gerade ein?

»Hallo, Luca, schön, dich zu sehen.« Die beiden gaben sich die Hand. Danach streckte sie sie mir hin. »Hi, ich bin Anja. Ich begleite euch beide heute bei der Tour.«

»Lilou, hi. Ich würde gern sagen, ich freue mich, aber ich habe keine Ahnung, was ihr mit mir vorhabt.«

»Dann wird es wohl Zeit, das Geheimnis zu lüften. Die Jungs da drin sind auch schon ganz aufgeregt.« Anja drehte sich um und öffnete die Klappe des Kofferraums. Sofort wurde das Geheule (jetzt war es eindeutig) lauter.

Ich riskierte einen Blick und entdeckte zwei nebeneinander angebrachte Boxen. Durch die Gitterstäbe schauten mich mehrere strahlend blaue Augenpaare an. Huskys.

Anja spannte die drei an die Leine, und sie sprangen aufgeregt aus dem Auto. Voller Energie sprangen sie umher.

»Darf ich vorstellen, das sind Blizzard, X-Ray und Flash,

alle drei Siberian Huskys. Trau dich, sie wollen dir Hallo sagen.«

Ich machte einen Schritt auf die drei zu und wurde sofort überschwänglich begrüßt. Mir ging das Herz auf, und ich kam aus dem Grinsen nicht mehr raus. Strahlend übers ganze Gesicht suchte ich Lucas Blick. Er lächelte breit und gesellte sich zu mir.

»Überraschung gelungen?«, fragte er mit gedämpfter Stimme.

»Oh ja.« Am liebsten hätte ich ihn auf die Wange geküsst, hielt mich aber gerade noch zurück. Ich wollte nicht austesten, wie er schlimmstenfalls reagieren könnte. Der Tag war zu jung, um solch ein Risiko einzugehen. »Ich liebe Hunde. Huskys sowieso.«

»Besitzt du einen Hund?«, fragte Anja.

»Nein, meine Mutter hat eine Allergie, und ich war mir nie sicher, ob ich der Verantwortung gerecht werde.«

»Dann planen wir in den nächsten zwei Stunden ausgiebig Kuschelzeit ein.« Sie drückte Luca die Leinen in die Hand und holte etwas vom Rücksitz. »Bevor wir starten, bekommst du einen Klettergurt an. Jeder Husky hat ein Trekkinggeschirr um. Hund und Halter sind durch eine Bungeeleine miteinander verbunden. So wird es beim Laufen einfacher, ihn zu führen und du hast nachher keinen Muskelkater in den Armen. Erschreck dich nicht, wenn es losgeht. Sie sind anfangs sehr energiegeladen, da muss man gut mithalten. Aber wenn ich dich anschaue, mache ich mir deswegen keine Sorgen. Außerdem bin ich immer dabei.«

Anja half mir in den Gurt und teilte mir Flash zu. Eine hübsche Husky-Dame mit schwarz-weißem Fell. Ich knuddelte sie, während Anja und Luca sich ebenfalls fertig machten. Als jeder einen Hund an der Leine hatte, ging es los. Wir liefen zurück durchs Dorf.

»Huskys wiegen meist zwischen dreiundzwanzig und achtundzwanzig Kilo. Sie können das bis zu achtfache ihres eigenen Körpergewichts ziehen«, gab Anja ihr Fachwissen an uns weiter. Ich hörte zu und konzentrierte mich gleichzeitig, um bei dem Tempo, das die Hunde an den Tag legten, nicht zu stolpern. »Wir haben nur Siberian Huskys in unserem Kennel, also bei uns zu Hause. Huskys haben ein dichtes Fell. Sobald es kälter wird, bekommen sie dicke Unterwolle. Mit diesem Winterfell halten sie problemlos Temperaturen unter Minus vierzig Grad aus. Nur die Ballen, Nase und Augen sind ungeschützt. Wenn sie draußen im Schnee übernachten, rollen sie sich zu einer kleinen Kugel zusammen. Ihren wuscheligen Schwanz legen sie dabei über Nase und Augen, die Pfoten unter den Körper. So können sie sich einschneien lassen. Gern graben sie sich auch Löcher, um sich reinzulegen. Im Sommer bieten diese Löcher Schutz vor der Wärme, im Winter vor der Kälte.«

Inzwischen hatten wir das Dorf verlassen und waren auf den verschneiten Wegen außerhalb unterwegs. Es ging bergauf, was dank Flash ein Kinderspiel war. Der Pfad führte uns in den Wald, wo die schneebedeckten Äste der Lärchen im Tageslicht glitzerten. An einer kleinen Lichtung machten wir Halt. Bei einem Schluck warmem Tee hatten wir eine bezaubernde Aussicht über die Saaser Bergwelt. Kaum hockte ich mich auf einen morschen Baumstumpf, forderte Flash ihre nächste Kuscheleinheit ein.

Luca holte aus seinem Rucksack belegte Sandwiches und reichte mir eines. Erstaunt sah ich ihn an.

»Was, dachtest du, ich bin nicht vorbereitet? Sind sogar alle selbst belegt. Dafür bin ich heute Morgen extra eine Stunde früher aufgestanden.«

»Danke, das ist echt süß von dir.« Und wieder hätte ich ihn knutschen können.

Lucas Grinsen wurde breiter. Doch ich schien nicht der Grund zu sein und folgte seinem Blick. Flash saß vor mir und fixierte das eingepackte Sandwich, als würde es auf diese Weise magisch in ihr Maul schweben.

»Ja, pass gut auf«, warnte mich Anja, »es wäre nicht das erste Sandwich, das der Guten zum Opfer fällt. Hier«, sie reichte mir ein paar Leckerlis.

Ich gab der Hündin das erste. Mit der Alternative zufrieden legte sie sich vor meinen Füßen in den Schnee.

Nachdem wir alle die kleine Stärkung genossen hatten, setzten wir unseren Weg am oberen Dorfrand fort, vorbei an Seilbahnen, wo sich Skibegeisterte den Hang nach oben bringen ließen.

»Und, bereust du deine Entscheidung, auf den letzten Kurstag verzichtet zu haben?«, fragte Luca, obwohl er die Antwort längst kannte.

»Ich habe noch nie etwas weniger bereut.«

»Also habe ich alles richtig gemacht.«

»Mitten ins Schwarze getroffen«, bestätigte ich ihm lachend.

»Okay, schauen wir mal, ob du das bei den anderen Sachen auch sagst«, meinte er daraufhin geheimnisvoll.

Ich zog die Augenbrauen hoch. »Andere Sachen?«

»Klar, glaubst du, das war es schon? Der Tag hat grad erst angefangen.«

»Na ja, du scheinst ein ganz gutes Gespür zu besitzen. Ich vertraue mal darauf.«

Luca zuckte schweigend mit den Achseln. Er ließ sich zu keiner Andeutung hinreißen.

Unseren zweiten Halt machten wir an einem alten Wasserrad. Viel war nicht mehr übrig, außer einer in die Jahre gekommenen Holzkonstruktion und zwei halbhohen Steinmauern, die das Rad festhielten. Aber es funktionierte. Der Gebirgsbach floss seitlich daran den Berg hinunter. Die starke Strömung an dieser Stelle sorgte dafür, dass er auch bei diesen kalten Temperaturen nicht komplett zugefroren war. Ein Teil seines klaren, eisigen Wassers plätscherte am Ende auf die hölzernen Speichen und sorgte für die Drehung.

Ich schloss die Augen und genoss das Geräusch der Stille, gepaart mit dem Rauschen und Gurgeln des Wassers. Es hatte etwas Friedvolles. Wir tranken noch einen Tee, die Hunde wurden versorgt und wir starteten die letzte Etappe unserer Tour. Sie führte auf der anderen Seite des Baches talwärts. Wir überquerten eine Holzbrücke, und für eine Weile hatten das Wasser und wir den gleichen Weg. Anja hatte uns vorgewarnt. Jetzt wusste ich, wovon sie gesprochen hatte. Flash verlangsamte ihr Tempo auch auf dem Weg nach unten nicht. Ich musste mächtig dagegenhalten und war froh über den Gurt um meine Hüften. Er half mir dabei, das Gleichgewicht zu halten. Alle paar Meter schaute sich Anja um, vergewisserte sich, ob wir noch aufrecht gingen oder schon mitgeschleift wurden. Okay, ganz so schlimm war es nicht, aber unkonzentriert sollte man nicht sein.

Viel zu schnell waren mehr als zwei Stunden vergangen. Wir liefen durchs Dorf und zurück zum Parkplatz. Die Huskys hatten sich ein letztes Leckerli verdient. Danach verabschiedeten wir uns ausgiebig, und es ging für sie zurück in ihre Boxen. Auch Anja sagten wir Tschüss. Wir winkten ihr hinterher und waren plötzlich wieder allein. In diesem Augenblick war mir Lucas Reaktion reichlich egal. Ich war voller Glückshormone und umarmte ihn überschwänglich.

»Danke für dieses Erlebnis. Es war grandios schön«, sprach ich, noch immer an ihn gedrückt. Aus einem Impuls heraus machte ich das, was ich gedanklich heute schon öfter getan hatte und küsste ihn auf die Wange. Erst dann ging ich wieder auf Abstand. Luca sah tatsächlich leicht verlegen aus. Und überrascht.

Es war aus Dankbarkeit heraus geschehen. Dennoch ließ sich das Flattern in meinem Magen nicht ignorieren.

»Ich wäre dann jetzt bereit für die nächste Überraschung«,

sagte ich schnell, um das Schweigen zwischen uns nicht unangenehm werden zu lassen – und um mich selbst abzulenken.

»Hast du ein Problem mit Höhe?«

»Grundsätzlich nicht«, antwortete ich gedehnt, während es in meinem Kopf ratterte, was die Frage zu bedeuten hatte. »Außer du willst irgendeinen Berg mit mir besteigen.«

»Nein, keine Berge, nur Bäume.« Er grinste.

»Okay, ich habe eine Ahnung.«

»Glaubst du. Na komm, finden wir heraus, ob du recht hast.«

Erneut liefen wir durchs Dorf, und zwar in Richtung »Abenteuerwald«. Am Seilgarten angekommen, begrüßte er den Mitarbeiter dort mit Handschlag. Luca kannte wirklich jeden hier. Nach ein wenig Geplauder rüsteten wir uns mit Klettergurt und Helm aus, und der junge Mann wünschte uns viel Spaß.

»Er lässt uns allein? Keine Einweisung?«

»Vertraust du mir nicht?«

Ich mochte überrascht sein, aber meine Antwort kam ohne Zögern. »Doch, ich vertraue dir.«

»Gut, dann los.« Er half mir in den Gurt und kontrollierte den Sitz des Helms. Danach gingen wir ein Stück in den Wald hinein. »Hier können wir anfangen und uns aufwärmen. Warst du schon mal in einem Kletterwald?«

»Nein, ich wusste bisher nur, dass es sie gibt.«

»Sagen dir Ziplines was?«

»Diese Seile, an denen man sich von Baum zu Baum schwingt?«

Luca musste lachen bei meinem Erklärungsversuch. »Ja, so ähnlich.«

Warum er fragte, verriet er mir nicht. Ich war sicher, ich würde es bald herausfinden.

Wir kletterten einen leichten Parcours zum Aufwärmen und damit ich das Umstecken der Karabiner an den Seilen üben konnte. Es ging über Hängebrücken, durch Netze und über schwebende Holzklötze. Am Ende landete ich wieder auf festem Grund.

Wieder Boden unter den Füßen, stemmte ich die Hände in die Hüften. »Und, wie stelle ich mich an?«

»Als hättest du nie was anderes gemacht.«

Stolz klopfte ich mir selbst auf die Schulter.

»Okay, du Profi, geben wir dir eine echte Herausforderung.«

Mein Lächeln verrutschte leicht. Ich vertraute Luca, traute ihm aber auch einiges zu. Etwas skeptisch folgte ich ihm daher durch den Wald, stets bergauf. Irgendwann lichteten sich die Bäume. Vor mir ragte eine Konstruktion hervor, die ganz nach Zipline aussah. Allerdings nicht irgendeine. Wie ich schnell feststellte, war diese nicht nur ein paar Meter über dem Boden zwischen Bäumen gespannt. Sie führte über eine Schlucht.

»Dein Ernst?«, fragte ich nach einem weiteren Blick, der meine Knie weich werden ließ.

»Das macht mega viel Spaß. Dir passiert nichts«, redete Luca mir gut zu. »Ich kann auf der anderen Seite auf dich warten, wenn du dich dann besser fühlst.«

»Wo willst du denn ohne mich sonst hin?«, fragte ich verwirrt nach.

»Na wieder hierher.«

»Ich soll das zweimal machen?«

»Die Jungs wollen ihre Klettergurte zurück.«

Ich schnaufte. »Wie tief ist das?«

»Knappe 80 Meter. Die Zipline-Strecke ist in die Richtung 280 Meter lang. Mit der zweiten Zipline geht es zurück nur 210 Meter.«

»Ein Klacks also.«

»Genau, nichts dabei.« Luca lachte, während ich ihn mit einem bösen Blick bedachte. »Sollen wir?«

Ich schloss die Augen. Höhe machte mir nichts. Über einer Schlucht an einem Seil zu hängen war allerdings nicht mit eingerechnet. Wenigstens wäre es ein schneller Tod. Dieser riesige Abgrund flößte mir ehrlich Respekt ein. Aber deswegen den Schwanz einziehen?

Kam nicht infrage.

Ich wuchs in diesem Urlaub über mich hinaus, testete neue Grenzen. Es war die perfekte Möglichkeit, mich einer neuen Herausforderung zu stellen und meine Spontaneität zu üben. »Okay, bin dabei. Ich zuerst.«

»Wie Sie wünschen, Mylady.«

Ich trat auf einen Vorsprung, löste den Karabiner aus meinem Gurt und hakte mich an der Zipline ein. Luca vergewisserte sich gründlich, dass auch alles richtig saß. Mit Beinen aus Pudding lief ich auf den Abgrund zu, bis es nur noch ein Schritt ins Leere war.

»Du schaffst das«, hörte ich ihn hinter mir sagen. Dann atmete ich ein letztes Mal tief durch und stieß mich vom Boden ab. Sofort nahm ich Fahrt auf. Es war eine enorme Überwindung, mich in den Gurt zu setzen, nicht zu verkrampfen, die Kontrolle abzugeben. Die ersten Meter hatte ich hinter mir. *Nur nicht nach unten sehen, Lilou!*

Ich befand mich mitten in einer Welt aus Puderzucker. Der kalte Wind hinterließ kleine Nadelstiche auf meiner Haut. Die Mischung aus Angst und Euphorie puschte mich. Ich hatte mich tatsächlich getraut. In mir bildete sich ein Schrei, ich ließ ihn einfach raus und freute mich laut lachend über meinen Mut.

Nach knapp einer Minute kam die gegenüberliegende Felswand immer näher. Ich konnte das Ende sehen und machte mich bereit. Abgebremst trafen meine Füße wieder auf festen Boden. Ich klinkte mich aus und wartete mit klopfendem Herzen auf Luca, der nur wenig später als kleiner Punkt auftauchte. Ich hörte ihn ebenfalls einen lauten Freudenschrei ausstoßen und jubelte ihm entgegen.

Als er vor mir zum Stehen kam, streckte er die Hand aus und ich klatschte ab.

»Bereit für den Rückflug?«

»Ja, zumindest solange mein Adrenalinspiegel hoch ist.«

Tatsächlich genoss ich es diesmal sehr und war fast ein wenig enttäuscht, als ich wieder festen Boden unter den Füßen hatte.

»Na, hattest du Spaß?«, fragte er mit leuchtenden Augen.

»Oh ja, hatte ich. Es fällt mir noch etwas schwer, es in Worte zu fassen.«

»Du hast den ganzen Abend, um dir welche zu überlegen. Ab jetzt wird es ruhiger, versprochen.«

Wir liefen zurück und gaben unsere Kletterutensilien ab. Ich schaute Luca zu, wie er den Helm desinfizierte, mit geübten Griffen den Gurt kontrollierte und alles an seinen Platz hängte.

»Möchtest du dich frisch machen, bevor es weitergeht? Dann würde ich kurz ein paar Anrufe erledigen.«

»Okay, sehr gern.«

Ich ging das Stück zum Hotel allein zurück. Ob Luca in der Skischule arbeitete oder nach Haus ging, wusste ich nicht. Wir hatten uns in einer dreiviertel Stunde auf jeden Fall wieder am Skischulbüro verabredet. Es war eine Wohltat, aus den Klamotten rauszukommen. Ich sprang kurz unter die Dusche und zog mich um. Was Luca wohl als Nächstes aus dem Hut zog? Bisher hatte er sich viel Mühe gegeben und mich jedes Mal aufs Neue überrascht. Die Ausflüge heute hatten alle im Vorfeld geplant werden müssen. Es war so süß von ihm und finanziell überhaupt nicht mit den ausgefallenen Skistunden zu vergleichen. Darüber musste ich mit ihm reden. Es sollten auf keinen Fall am Ende Unkosten für ihn entstehen.

Ich stand im Bad vor dem Spiegel, tuschte mir die Wimpern und betrachtete mein Spiegelbild. Meine Wangen hatten eine rosige Farbe, meine Augen glänzten. Ich war erfüllt von all den tollen Erlebnissen und voller Vorfreude was noch kam. Und voller Gefühle. Nur fehlte der Gegenpart. So flirtbereit wie Luca gestern, so wenig war er es heute gewesen. Er hatte sich überaus freundlich gezeigt und den perfekten Begleiter abgegeben, mehr aber auch nicht. Keine Annäherung, keine Zweideutigkeiten. Ich hatte es bereits geahnt, nachdem der Abend sehr zwiegespalten geendet hatte. Der lustige und offene Luca hatte sich zurückgezogen. Warum, wusste ich nicht. Mir blieb nur, es zu akzeptieren.

Kapitel 10

Ich löste mich vom Spiegel, packte mich wieder dick ein und verließ das Hotel in Richtung Treffpunkt. Luca erwartete mich bereits. Ihn umwehte eine frische Duftwolke männlichen Parfüms. Er roch fantastisch. In meinem Magen kribbelte es.

»Hey, pünktlich auf die Minute«, begrüßte er mich.

»Vielleicht eine der positiven Nebeneffekte, wenn man so ein Planungsfreak ist.«

»Sei nicht so streng mit dir. Da gibt's noch jede Menge andere positive Eigenschaften. Und ein bisschen Freak sind wir alle.«

Ich musste lachen.

»Na bitte, Lächeln steht dir viel besser.«

Es war das erste Mal heute, dass er eine leichte Flirttendenz zeigte. Aber auch nur, wenn man mehr als ein höfliches Kompliment hineininterpretierte. Womit ich dringend aufhören musste. Mit meinen Grübeleien änderte ich an der Situation nichts und ging mit Enttäuschung ins Bett, statt mit dem Gedanken an einen wunderschönen Tag. Ich hatte mir geschworen, mein Leben zu genießen. Bis jetzt hatte es prima funktioniert. Warum also damit aufhören.

»Wohin entführst du mich jetzt?«

»Sei nicht immer so neugierig. Du wolltest mir vertrauen«, bekam ich als Antwort.

Ich verdrehte die Augen. »Bin ja schon still.«

»Sehr gut, dann folg mir unauffällig.«

Luca schloss das Büro ab, und wir liefen durch das mir so vertraut gewordene Dorf. An der Felskinnbahn, einer Luftseilbahn, blieb Luca stehen.

»Da hoch?«, fragte ich.

»Da hoch.«

Es waren mit uns nur wenige, die um diese Uhrzeit den Berg noch nach oben fuhren. Die anderen stiegen in Trauben aus den mit weihnachtlichen Stickern dekorierten Gondeln, lachend, gestikulierend, erzählend. Sie alle hatten Erinnerungen gesammelt und brachten sie auf ihren Handys und in ihren Herzen mit nach Hause. Ich war eine von ihnen.

In einer Woche würde ich auf der Couch bei Lisa oder Chrissy sitzen und meine Geschichten mit ihnen teilen. War es albern, sich darüber zu freuen? Für viele mochte es das Normalste der Welt sein, über den Urlaub zu berichten. Für mich war es das nicht. Für mich war so einiges nicht normal. Aber das spielte keine Rolle. Ich hatte es bis hierher geschafft. Der Ausblick, der sich mir bot, während die Gondel Meter für Meter den Berg hinaufglitt, bestätigte nur, dass mein Nicht-normal-Sein mich an einen der schönsten Orte gebracht hatte, den ich mir vorstellen konnte.

Oben angekommen war die Fahrt für uns noch nicht zu Ende. Ich folgte Luca in einen Tunnel am Berg. Darin befand sich eine weitere Station. Diesmal stiegen wir in eine Art Zug. Luca erklärte mir, dass es sich um eine Standseilbahn handelte, die gern auch als »höchstgelegene U-Bahn der Welt« bezeichnet wurde. Ich war sprachlos. Wir fuhren tatsächlich im Berg weiter in die Höhe.

»Sind wir da?«, fragte ich beim Aussteigen ungläubig.

»Ja, geschafft.« Luca legte die Hand auf meinen Rücken und führte mich zum Ausgang.

Wir traten aus dem Tunnel. Die Sonne war gerade am Untergehen. Die Dunkelheit hatte das Tal bereits verschluckt. Hier oben waren die Lichtverhältnisse dank der endlos erscheinenden Schneelandschaft noch recht gut, und ich schaute mich ehrfurchtsvoll um.

»Willkommen auf dem Mittelallalin, ein sehr beliebtes Ausflugsziel bei Touristen. Hier kannst du Ski fahren, den weltgrößten Eispavillon besuchen, im Sommer das Allalinhorn, einen Viertausender, besteigen oder, wie wir heute, im höchsten Drehrestaurant der Welt zu Abend essen.«

Ich betrachtete das runde Gebäude und verdaute die Informationsflut. »Wie hoch sind wir?«

»3456 Meter, falls du es genau wissen willst.«

»Du weißt ziemlich viel.«

»Ich bin hier aufgewachsen, vergessen?« Er zwinkerte. »Lass uns drin weiterreden, da ist es gemütlicher.«

Wir wurden zu unserem Tisch geführt, den er natürlich vorab reserviert hatte. Direkt an einem der riesigen Fenster. Von hier hatte man sicher bei Tageslicht einen herrlichen Ausblick auf die Walliser Berge. Dafür präsentierte sich uns ein wunderschöner Abendhimmel. Und nach und nach drehte sich das Restaurant und veränderte den Blickwinkel.

»Ich hatte erst überlegt, heute Mittag schon herzukommen, da hätten wir mehr Zeit gehabt und du hättest die Aussicht besser genießen können. Allerdings ist um die Uhrzeit hier die Hölle los.«

»Es ist alles perfekt wie es ist, Luca. Du hast dir wahnsinnig viel Mühe gegeben. Dank dir habe ich heute unglaublich schöne Dinge erlebt. Viel mehr, als ich je erwartet hätte.« Wie gern hätte ich über den Tisch hinweg nach seiner Hand gegriffen.

»Nachdem du dich auf der Piste so angestrengt hast, hattest du es dir verdient.«

Ich lächelte und überlegte gleichzeitig, ob er das für jede andere Person in der Situation auch getan hätte. Der Typ dafür war er allemal. Er liebte seine Heimat und nahm seinen Job ernst. Trotzdem beharrte ein kleiner Teil in mir darauf, dass er sich nur für mich so ins Zeug gelegt hatte. Ich wollte nicht irgendjemand für ihn sein.

»Jedenfalls habe ich morgen einiges zu berichten, und die Gang wird nicht ruhen, bis sie alles gehört hat.«

Luca lachte. »Stimmt, ich sehe es lebhaft vor mir.«

»Wir haben nicht ein einziges Foto gemacht«, fiel mir schlagartig ein. »Oh nein«, hängte ich enttäuscht an.

»Dir bleiben die Erinnerungen. Manchmal ist es besser, nicht alles durch ein Foto festzuhalten. Man genießt viel mehr, wenn man die Welt nicht ständig durch eine Kameralinse betrachtet.«

»Mag sein, aber mit Flash hätte ich gern ein Foto gehabt. Darf ich wenigstens mit dir eins haben? Hier vor dem Fenster, solange es draußen nicht vollständig dunkel ist.«

»Klar.«

Ich kramte das Handy aus der Tasche, stand auf und rutschte neben ihn auf die Bank. Mit ausgestrecktem Arm suchte ich nach der richtigen Einstellung, um uns und die Aussicht aufs Bild zu bekommen – unsicher, wie nah ich ihm dabei kommen durfte.

»Warte, ich glaube so geht's besser.« Luca nahm mir das Handy ab, drehte seinen Oberkörper noch ein Stück. »Okay, ein bisschen näher zu mir, lehn dich an. Na, bitte. Perfekt.«

Ob ihm bewusst war, dass ich in diesem Augenblick vollständig in seinen Armen lag? *Mir* war es bewusst. Ich konnte kaum atmen.

Luca drückte mehrmals den Auslöser. »Da sollte was Brauchbares dabei sein, auch wenn ich mit drauf bin.« Er lachte, und ich spürte das Beben seines Brustkorbs in meinem Rücken. »Schau trotzdem besser nach.«

Ich räusperte mich, nahm das Handy entgegen und richtete mich etwas auf. Gleichzeitig beugte sich Luca vor, um ebenfalls auf das Display schauen zu können. Sein warmer Atem streifte mein Ohr. Kurz schloss ich die Augen. Mit zittrigen Händen swipte ich anschließend durch die Fotos.

»Sie sind alle gut geworden«, brachte ich mit belegter Stimme heraus.

»Nicht alle, hast du dir das eine mal genau angesehen?« Er griff um mich herum und schob mit dem Finger die Bilder nach rechts. »Hier, da sehe ich aus, als hätte ich drei Tage durchgefeiert und immer noch vier Promille.«

Es war keine Umarmung, dennoch fühlte es sich danach an. Nur schwer widerstand ich dem Drang, mich an ihn zu lehnen. Oder war es der perfekte Moment, um herauszufinden, wie Luca zu mir stand? War es das Risiko wert, den Tag möglicherweise mit einer Katastrophe enden zu lassen? Verdammt, warum konnten diese Gedanken nicht ein einziges Mal ihre Klappe halten.

»Mich hast du gut getroffen. Ich könnte dich rausschneiden und es als Profilbild verwenden«, versuchte ich mich an lockerer Konversation.

»Ja, ohne mich ist es perfekt.«

Es waren nicht die Worte selbst, die eine Gänsehaut wie eine Laola-Welle über meinen Körper jagten. Es lag daran, wie er es sagte. Ich hörte das leichte Vibrieren, den sanften Klang. Es waren nicht nur Worte, die seinen Mund verlassen hatten. In ihnen schwangen Gefühle mit. Gefühle für mich. Diesmal irrte ich mich nicht.

Langsam rutschte ich ein Stück vor, damit ich mich zu ihm umdrehen konnte. Den Arm hatte er noch immer um mich gelegt, die Hand ruhte auf meinem Oberschenkel. Während ich begann, mich ihm zuzuwenden, hielt er weiter Körperkontakt. Mit den Fingerspitzen wanderte er gemeinsam mit jeder meiner Bewegungen höher. Von meiner Hüfte, über den Rücken, die Wirbelsäule entlang. Eine imaginäre Linie, die ich auf intensivste Weise wahrnahm.

Dann trafen sich unsere Blicke. Aus dem Funkeln in seinen Augen war ein loderndes Feuer geworden. Schon jetzt spürte ich die Hitze und wollte mich daran verbrennen.

Ich schluckte trocken, biss mir auf die Unterlippe. Sein Mund zog mich magisch an. Ich wollte ihn küssen. Hier. Genau jetzt. Und ich tat es. Aus einem Impuls heraus überwand ich die wenigen Zentimeter zwischen uns. Ich legte meine Lippen auf seine, erst ein Mal, dann ein zweites Mal. Dabei spürte ich, wie sein Mund sich leicht öffnete und mir eine Einladung schickte. Unsere Zungen fanden zueinander. Es war ein zaghaftes Entdecken, ohne uns sonst zu berühren. Langsam, ohne Hast.

Luca zog sich als Erster zurück. Ich konnte den Sturm an Emotionen sehen, der in ihm tobte. Ein Lächeln schaffte es in sein Gesicht.

»Wir sollten unser Essen bestellen, bevor es zu spät wird.«

»Richtig, essen. Hatte ich fast vergessen.« Ich räusperte mich, wischte mit dem Daumen leicht über meine Lippen, auf denen Lucas Berührung nachhallte, und ging um den Tisch herum wieder auf meinen Platz.

Im Nanosekundentakt schossen Fragen durch meinen Kopf.

Was hatte das zu bedeuten?

Wie ging es weiter?

Bereute er den Kuss schon?

Während wir, nachdem wir bestellt hatten, auf das Essen warteten, nippte ich an meinem Getränk, den Blick hinaus auf die schneebedeckte Bergwelt gerichtet, deren Konturen immer schemenhafter wurden. Die Sonne war längst hinter den Gipfeln untergegangen. Ich traute mich nicht, Luca anzusehen. Als ich es dennoch tat, war sein Blick ebenfalls aus dem Fenster gerichtet. Er wirkte nachdenklich. Sofort verknotete sich mein Magen. Doch ich versuchte, locker mit der Situation umzugehen. Wir hatten uns geküsst, na und? Luca hatte mir eine Antwort auf die Frage gegeben, die mich verfolgt hatte.

Ich war einen Kuss wert gewesen. Ob ein zweiter folgen würde, wusste ich nicht. Aber den einen nahm mir keiner mehr. Er gehörte mir. Das war gut.

Es hatte mir gefallen. Und ich war hier, um Spaß zu haben, nicht um einen potenziellen Lebenspartner zu finden. Auch wenn ich nichts dagegen gehabt hätte. Der Knoten in meinem Magen löste sich ein wenig, verschwand aber nicht ganz.

Die Kellnerin holte uns beide aus unseren Gedanken. Ich betrachtete den liebevoll angerichteten Teller und nahm den köstlichen Duft auf. Luca hatte sich für die Haus-Bratwurst mit Zwiebelspecksoße und Alpenbratkartoffeln entschieden. Ich für die Gnocchi mit Käsecremesoße und Sellerie-Kohl-Gemüse.

»Guten Appetit«, wünschte ich Luca.

»Danke, dir auch. Sieht beides großartig aus.«

Ich nickte und probierte einen ersten Bissen. Nach zwei weiteren fühlte ich mich gleich tausendmal besser. Da soll noch mal einer sagen, Essen mache nicht glücklich. Auch bei Luca schien es zu helfen und kurbelte sein Sprachzentrum an. Er erzählte mir Geschichten über seine Heimat. Aber mir fiel auf, es ging nie um ihn. Kein Hinweis darauf, wie er lebte, kein Wort über seine Familie, seine Vergangenheit oder irgendwelche Träume und Wünsche.

So viele Fragen lagen mir auf der Zunge. Keine davon stellte ich laut. Wenn er von sich hätte erzählen wollen, hätte er es längst getan. Dafür ließ ich ihn an meinem Leben teilhaben. Gab ihm einen Einblick in mein Elternhaus und meine Freundschaften.

»Das klingt nach einem netten Haufen.«

»Ja, schon irgendwie. Ich bin happy, sie in meinem Leben haben zu dürfen.«

Für einen Augenblick sahen wir uns lächelnd in die Augen, dann wendete Luca sich räuspernd ab und starrte auf seinen leeren Teller.

Der Knoten in mir zog sich wieder fester. Ich wurde einfach nicht schlau aus ihm. In einem Moment öffnete er sich, und sobald er es bemerkte, warf er die Türen zu und verriegelte sie von innen.

»Wenn du so weit bist, sollten wir uns auf den Rückweg machen.«

Als ich daraufhin nickte, stand er auf und ging zur Theke. Hatte er es plötzlich so eilig, dass er nicht mal warten konnte, bis die Bedienung zu uns kam? Seufzend stand ich auf und zog mir die Jacke an. Nach dem Kuss hatte ich auf einen anderen Ausgang des Abends gehofft. Doch Luca, der mit der Bedienung gerade herzhaft lachte, schien noch weniger zu wissen, was er wollte, als ich. Dieses ständige Hin und Her war anstrengend. Spaß haben hatte ich anders in Erinnerung. Vielleicht waren wir dafür beide nicht geschaffen.

»Okay, bereit für die Talfahrt?«, fragte er zurück am Tisch. Seine Lockerheit hatte er wohl an der Theke vergessen.

Wieder nickte ich nur und folgte ihm nach draußen. Zwar war der Weg ausgeleuchtet, aber die Welt dahinter war inzwischen in ein schwarzes Nichts getaucht.

»Ziemlich unheimlich«, sprach ich meine Gedanken laut aus.

»Deswegen ist der normale Tourismusverkehr auch längst beendet. Viel zu gefährlich. Wir haben eine Sondergenehmigung bekommen.« Er hielt sich den Zeigefinger vor die geschlossenen Lippen. »Vorsicht, stolpere nicht.« Luca griff nach meiner Hand und hielt sie fest, bis wir sicher in der Bahn waren.

Ich bildete mir darauf nichts ein. Dennoch besänftigte mich seine aufmerksame und fürsorgliche Art. Außerdem hatte er mir einen unvergesslichen Tag geschenkt. Davon würde ich noch lange zehren, wenn ich längst wieder im Alltag angekommen war. Da war ich mir sicher.

Ein bisschen froh war ich trotzdem, als wir auch die Gondel hinter uns gelassen und das Tal erreicht hatten.

»Ich bringe dich noch zum Hotel.«

Mit diesen Worten läutete er eindeutig das Ende dieses Abends ein. Was schade war. Andererseits, was hatte ich erwartet? Und auf mein Bett freute ich mich irgendwie auch. Ich wollte mich hinlegen und den Tag Revue passieren lassen. Vielleicht schrieb ich alles auf, damit die Einzelheiten nicht in Vergessenheit gerieten. Ich lächelte vor mich hin – die Idee gefiel mir.

Winzige Schneeflocken fielen vom Himmel und glitzerten im Licht der Laternen. Jeder unserer Schritte hinterließ ein knirschendes Geräusch. Ich genoss unseren letzten Spaziergang und wünschte mir mehr davon. Viel zu schnell hatten wir unser Ziel erreicht, als wäre der Ort spontan geschrumpft.

»Da wären wir.«

»Da wären wir«, wiederholte ich seine Worte.

»Ich hoffe, du hattest einen schönen Tag, und ich habe die richtigen Dinge ausgesucht.«

»Ich hoffe, du brauchst darauf keine Antwort mehr. Es war alles perfekt, ehrlich. Vielen Dank, für alles!«

»Ich weiß, ich wollte es bloß noch mal hören«, grinste Luca.

»Haha, sehr witzig.« Ich boxte ihm gegen die Schulter.

Wir lachten kurz, dann wurde er wieder ernst. »Lilou, mir haben die vergangenen Tage auch viel Spaß gemacht. Ich wünsche dir hier in Saas-Fee einen tollen Resturlaub. Deine Gang ist bestimmt froh, dich wieder bei sich zu haben.«

Das klang grad verdammt nach Abschied. Nach richtigem Abschied – für immer. Mein Hals schnürte sich zu. Das konnte er nicht tun. Einfach so, ohne Vorwarnung. Hatte er den Tag nur mit mir verbracht, weil er dafür bezahlt worden war?

Bekam den Kuss jede? Hatte für ihn nichts von alldem eine Bedeutung? Am liebsten hätte ich ihn geschüttelt, ihm gesagt, dass ich für einen Abschied nicht bereit war.

Wie sollte ich die Tage hier verbringen, mit dem Wissen, ihn nicht mehr zu sehen? So weit reichte meine Vorstellungskraft nicht. Ich bekam keine Luft mehr.

Von dem Chaos ich meinem Kopf bekam Luca nichts mit. Ich bemühte mich darum, dass mein Gesicht meine Emotionen nicht widerspiegelte und mich verriet. Das wäre mir peinlich, und so wollte ich unsere letzte Begegnung bestimmt nicht enden lassen. Egal welche Gründe er hatte. Aber warum zum Kuckuck hatte er mich dann geküsst? Ich drehte mich im Kreis und würde keine Antworten bekommen, wenn ich die Fragen nicht laut stellte. Was ich nicht tun würde, so sehr es mich quälte. Diese Blöße gab ich mir nicht.

Vielleicht war es nicht der richtige Zeitpunkt. Vielleicht sollte es einfach nicht sein. Übermorgen war Weihnachten. Luca hatte ein Leben abseits von dem, was ich kennenlernen durfte. Nur weil er nicht darüber redete, hieß das nicht, dass er keines hatte. Das musste ich so akzeptieren.

»Ja, gut möglich«, erwiderte ich auf seinen letzten Kommentar. »Luca, danke für alles und frohe Weihnachten.« Der Kloß in meinem Hals schwoll auf die Größe einer Wassermelone an. Noch ein paar wenige Atemzüge und meine Augen schwammen in Tränen. Ich biss die Zähne aufeinander, bis mein Kiefer schmerzte. Alles war besser, als diese Traurigkeit, die ihre Klauen nach mir ausstreckte.

»Frohe Weihnachten, Lilou.« Er schenkte mir einen seiner intensiven Blicke und wirkte wie jemand, der kurz davor war, ein Mädchen, das ihm gegenüberstand, zu küssen. Aber er tat es nicht. Stattdessen lächelte er ein Lächeln, das seine Augen nicht erreichte, wendete sich ab und ging davon.

Wäre es ein Film, würde das Mädchen jetzt darauf hoffen, dass er sich umdrehte. Das hieß nämlich, er mochte sie, es gab noch eine Chance. Aber Luca drehte sich nicht um. Natürlich nicht. Es war eben kein blöder Film. Ich starrte die Straße hinunter, an die Häuserecke, die ihn verschluckt hatte. Minuten verstrichen. Er würde nicht zurückkommen. Mein Verstand wusste das, nur mein Herz wollte es nicht akzeptieren.

Ich brauchte dringend eine Pro-und-Kontra-Liste, musste schwarz auf weiß sehen, was gegen uns sprach. Ja, das war eine gute Idee. Mein Monk jubelte. Ich gab mir eine Aufgabe, plante etwas. Ein letztes Mal eintauchen und danach loslassen.

Endlich setzten sich meine Füße in Bewegung. Ich verließ meinen Posten und tauschte die frostigen Außentemperaturen gegen die gemütliche Wärme des Hotels.

An der Bar entdeckte ich zu spät, wie sich schnell herausstellte, Ilse, Wolfgang und Heinz. Sie hatten mich zuerst gesehen und winkten ausschweifend. Ein Entkommen war unmöglich. Na ja, die Liste konnte warten, und Ablenkung war gerade nicht das Schlechteste.

»Lilou, wie schön. Setz dich, leiste uns Gesellschaft. Du trinkst was mit, oder? Ach, was frag ich, klar tust du das. Ein Gläschen Sekt oder lieber was Härteres?«

Ich wartete kurz mit meiner Antwort, weil ich mir nicht sicher war, ob Ilse tatsächlich ihren Redeschwall beendet hatte. »Was Härteres. Ein Ramazzotti auf Eis, bitte«, gab ich meinen Wunsch an den Barkeeper weiter.

»Oje, hattest du keinen schönen Tag?«, fragte sie erschrocken.

»Doch, alles bestens«, log ich. »Ich habe bloß zu viel gegessen und kann was zur Verdauung gebrauchen.« Leider bezweifelte ich, dass der Klumpen, der meinen Magen verschloss, sich dadurch lösen würde.

»Immer gut kauen, das sage ich meinem Herrmann auch ständig. Er leidet sonst nämlich sofort an einer Verstopfung. Achte auf deinen Stuhlgang. Nicht, dass es dir geht wie meinem Herrmann.«

»Okay, mach ich.« Als ich von Ablenkung gesprochen hatte, hatte ich an so ziemlich alles gedacht, außer an ein Gespräch über Verstopfung. Daher war ich leicht überfordert und stimmte Ilse in ihren Ratschlägen schnell zu, bevor das Ganze eskalierte und wir Details zu hören bekamen.

»Was hat dein privater Guide denn nun heute für dich alles aus dem Hut gezaubert?«, fragte Wolfgang mit einer Mischung aus Neugier und flehendem Blick in meine Richtung. Seiner Gesichtsfarbe nach zu urteilen war auch ihm ein anderes Thema deutlich lieber.

Ich hatte geahnt, dass ich um einen Rückblick nicht drum herumkommen würde, überlegte trotzdem, das Gespräch wieder auf Herrmanns Verstopfung zu bringen. Ich schüttelte mich. Nein, keine wirkliche Option. Dieses Minenfeld musste ich einmal durchlaufen. Also trank ich einen kräftigen Schluck Ramazzotti und legte los. Erzählte mit Begeisterung von der Wanderung durch die Wälder und von meiner treuen und zuckersüßen Begleiterin Flash. Ich nahm die drei mit auf den Flug über die Feeschlucht. Nur der dritte und letzte Teil des Tages fiel kürzer aus. Nicht, weil mir die Worte fehlten. So viele Emotionen, Flüche und Fragen drückten von innen gegen meine Lippen. Aber ich blieb sachlich und berichtete lieber von dem Menü, das wir uns gegönnt hatten.

Als ich geendet hatte, war das zweite Glas Schnaps leer. Ein heißes Brennen füllte meinen Magen, machte meine Beine schwer. Während Ilse sich darüber ausließ, dass sie bei ihrem geführten Ausflug auf den Mittelallalin und zum Drehrestaurant das Essen nicht hatten kosten dürfen, blickte mich Heinz mit einer hochgezogenen Augenbraue an. Es wirkte so, als könnte er meine Gedanken lesen. Beängstigend. Es hätte mich nicht gewundert, seine Stimme in meinem Kopf zu hören. Ich lenkte meine Aufmerksamkeit auf Ilse, die noch immer lamentierte.

»Ts, ich sollte mich beschweren. Was macht es für einen Sinn, sich ein Restaurant nur von außen anzuschauen?«

»Dafür wart ihr im Eispavillon. Und sooo gut war das Essen dann auch nicht. Unser Hotel kann locker mithalten.«

Ilse grummelte noch ein wenig vor sich hin, schien aber besänftigt.

»Und«, kam es von Wolfgang, »seht ihr euch wieder, du und dein Skilehrer?«

»Nein, ich denke nicht. Es ist nichts weiter geplant. Ich gehöre die letzten Tage ganz euch«, presste ich heraus und umklammerte das leere Glas so fest, dass die Knöchel meiner Finger weiß hervortraten.

Ilse tätschelte meine Hand. »Das freut mich.«

»Mmh, mich auch«, log ich und fühlte mich schlecht dabei. Mein Blick huschte zu Heinz, der nun auch die zweite Braue nach oben gezogen hatte. Er glaubte mir kein Wort, dafür musste ich keine Gedanken lesen können. Aber er hinterfragte meine Aussagen nicht, hakte nicht nach.

Ilse leider schon. »Trotzdem schade, ihr habt ein süßes Paar abgegeben. Ich hätte gedacht, er mag dich. Auf der Hütte hat er eindeutig geflirtet. Das hat ein Blinder mit Krückstock gesehen.«

Innerlich kämpfte ich um die Fassung wie selten. »Findest du?« Ich lächelte verkrampft. »Na ja, war nichts ernst Gemeintes. Nur ein kleiner Flirt.« Mir wurde ganz schlecht von meinen Worten.

»Aufmerksamkeit tut jedem gut.«

»Darauf trinken wir.« Wolfgang bestellte eine weitere Runde. »Es ist immer schön, Beachtung geschenkt zu bekommen.«

Oje, der Arme. Es wurde Zeit, das Geheimnis um den Antrag zu lüften. Er schaute zerknirscht drein, während er die Gläser verteilte. Ich prostete den dreien zu, verringerte aber meine Trinkgeschwindigkeit und machte kleinere Schlucke.

Nach diesem Glas musste ich dringend den Absprung schaffen. Weniger aus Angst vor dem Kater morgen früh, als vielmehr davor, dass sich meine Zunge zu sehr löste. Selbst wenn Heinz längst ahnte, dass ich für Luca mehr empfand, wollte ich es nicht laut aussprechen. In wenigen Tagen war alles überstanden, ich konnte Abstand zwischen mich, diesen Ort und Luca bringen und sah wahrscheinlich auch die anderen nie wieder. Ich hoffte nur, es würde sich dann besser anfühlen, als es das jetzt tat. So oder so, bis dahin war ich für alle da.

Bevor einer der drei die Gelegenheit bekam, die nächsten Getränke zu ordern, stand ich von meinem Barhocker auf. Mein Sichtfeld wankte. Nach drei mehr oder weniger auf Ex getrunkenen Ramazzotti half auch kein gut gefüllter Magen.

»Okay, Leute, für mich war es das, sonst komme ich morgen nicht aus dem Bett.« Ich hob die Hand zum Gruß. »Gute Nacht.«

»Ach, wie schade.« Ilse klimperte traurig mit den Wimpern. Sicher funktionierte das hervorragend bei ihrem Herrmann, ich blieb immun und lief auf den Fahrstuhl zu. Heute würde es keine unnötigen Schritte mehr geben.

Heinz und Wolfgang riefen mir ein synchrones »Gute Nacht« hinterher. Immerhin sorgte das bei den beiden für ein Lächeln. Im Fahrstuhl lehnte ich mich erschöpft gegen die Wand. Die emotionale und körperliche Anstrengung des heutigen Tages schlug durch. Verstärkt durch den Alkohol hätte ich mich auf dem Boden zusammenrollen und einschlafen können. Eigentlich war ich ziemlich dankbar für diesen Umstand, denn das würde mir das Im-Dunkeln-an-die-Decke-Starren und die viele Grübelei ersparen.

Die Türen glitten auf, und ich schleppte mich die letzten Meter zu meinem Zimmer. Dort angekommen schälte ich mich aus den Klamotten. Ich verzichtete auf den Gang ins Bad. Ich wollte bloß die Augen schließen und den Tag zur

Vergangenheit werden lassen. Dann konnte ich die Erinnerung daran in eine Kiste sperren und nach vorn schauen.

Kapitel 11

Tatsächlich war ich eingeschlafen, kaum dass mein Kopf das Kissen berührt hatte. Nur an dem Wegsperren und Nach-vorn-Schauen musste ich noch arbeiten. Plan A war damit erst mal gescheitert, also musste Plan B her. Der lautete mal wieder: Ablenkung. Die würde ich heute hoffentlich bei unserem letzten gemeinsamen Gruppenausflug finden.

Mit zwiespältigen Gefühlen ging ich zum Frühstück. Dort saßen Menschen, die mich mit ziemlicher Sicherheit auf andere Gedanken bringen würden. Aber der Ausflug heute läutete auch das Ende der Reise ein. Noch ein bisschen Weihnachten feiern, und das war es dann. Zurück in den Alltag. Fast hatte ich Angst davor. Würde ich in meine alten Verhaltensmuster zurückfallen? Ich mochte die neue Lilou, die ohne Listen auskam, bei der Spontaneität im Hirn nicht sofort einen Selbstzerstörungsmechanismus aktivierte. Wie viel davon konnte ich mir bewahren? Wie viel neue Lilou steckte in mir? Schon bald würde ich mir die Antwort selbst geben können. Ob sie mir gefiel oder nicht.

Im Frühstückssaal war mächtig was los. Geschirr klapperte, Besteck klirrte, es duftete nach Kaffee, frischen Brötchen und Frühstücksspeck. Das gesamte Hotel schien auf den Beinen zu sein. Den Trubel würde ich nicht vermissen, wohl aber die vielen netten Gespräche. Zwar waren meine Sätze morgens wohldosiert, ein Morgenmuffel war ich aber absolut nicht.

Lustigerweise traf das allerdings ausgerechnet auf unseren

sonst aufgedrehten, fröhlichen Wolfgang zu. Zumindest bevor er nicht wenigstens einen Kaffee zu sich genommen hatte. Manchmal brauchte es auch einen zweiten. Wie ich feststellen musste, war das heute Morgen noch nicht der Fall. Sein Gesicht sah aus wie ein zerknautschtes Sofakissen – ein schlecht gelauntes zerknautschtes Sofakissen. Das Einzige, was er von sich gab, war ein abwertendes Schnauben, während er die Leute um sich herum beobachtete. Er war so süß, meine Laune hob sich gleich ein Stückchen mehr. Heinz ließ das völlig kalt. Er strahlte in gewohntem Outfit eine tiefe Ruhe aus. Ich war mir sicher, Wolfgang ahnte nichts von den Plänen seines Partners. Der Heiratsantrag an Heiligabend würde eine riesen Überraschung werden.

Ilse hatte bereits einen voll beladenen Teller vor sich stehen und redete kauend auf Herrmann ein, der lustlos an einem Stück Paprika knabberte. Nur Rosi registrierte mein Kommen und winkte mich zu sich.

»Guten Morgen, Lilou, willst du dich diesem verrückten Haufen wieder anschließen?«

»Unbedingt«, sagte ich aus voller Überzeugung und blickte in die Runde. Als Reaktion bekam ich von allen ein aufrichtiges Lächeln geschenkt. Sogar bei Wolfgang hob sich der rechte Mundwinkel um ein paar Millimeter.

Wir frühstückten gemeinsam, und Rosi half Ilse, für jeden von uns ein kleines Lunchpaket zu packen. Anschließend verschwanden alle noch mal kurz aufs Zimmer, dann ging es dick eingepackt zum Bus.

Werner saß schon mit guter Laune hinterm Steuer. Er trug stets eine Jeans und dazu ein farbiges Hemd mit passendem Schlips. Ich schätzte ihn auf Anfang sechzig, und fand ihn recht gut aussehend für sein Alter. Er hatte ein freundliches Gesicht.

Die Fahrt führte aus dem Saastal heraus ins eine Stunde entfernte Rhonetal. Im Ort Fiesch war Endstation. Ich fröstelte, als ich aus der Wärme des Busses ins Freie trat. Doch lange herumstehen mussten wir glücklicherweise nicht. Wir wurden von einer Frau begrüßt, die sich als Hedi vorstellte und für den heutigen Tag unsere Reiseführerin sein würde. Sie hielt ein rotes Fähnchen in die Höhe, damit sie niemand aus den Augen verlor. Wie eine gut erzogene Schafherde folgten wir ihr zur Talstation. In Kleingruppen schickte sie uns in einer Gondel den Berg hinauf. Zehn Minuten dauerte die Fahrt, und ich spürte, wie sich mein Herz mit jedem Höhenmeter weiter öffnete. Das Gefühl von Freiheit und Leichtigkeit kehrte zurück. Mein Blick fiel auf Rosi, und wir lächelten uns an.

An der Fiescheralp, auch »Kühboden« genannt, einem kleinen autofreien Örtchen, stiegen wir aus. Bevor es auf der letzten Etappe in einer nostalgischen, aus den sechziger Jahren stammenden Luftseilbahn noch ein paar weitere Minuten den Berg hinaufging, sog ich die kühle, klare Luft in meine Lunge.

»Geht's dir gut?« Rosi legte ihren Arm um meine Taille.

»Ja, gerade schon.«

»Möchtest du darüber reden? Da oben findet sich bestimmt Zeit für einen kleinen Spaziergang.«

Ich nickte. »Klingt nach einem guten Plan.«

Hedi wedelte mit ihrem Fähnchen und schickte uns in die nächste Bahn. Wieder hatten wir unfassbares Glück mit dem Wetter. Der wolkenlose Himmel garantierte eine perfekte Aussicht. An der Bergstation des Eggishorns angekommen, erhaschte ich schon den ersten Blick auf das Ziel unseres Ausflugs – den Aletschgletscher. Gemeinsam mit Hedi gingen wir zum ersten Aussichtspunkt, dabei hörte ich ihr angeregt zu.

»Der Aletschgletscher ist rund dreiundzwanzig Kilometer lang. Er ist der längste und größte Gletscher der Alpen. Zudem der schwerste und dickste Eisstrom der Alpenwelt. Er ist ständig in Bewegung. An einer Stelle fließt er mit einer Geschwindigkeit von zweihundert Metern pro Jahr talwärts.«

Ich kniff die Augen zusammen, konnte mir nicht vorstellen, wie so ein Eisriese in der Lage war zu fließen. Als ich mich umschaute, stellte ich fest, dass es auch anderen so ging.

»Beeindruckend, oder?«, hörte ich Heinz neben mir fragen.

»Ja.« Ich betrachtete die eineinhalb Kilometer breite Masse aus Eis, die sich zwischen schneebedeckten Gipfeln ins Tal schlängelte.

»Und dennoch verliert der Gletscher schon seit 1860 immer mehr an Masse.« Heinz spielte seine Wissenskarte, und mir fiel auf, dass ich mich diesmal überhaupt nicht vorab informiert hatte. Planlos war ich in den Bus gestiegen. Ohne eine Suchmaschine auch nur in Erwägung zu ziehen. Geschweige denn hatte ich an eine Liste mit Fakten über unser Ausflugsziel gedacht. Ich hatte mich damit zufriedengegeben zu wissen, was ungefähr geplant war und wann ich startklar zu sein hatte. Der Grund für all das war Luca, keine Frage. Er hatte meinen Kopf vollständig ausgefüllt. Zuerst wegen der Vorfreude und Euphorie und am Ende wegen seines Abschieds. Da war kein Platz für andere Dinge gewesen. Und wieder nahm ich etwas an mir wahr, das ich so nicht kannte: Es störte mich nicht, unvorbereitet zu sein. Im Gegenteil, es hob die Spannung und steigerte mein Interesse. Neugierig hörte ich den Ausführungen von Heinz weiter zu. »Teilweise ist das Eis am Gletscherrand inzwischen um zweihundert Meter zurückgegangen. 1860 war er außerdem noch ganze drei Kilometer länger. Seit 2001 zählt er zusammen mit dem Aletschwald zum UNESCO Welterbe ›Schweizer Alpen Jungfrau-Aletsch‹.«

Heinz stand eindeutig auf Zahlen. »So schön und so traurig zugleich.« Ich seufzte demütig und erblickte Rosi, die auf uns zukam. »Es gibt einen Rundweg. Wäre der was für uns?«

»Gute Idee.«

Wir achteten darauf, ungesehen davonzukommen. Was

aber nicht schwer war. Alle waren mit sich oder dem Ausblick beschäftigt, da fiel unser Fehlen nicht auf.

Wir gingen ein Stück schweigend nebeneinander her. Eine Alpendohle flog über unsere Köpfe hinweg. Andere Touristen kamen uns entgegen. Bald erreichten wir die zweite Aussichtsplattform, die einen anderen Blickwinkel auf den Gletscher ermöglichte. Vor diesem atemberaubenden Hintergrund fotografierten wir uns gegenseitig. Dann hatte Rosi genug gewartet.

»Bevor du heute Morgen beim Frühstück aufgetaucht bist, hat Ilse mir schon über deine tollen Erlebnisse berichtet. Die Bilder, die ich dabei im Kopf habe, passen nur so gar nicht zu deinem Gesichtsausdruck.« Rosi hatte keine Scheu, die Dinge direkt anzusprechen.

»Es war wirklich ein schöner und aufregender Tag. Luca hat sich unglaubliche Mühe gegeben.«

»Hat er das?« Bei dem zweideutigen Klang der Worte war klar, worauf sie hinauswollte.

Ich beschloss, es schnell hinter mich zu bringen. »Wir haben uns geküsst.« Jetzt wirkte Rosi tatsächlich überrascht. »Einmal. Danach haben wir gegessen, er hat mich zum Hotel zurückgebracht, mir einen schönen Resturlaub gewünscht und ist abgezischt. Das war's.«

»Du hattest dir mehr erhofft?«

»Ja … nein … keine Ahnung. Ich verstehe es bloß nicht. Hätte er es nicht gleich ganz lassen können? Ein Kuss.« Ich schnaubte aufgebracht. Beim Gedanken an Luca erhöhte sich sofort mein Puls. »Sein Verhalten ergibt für mich keinen Sinn.«

»Hast du denn versucht, ihn danach noch einmal zu küssen?«

»Nein, ich war viel zu unsicher.«

»Vielleicht war er das auch. Vielleicht habt ihr beide auf ein Signal des jeweils anderen gewartet.«

Signale … Ich hatte die vergangenen Tage geleuchtet wie der Weihnachtsbaum in der Hotel-Lobby, so viele Signale hatte ich ausgesendet. Wenn er die nicht bemerkt hatte, war ihm nicht zu helfen.

Ich starrte auf den Gletscher, dessen Erscheinungsbild von zwei Moränen geprägt war, die parallel zueinander wie dunkle Flüsse seine Mitte zeichneten. Ungefähr genauso deutlich sichtbar waren meine Signale gewesen. Außer für Schweizer Skilehrer.

»Sieh es positiv! Du hattest einen wunderbaren Tag, der mit einem Kuss endete.«

»Ja«, meinte ich wenig überzeugt.

Wir liefen den Weg weiter. »Was hast du dir denn erhofft? Sollte es unbedingt Sex sein?«

Ich zuckte unter Rosis klarer Wortwahl kurz zusammen. Andererseits fiel es mir dadurch leichter, direkt darauf zu antworten. »Schon möglich. Oder zumindest kein Abschied für immer.«

»Ich weiß, ich hatte dir die Flausen mit den Probefahrten in den Kopf gesetzt. Das müssen natürlich beide wollen. Auto und Fahrer.« Sie kicherte leise. »Nein, im Ernst, hör auf, dich zu grämen. Es gibt so viele Gründe, warum er sich gestoppt hat. Positive Gründe. Er schläft aus Prinzip nicht mit Touristinnen«, begann Rosi aufzuzählen, »oder er wollte dich nicht ausnutzen … oder er wo…«

»Oder er hat es sich einfach anders überlegt.«

Rosi hielt mich am Arm fest und zwang mich stehen zu bleiben. »Ich habe das Gefühl, du suchst nach einem Schuldigen. Aber das ist nicht nötig. Manchmal ergeben sich Dinge, manchmal nicht. Schon gar nicht liegt es an dir, Lilou. Freu dich und behalte den Kuss in guter Erinnerung. Er hätte es nicht getan, wenn er in dir nichts sehen würde.«

Ich ließ Rosis Worte sacken. Wusste, dass sie recht hatte. Aber noch kam es nicht bei mir an. »Ich muss eventuell eine weitere Nacht drüber schlafen. Dann sehe ich die Dinge entspannter.«

»Genau, und jetzt drehen wir unsere Runde zu Ende und essen unten auf der Alm was Leckeres.«

Ich nickte zustimmend. Es hatte gutgetan, über all das zu reden. Noch war in meinem Kopf zwar keine Ruhe einkehrt, aber ich würde daran arbeiten.

Nach weiteren Aussichtsplattformen und einigen Infotafeln kehrten wir zu unserem Ausgangspunkt zurück und fuhren mit der Bahn hinunter. Der Hauptteil unserer Reisegruppe hatte sich bereits im Restaurant neben der Bergstation eingefunden. Ein paar Mutige saßen auf der überdachten Sonnenterrasse, dickes Fell unter sich auf dem Stuhl, eine Decke auf den Beinen. Doch der Himmel hatte sich zugezogen. Ein trüber Vorhang aus hellen und dunklen Grautönen ließ der Sonne keine Chance mehr. Ein aufziehender Wind beerdigte auch den letzten Funken meiner Motivation, mir ein Fleckchen im Freien zu suchen.

Drinnen herrschte heimelige Wärme und Gemütlichkeit. Bevor ich die anderen entdeckte, hörte ich Ilse schon unsere Namen rufen. Mit ihr zu verreisen bedeutete, sich nie selbst auf die Suche nach einem freien Tisch machen zu müssen. Sie war immer die Erste, immer zur Stelle und dachte nie nur an sich. Egal wie anstrengend sie manchmal sein mochte, sie trug das Herz am rechten Fleck.

Wir setzten uns, und ich rieb zum Aufwärmen die Hände aneinander. Dankbar registrierte ich den flackernden Kamin nicht weit von uns entfernt. Für die innere Wärme sorgte eine Portion Bandnudeln in Pilzrahmsoße und ein anschließender Verdauungsschnaps.

Draußen vor den Fenstern fielen erste Schneeflocken vom Himmel. Im Hintergrund lief ein Weihnachtssong, und mir wurde bewusst, dass wir schon den 23. Dezember hatten. Das Lachen der anderen drang an mein Ohr. Mit ihnen würde ich die Weihnachtstage verbringen, und ich hatte nicht ein einziges Geschenk. An diesem Zustand musste ich dringend etwas ändern. Es war meine Möglichkeit, ihnen Danke zu sagen. Nach unserer Ankunft im Hotel würde ich mich im Ort sofort auf die Suche machen. Oder ich nahm den Linienbus und fuhr noch einmal nach Zermatt. Auf jeden Fall brachte der Plan weitere Ablenkung.

Als wir aufbrachen, war der Schneefall stärker geworden. Eine mehrere Zentimeter dicke Puderschicht lag über den befestigten Gehwegen. Es knirschte unter unseren Füßen. Aus der Gondel heraus war die Talstation nur schemenhaft zu erkennen. Auf den wenigen Metern zum Bus ließen sich die kleinen Eiskristalle auf unseren Schultern und Köpfen nieder, verweilten dort glitzernd, bevor sie schmolzen. Mit dem Gesicht halb in der Jacke vergraben, rutschte ich auf meinen Sitz. Draußen hörte ich Ilse lautstark nach Herrmann rufen, der sonst am Bus vorbeigelaufen wäre. Er schaute überrascht oder eher etwas verwirrt, ich war mir nicht sicher, und runzelte die Stirn. Sowieso war er heute stiller gewesen als sonst schon. Ilse war eindeutig die Fittere von beiden. Jetzt scheuchte sie ihn schnatternd durch den Gang vor sich her. Herrmann verdrehte in gewohnter Weise die Augen. Vielleicht doch alles halb so wild.

Der volle Magen und die mollige Wärme sorgten für schwere Augenlider. Ich gab dem Drang nach, sie zu schließen. Das monotone Brummen des Motors und das leise Gedudel des Radiosenders brachten mich an den Rand der Träume. Weil dort aber Luca wartete, wie ich schnell feststellen musste, zwang ich mich zum Wachbleiben und überlegte, welche Geschenke ich für die anderen suchen sollte. Richtige Lust, mich zurück in die Kälte zu begeben, hatte ich zwar nicht, aber viel Zeit blieb mir nicht.

Nachdem wir angekommen waren, ging ich, bevor mich die Motivation komplett verließ, auf Geschenkesuche. Ich spazierte durch die Straßen von Saas-Fee, immer mit der Möglichkeit im Hinterkopf, auf Luca zu treffen. Es war eine Mischung aus Hoffnung und Unsicherheit.

Der erste Souvenirladen hatte die typischen Mitbringsel für zu Hause im Programm: Taschenmesser, Edelweiß-Schlüsselanhänger, Edelweiß-Flaschenöffner, Magnete, Kaffeetassen mit Bergmotiven. Alles ganz nett, überzeugend jedoch nicht. Am Geschäft für Haushaltswaren versuchte ich es gar nicht erst, und Schweizer Uhren lagen nicht annähernd in der Nähe meiner Preisvorstellung. Allerdings fand ich die Idee, nach Schmuck Ausschau zu halten, gar nicht schlecht. Ich erinnerte mich an den Juwelier, bei dem ich zusammen mit Heinz die Ringe ausgesucht hatte. Ob sie auch etwas für den kleinen Geldbeutel hatten? Die Verkäuferin erkannte mich wieder und begrüßte mich herzlich. Wahrscheinlich erhoffte sie sich eine ähnliche Summe wie beim letzten Mal. Da würde ich sie enttäuschen müssen.

Nachdem ich meine Wünsche geäußert hatte, zog sie eine Schublade aus einem der Tresen und präsentierte mir kleine Anhänger, deren Preisschilder keine Schnappatmung bei mir verursachten. Unentschlossen glitt mein Blick über die vor mir liegende Auswahl. Am Ende entschied ich mich für zwei goldene Glücksklee-Anhänger. Eine passende Kette besaßen Ilse und Rosi hoffentlich.

Als ich mich verabschiedet hatte und umdrehte, entdeckte ich die Schaufensterdeko, die mir zuvor nicht aufgefallen war. Kleine weiße Christbaumkugeln lagen in den Vitrinen zwischen Ringen und Armreifen oder hingen an Tannenzweigen. Bei näherem Hinsehen waren sie alle mit individueller Beschriftung versehen. Sofort hatte ich ein Bild im Kopf und wendete mich der Verkäuferin noch einmal zu.

»Entschuldigung, kann man diese Kugeln hier im Ort irgendwo käuflich erwerben?«

»Ja.« Freudestrahlend kam sie auf mich zu. So sehr hatte sie sich nicht gefreut, als Heinz die Ringe für ein kleines Vermögen gekauft hatte. »Meine Freundin fertigt sie an. Wunderschön, oder? So filigran. Ich könnte das nicht. Ich kann Ihnen die Adresse geben, wenn Sie mögen.«

»Das wäre perfekt.«

Sie kritzelte etwas auf einen Zettel. »Hier, bitte schön. Ich habe eine Wegbeschreibung aufgezeichnet. Hoffe, man kann es erkennen.« Sie lachte verlegen. Zeichnen war eindeutig nicht ihr Ding.

»Danke, so finde ich es auf jeden Fall. Noch einen schönen Tag.«

»Den wünsche ich Ihnen auch.«

Voller Vorfreude machte ich mich auf den Weg zur Schöpferin der Kugeln. Ich legte noch einen Zwischenstopp ein und kaufte den Männern lustige Weihnachtssocken, auch auf die Gefahr hin, dass sie niemals an ihren Füßen landen würden. Für einen netten Gag reichte es allemal.

Nur ein paar Minuten später und ohne mich zu verlaufen, klingelte ich an der Tür von Hausnummer achtzehn. Lange musste ich nicht warten. Mir öffnete eine junge Frau mit freundlichem Lächeln und Baby auf dem Arm. Ich zögerte kurz.

»Hallo, du bist bestimmt wegen der Christbaumkugeln hier. Beatrice hat dir die Adresse gegeben. Sie hat mich angerufen. Komm rein!«

»Hallo, danke.« Das Lächeln erwidernd nahm ich die Einladung an und folgte ihr ins Haus.

»Ich bin Mia. Total cool, dass du dich nach mir erkundigt hast. Ich habe das Handlettering erst in der Schwangerschaft für mich entdeckt. Das mit den Kugeln habe ich im Internet gesehen und war gleich begeistert.«

»Ich bin Lilou. Nach genau so etwas Persönlichem habe ich gesucht. Aber ich möchte dir keine Arbeit machen. Du hast bestimmt mit deinem Baby genug zu tun, oder nicht?«

»Quatsch.« Sie legte das kleine Bündel in eine Holzwiege mit weißem Himmel und zog ein Mobile auf. Sanfte melodische Töne eines mir unbekannten Liedes erfüllten den Raum. »Das ist der perfekte Ausgleich. Seit Beatrice angerufen hat, kribbelt es mir in den Fingern.« Sie lachte erfrischend und schüttelte den Kopf über sich selbst. »Okay, hast du denn schon eine Idee, und wie viele Kugeln sollen es werden? Setz dich, magst du einen Tee? Ich hole bloß schnell Block und Stift.«

Mia erinnerte mich mit ihrer Energie an den Duracell-Hasen, so fegte sie durch die Wohnung. Dabei strahlte sie nicht einen Hauch von Hektik aus. Kaum zu glauben, dass sie die Ruhe besaß, in Schönschrift kleine Botschaften auf nicht mal Handteller große Kugeln zu zeichnen.

»So, kann losgehen. Was soll ich schreiben?«

»Ich dachte an ›Herzensmensch‹.«

Mia seufzte. »Ja, das klingt immer sehr schön.« Dann nahm sie den Stift und zeichnete das Wort für mich vor. »So würde es aussehen. Ist das okay für dich?«

»Ja, wirklich toll.«

»Hatte ich dich gefragt, ob du Durst hast? Ich hatte mir eben Tee gemacht. Möchtest du ein Tässchen?«

»Nur, wenn es keine Umstände macht. Ich habe ein ganz schlechtes Gewissen, dich hier einfach so zu überfallen.«

»Alles gut. Ich freue mich immer über Besuch.«

»Ehrlich? Ich werde verrückt, wenn die Menschen ohne Vorwarnung auftauchen. Wissen aber auch alle in meinem Umfeld.«

Mia lachte, verschwand kurz in der Küche und kam mit zwei Tassen dampfenden roten Tees wieder. »Das ist völlig in Ordnung. Jeder, wie er es mag.«

Die folgenden Minuten schwieg ich und nippte zwischendurch an meinem Tee. Begeistert schaute ich zu, wie sie Buchstabe an Buchstabe langsam aneinanderreihte. In feinen Linien und mit schwungvollen Bögen entstand das gewünschte Wort.

Nach der ersten Kugel legte sie eine Pause ein und lehnte sich im Stuhl zurück. »Für Freunde oder Familie?«

»Ein bisschen von beidem.« Ich erzählte ihr von Rosi, Ilse und den anderen.

»Was für eine süße Geschichte. Genau das Richtige für Weihnachten.«

Eine halbe Stunde später waren die drei Kugeln in kleinen Schachteln verstaut und ich verabschiedete mich dankbar mit einer Umarmung von Mia. Mit meinen erbeuteten Geschenken ging ich schwungvollen Schrittes zum Hotel zurück. Noch immer fielen einzelne Schneeflocken vom inzwischen dämmrigen Abendhimmel. Ich legte den Kopf in den Nacken, schloss für einen Moment die Augen. Es kitzelte, als ein paar davon auf meinem Gesicht schmolzen. Lächelnd setzte ich meinen Weg fort. Es war ein guter Tag gewesen. Der Ausflug, das Gespräch mit Rosi, die Geschenke. Ein tiefes, zufriedenes Gefühl erfüllte mich. Noch am Morgen hätte ich daran nicht geglaubt. Gut möglich, dass ich schneller über Luca hinwegkam, als ich gedacht hatte. Sobald ich mich von diesem Zwang löste, mich in Dinge hineinzusteigern, und ihnen weniger Aufmerksamkeit schenkte, wurde es leichter. Es war schon verrückt. Ich lernte hier verdammt viel über mich selbst.

Kapitel 12

Im Hotel angekommen schlich ich mich unbemerkt aufs Zimmer und verstaute meine Schätze im Schrank. Ich war so neugierig auf ihre Reaktionen. Am liebsten würde ich ihnen die Geschenke sofort überreichen.

Bis zum Abendessen war noch Zeit. Schon seit ich am frühen Nachmittag aus dem Bus gestiegen war, formte sich in mir ein Gedanke oder, besser gesagt, ein Wunsch. Normalerweise erzählte ich Chrissy und Lisa alles, immer. Es war also das erste Mal, dass ich etwas derart lange für mich behielt. Anfangs war es vor allem der Scham geschuldet gewesen. Ich hatte es als peinlich empfunden, die Wahrheit zu sagen und meine Unfähigkeit zu beichten. Inzwischen hatte ich jedoch eine andere Meinung dazu. Ich hatte tolle Leute kennengelernt, hatte viel gesehen und wunderbare Ausflüge unternommen. Ich wollte keinen Tag davon missen und würde diesen Urlaub jederzeit genauso wieder machen. Warum das alles dann nicht mit meinen beiden besten Freundinnen teilen? Ich hatte das Gefühl, heute war der beste Tag dafür.

Mutig griff ich nach meinem Handy und rief zuerst Lisa an. Kaum ertönte das erste Freizeichen, quiekte sie mir schon ins Ohr.

»Wow, das ging schnell«, lachte ich.

»Du wirst es nicht glauben, ich habe wirklich grad an dich gedacht. Aber es war ein komisches Gefühl, als wäre etwas passiert. Sag mir bitte, dass ich es mir nur eingebildet habe.«

»Ja, hast du. Mir geht's gut, sehr gut. Deswegen rufe ich an. Ich muss dir was sagen.«

»Hast du betrunken jemanden geheiratet? Wie im Film. Erst bist du total schockiert, bis du feststellst, es ist der Richtige, und dann lebt ihr glücklich bis an euer Lebensende.«

»Du guckst definitiv zu viele Liebesschnulzen«, kommentierte ich ihre romantischen Ausschweifungen. »Nein, in der Richtung muss ich dich enttäuschen, Hochzeitsglocken haben hier keine geläutet. Also eventuell schon, nur nicht für mich. Allerdings habe ich mir sagen lassen, meine Geschichte sei mindestens ein Buch wert.«

»Erzähl, sofort! Uh, jetzt spann mich nicht auf die Folter.«

Ich tat ihr den Gefallen und legte los, ließ nichts aus und endete erst mit meinem Besuch bei Mia. Lisa hatte mich nicht ein einziges Mal unterbrochen. Zwischendurch war ich mir nicht sicher gewesen, ob sie noch am Telefon war. »Bist du noch dran?«, fragte ich daher vorsichtshalber nach.

»Ja, ich bin nur ehrlich gesagt völlig sprachlos. Das hast du alles erlebt, kein Witz?«

»Als könnte man sich so absurde Geschichten ausdenken.«

»Auch wieder wahr. Mensch, Lilou, und das hast du so lange für dich behalten?«

»Wie gesagt, es war mir peinlich.«

»Daran ist nichts peinlich. Das ist mega mutig. Niemals hätte ich den Arsch dazu in der Hose gehabt.«

Ich grinste, bis mir einfiel, dass sie das gar nicht sehen konnte. »Danke, lieb von dir.«

»Dann schickst du jetzt hoffentlich endlich Fotos. Ich bin neugierig. Weiß es Chrissy schon?«

»Nein, die ist als Nächste dran.«

»Haha, die wird durchdrehen. Schade, da wäre ich gern dabei. Und dieser Luca? Meinst du echt, du siehst ihn nie wieder?«

»Keine Ahnung, ich renne niemandem hinterher, und vielleicht ist es besser so.«

Wieder war es für einen Moment still in der Leitung. »Also, ich finde, du solltest dich bei ihm melden. Was hast du zu verlieren? In zwei Tagen bist du weg. Du kannst ihm danach nicht mehr zufällig über den Weg laufen, egal wie die Sache ausgeht. Rede Klartext! Mehr als eine Abfuhr kannst du dir nicht abholen.«

»Na toll. An diese Art von Weihnachtsgeschenk habe ich für mich nicht gedacht.«

Sie lachte. »Blödsinn, versuch es wenigstens, sonst bereust du es am Ende.« Im Hintergrund rief jemand ihren Namen. »Du, Süße, ich muss auflegen. Denk darüber nach und melde dich. Und schick Fotos. Hab dich lieb. Bis in ein paar Tagen.« Sie machte Kussgeräusche, und wir legten auf.

Ich packte das Handy auf die Seite. Blieb still sitzen. Hatte Lisa recht? Sollte ich das Risiko eingehen und die Initiative ergreifen? Luca hatte mir mit dem Kuss einen Vorwand geliefert, sein Abtauchen nicht stillschweigend zu akzeptieren. Eine Erklärung für sein Verhalten war er mir allemal schuldig. Aber benahm ich mich dann nicht wie eine Psycho-Tante?

Ich nahm das Handy wieder in die Hand und versuchte es bei Chrissy. Ob sie Lisa zustimmte und ich weitere Rückendeckung bekam?

Leider würde ich auf die Antwort warten müssen. Sie ging nicht ran. Nicht schlimm, die Zeit reichte eh nicht mehr. Wenn das Gespräch nur ansatzweise so lange dauerte wie das mit Lisa – und davon ging ich aus –, fand das Abendessen ohne mich statt. Deswegen zog ich Schuhe an, checkte im Spiegel Gesicht und Haare, gönnte mir ein paar Spritzer Parfüm und ging nach unten.

Der runde Tisch links vom Eingang in den Speisesaal war zu unserem Stammtisch geworden. Was schön war. Es ersparte einem lästiges Suchen. Und es bestätigte: Menschen waren

Gewohnheitstiere. Ein Grund, warum ich Ilse zu diesem Zeitpunkt entweder am Büfett oder mit gefülltem Teller an ihrem Platz vermutete. Stattdessen saß sie nachdenklich am Tisch und wurde ganz blass um die Nase, als sie mich entdeckte. Zumindest erweckte es den Anschein.

»Hallo«, grüßte ich fröhlich in die Runde. Bildete ich es mir ein, oder konnte mir keiner richtig in die Augen sehen? »Sagt bloß, das Essen schmeckt heute nicht. Ich habe riesigen Hunger nach der vielen frischen Luft.«

»Oh, ehrlich gesagt weiß ich es gar nicht. Wir sind grad erst gekommen. Gehen wir zusammen? Mein Magen knurrt schon.« Ilse stand auf und marschierte los.

Ich folgte ihr achselzuckend. Vielleicht waren heute alle auch einfach nur müde. Die Vermutung bestätigte sich, nachdem ich an den Tisch zurückkam. Dort saß Rosi mit kleinen Augen und lustig verwuscheltem Haar. Ich zog grinsend eine Augenbraue nach oben.

»Ja, ich habe ein Nickerchen gemacht, beziehungsweise fast verschlafen. Dabei hatte ich mir extra einen Wecker gestellt. Jetzt fühle ich mich wie von einem Lastwagen überrollt. Ich glaube, nach dem Essen hau ich mich gleich wieder hin.« Sie nippte an einem Glas Wasser.

»Du scheinst mit diesem komatösen Zustand nicht allein zu sein.« Ich ließ den Blick über meine Freunde schweifen. Alle waren sehr mit dem Essen oder sich selbst beschäftigt. Ein richtiges Gespräch wollte nicht aufkommen.

Rosi und ich plauderten daher ein wenig im Alleingang, als Wolfgang plötzlich mit Nachdruck die Gabel neben den Teller knallte.

»Nein, so geht das nicht. Ich muss das loswerden.«

»Wolfgang, nicht!!«, unterbrach ihn Ilse erschrocken.

»Doch! Lilou, lass dich von Lucas Charme nicht mehr blenden. Er hat eine Freundin. So, jetzt ist die Katze aus dem Sack. Tut mir leid, aber ich bin nicht bereit, diese Information vor dir zu verheimlichen. Dann würde ich ihn ja in Schutz nehmen. Könnte ihm so passen, diesem Mistkerl.« Wolfgang verschränkte die Arme vor der Brust, während Ilse die Augen schloss und den Kopf schüttelte. Herrmann schien von der Aufregung um ihn herum nichts mitzubekommen, und Heinz schaute mit undefinierbarem Gesichtsausdruck zwischen Ilse und Wolfgang hin und her. Rosi war die Einzige, die genauso wenig verstand wie ich.

»Wie kommt ihr darauf?«, stellte sie die Frage, die mir nicht über die Lippen kommen wollte. Die Information traf mich mit voller Wucht.

»Wir haben ihn gesehen, Herrmann und ich. Wir mussten noch mal zum Bus, weil Herrmann die Brille hatte liegen lassen. Und da war er. Umarmt haben sie sich und geküsst. Erst wollte ich hin und ihm ein paar warme Worte mit auf den Weg geben. Habe mich dann aber nicht getraut«, beendete Ilse ihr Erlebnis mit Luca kleinlaut.

»Und du bist dir sicher, dass es sich um Luca gehandelt hat?« Die Frage kam erneut von Rosi.

»Natürlich, ich habe doch Augen im Kopf.« Ilse schnalzte mit der Zunge. »Aber ich war mir trotzdem nicht sicher, ob ich es erzählen sollte. Also habe ich mich Wolfgang und Heinz anvertraut. Eigentlich hatten wir entschieden, uns nicht einzumischen.« Ein Feuerblitz traf Wolfgang aus Ilses Augen.

»Hey, gebt mir nicht die Schuld. Mit Geheimnissen komme ich eben nicht gut klar. Außerdem bin ich der Meinung, Lilou sollte das nicht auf sich sitzen lassen. Er hat schließlich vor uns mit ihr geflirtet. So ein Verhalten darf nicht ignoriert werden.«

»Und wenn er den Flirt abstreitet? Dann ist Lilou am Ende die Dumme. Nein, ich bin da anderer Ansicht. Haken dran und vergessen.« Nachdem Ilse in den vergangenen Minuten fast ausschließlich den Kopf geschüttelt hatte, nickte sie mir nun aufmunternd zu.

Ich wusste ehrlich gesagt gar nicht, was ich sagen sollte und war mit der Situation völlig überfordert. Mir rauschte der Kopf. Daher hörte ich der Diskussion der beiden nur mit halbem Ohr zu. Jeder wusste es besser. Sie meinten es gut, machten aber im Grunde alles schlimmer. Ich wollte nicht unhöflich sein, doch der Drang wegzurennen wurde stärker.

»Ehrlichkeit hat für mich oberste Priorität«, hörte ich Wolfgang durch das Schrillen meines Fluchtinstinkts hindurch sagen.

Mir war klar, worauf er hinauswollte. Tatsächlich hatte ich dafür jetzt keinen Nerv.

»Also, wenn du mich fragst …«, setzte Ilse an.

»Dich fragt aber niemand und dich auch nicht, Wolfgang«, sprach Rosi ein Machtwort. »Mein Gott, hört ihr euch eigentlich zu? Reicht es nicht, dass ihr mit solchen Informationen um euch haut?«

»Wir wollten doch bloß helfen«, reagierte Wolfgang leicht zickig.

»Leider bezweckt ihr damit das komplette Gegenteil.« Rosi seufzte, und ich spürte ihren Blick auf mir. Ich spürte die Blicke *aller* auf mir. Das war der Moment, der mir den Rest gab.

Schnell stand ich auf, murmelte eine Entschuldigung und verließ den Saal, bevor ich die Tränen nicht mehr zurückhalten konnte. Sie waren eine Mischung aus Enttäuschung über Luca, der mich geküsst hatte und schuld war, dass ich überhaupt so empfand. Und es waren Tränen der Wut über mich selbst, dass ich so dumm gewesen war, Gefühle zu entwickeln – und dass ich mich zu einem Kuss hatte hinreißen lassen. Ja, ich hatte es nicht wissen können, hatte nur sein Wort, dass zu Hause niemand auf ihn wartete. Niemals hätte ich ihm solch ein Verhalten zugetraut. Es tat mir nicht nur für mich leid, sondern auch für seine Freundin. War ich die Erste gewesen? Die Einzige? Oder gab es noch mehr, die sie mit ihm teilen musste? Mir wurde schlecht bei dem Gedanken daran.

»Lilou, hey, Lilou, warte!« Rosi hatte mich eingeholt.

»Der blöde Aufzug kommt nicht.« Mir entfuhr ein Schluchzer, und ich drückte wütend auf den Knopf vor mir in der Wand. Inzwischen war ich innerlich kurz vor dem Platzen, sodass mir ein einfaches Warten auf den Fahrstuhl die Tränen in die Augen trieb.

»Gehen wir die Treppe hoch?« Rosi hakte sich bei mir ein und zog mich weg. Sie sagte kein Wort, führte mich bloß in unsere Etage und öffnete die Tür zu ihrem Zimmer. Dort legte sie mir beide Hände auf die Schultern und drückte mich sanft aufs Bett. Die Tränen kullerten unterdessen stumm über mein Gesicht.

»Warum heule ich überhaupt?« Die Frage war mehr an mich selbst gerichtet. »Er hat nie gesagt, dass er keine Freundin hat. Und eigentlich habe sogar ich ihn geküsst, nicht er mich.«

»Lilou, hör auf, dich fertigzumachen. Wenn es stimmt, was Ilse gesehen hat, ist er ein Mistkerl. So was kommt vor. Dann sei lieber froh, ihn los zu sein. Du hast definitiv jemand Besseren verdient.«

»Wie oft im Leben muss man sich das sagen, bis endlich der Richtige vor einem steht? Das macht überhaupt keinen Spaß«, jammerte ich weiter.

»Du darfst es nicht erzwingen.«

Ich schniefte kräftig. »Tu ich nicht.«

Rosi setzte sich neben mich auf die Bettkante. »Darf ich ehrlich sein?« Sie wartete nicht auf meine Antwort. »Ich habe das Gefühl, dass es bei dir um mehr geht, als endlich einen Partner fürs Leben zu finden. Dieses Bedürfnis sitzt viel tiefer, aber aus einem Grund, den ich nicht kenne. Da steckt mehr dahinter. Weißt du, worauf ich hinaus will?«

Oh ja, und wie ich das wusste. Sie war gut. Das wunderte

mich nicht. Rosi hatte eine hervorragende Menschenkenntnis. Dafür erschreckte mich die Tatsache einmal mehr, wie tief sich der Wunsch meiner Eltern in mir manifestiert hatte. Denn genau darum ging es: um ihren Wunsch nach einem Enkelkind, darum, sie glücklich zu machen, stolz und zufrieden.

»Ich bin Einzelkind. In den letzten Jahren haben im Bekanntenkreis die ersten Paare den Titel Oma und Opa erhalten. Meine Mutter wird nicht müde zu erwähnen, wie sehr auch sie sich ein Enkelkind wünscht. Zu dumm, dass die einzige Tochter es nicht mal hinbekommt, sich einen Kerl zu angeln. Versteh mich nicht falsch, ich liebe meine Eltern. Meine Mutter versteht möglicherweise nicht mal, wie sehr sie Druck auf mich ausübt. Anfangs war es mir selbst nicht bewusst. Ein Partner hatte keinen riesigen Stellenwert in meinem Leben. Wahrscheinlich, weil ich mit meinen ganzen Macken genug beschäftigt bin.«

»Du hast keine Macken.«

»Das würde ich so nicht unterschreiben.« Meine Mundwinkel schafften fast ein Lächeln.

»Eine ist definitiv, dass ich mir, wenn ich einen Mann kennenlerne, sofort vorstelle, wie er als Vater meiner Kinder sein könnte, als Ehemann und Schwiegersohn. Daran ist allerdings meine Mutter schuld. Macke mit Sternchen, oder?«

»Jeder Mensch hat den Wunsch nach einem Partner in sich verankert. Das ist nichts Ungewöhnliches. So will es die Evolution. Du musst nur viel öfter deinen hübschen Kopf ausstellen und dein Herz sprechen lassen.«

»Wie bei Luca? Hat ja super geklappt. Als ich gemerkt habe, dass ich ihn interessant finde, wollte ich locker an die Sache rangehen. Es diesmal anders machen. Spaß haben, ohne an eine mögliche Zukunft zu denken. Blöd nur, dass ich sie mir ausgerechnet bei ihm vorstellen konnte. Und jetzt hat er alles kaputt gemacht.« Erneut kamen die Tränen. Ich war verletzt und enttäuscht.

»Ach, meine liebe Lilou.« Rosi streckte die Arme aus, und ich kuschelte mich dankend hinein.

Es tat gut, sich Frust und Kummer von der Seele zu reden. Mit den Gedanken nicht allein zu sein. Rosi brachte die Lebenserfahrung und Gelassenheit mit, die mir fehlte. Sie gab meinen Problemen einen anderen Blickwinkel. Dadurch waren sie nicht verschwunden, wirkten aber weniger bedrohlich.

Nach der Umarmung ging es mir ein ganzes Stück besser. Ich atmete tief durch und wischte mit dem Ärmel über die noch feuchten Wangen.

»Was für ein Tag.« Eigentlich hatte ich ihr erzählen wollen, dass ich Lisa endlich eingeweiht hatte, allerdings lenkte eine mit Schleife dekorierte Pralinenschachtel meine Aufmerksamkeit auf sich. Ich stand vom Bett auf und ging zu dem schmalen Eichenholztisch. Grinsend drehte ich mich wieder zu Rosi. »Hat dein Verehrer sich wieder gemeldet?«

»Die lagen vor der Tür, als ich zum Abendessen wollte.«

»Wieder keine Karte?«

»Nein, nichts.«

»Er nimmt das mit dem geheimen Verehrer ziemlich ernst. Dafür ist jetzt klar, dass es ihm definitiv um dich geht.«

»Ja, dennoch sollte er besser geheim bleiben.« Rosi stand auf, nahm die Schachtel entgegen und blickte sie an, als könnte das kleine Präsent selbst die Antwort liefern. »Am Ende muss ich ihn enttäuschen. Ich werde ihm sicher nicht das geben können, was er sich möglicherweise erhofft.«

»Und wenn ausgerechnet er das perfekte Auto für dich ist?«, meinte ich zwinkernd.

Rosi lachte. »In meinem Alter gibt es das nicht mehr, da ist bei vielen der TÜV schon abgelaufen.«

»Wir werden sehen.« Ich seufzte. »Und redest du nicht immer vom Spaßhaben? Na ja, danke dir jedenfalls fürs Zuhören.«

»Geht es dir denn ein wenig besser?«

»Ja, viel besser.« Ich unterstrich meine Worte mit einem kräftigen Nicken. »Aber da liegt auch noch eine Menge Arbeit vor mir.«

»Du solltest mit deiner Mutter offen reden und ihr sagen, wie du empfindest.«

Ich nickte erneut. »Das wäre ein Anfang.« Nach einer Pause fügte ich hinzu: »Gute Nacht, schlaf gut und träum was Schönes.« Letzteres sagte ich mit breitem Grinsen im Gesicht.

Rosi sah mich streng an und warf mich raus. Nur ihre Augen verrieten das Lachen hinter ihrem Blick.

Zurück auf meinem Zimmer lehnte ich mich gegen die Tür, blies die Backen auf und ließ die Luft geräuschvoll entweichen. So musste man sich nach einer anstrengenden Therapiesitzung fühlen. Der Tag war gespickt gewesen mit Ereignissen – positiven wie negativen. Gemeinsam sorgten sie für eine tiefe Erschöpfung in mir.

Doch wie ich eine halbe Stunde später feststellen musste, brachte diese nicht den gewünschten Effekt. Der herbeigesehnte Schlaf blieb aus. Ich griff nach meinem Handy und fand eine Nachricht von Chrissy.

> Habe dich nicht mehr erreicht und deswegen bei Lisa angerufen. Sie hat mir ALLES erzählt. Du bist der Knaller, Lilou. Und ich bin voll auf Lisas Seite. Ergreif die Initiative!!!

Tja, das mit der Initiative hatte sich wohl erledigt. Über die neuen Erkenntnisse würde ich die beiden später aufklären. Ich surfte einige Minuten durchs Internet, bevor ich es erneut mit Schlafen versuchte. Es blieb ein Versuch. Ich wechselte mehrmals die Position und drückte genervt das Gesicht ins Kopfkissen. Wenn ich doch kurz eindöste, dann nur, um wirres Zeug zu träumen und davon wieder aufzuwachen. Die Sekunden dehnten sich zur Unendlichkeit. Ich sah Luca vor mir, wie er diese gesichtslose fremde Frau küsste. In der nächsten Sequenz war sie verschwunden, und ich spürte seine Lippen auf meinen. Erschrocken von der Reaktion meines Körpers fuhr ich hoch. Zur Ablenkung versuchte ich, mir vorzustellen, wer Rosis heimlicher Verehrer sein könnte. Diese Spirale drehte und drehte sich bis in die frühen Morgenstunden. Erst ab da wurde es irgendwann ruhiger in meinem Kopf. Meine Gedanken wurden träge, mein Körper schwer. Dankbar zog ich die Decke hoch und rollte mich ein.

Tumult auf dem Flur weckte mich. Ich konnte nicht lange geschlafen haben. Es fühlte sich zumindest nicht danach an. Ich angelte nach meinem Handy, das neben dem Bett auf dem kleinen Spint lag, und stöhnte auf, als ich die Uhrzeit las. Das letzte Mal hatte ich vor knapp einer Dreiviertelstunde draufgesehen. Das durfte nicht wahr sein. Wer um alles in der Welt machte um fünf Uhr früh solch einen Aufstand? Die weckten mit ihrem Lärm das gesamte Hotel auf. Einen Augenblick meinte ich, Ilses Stimme herausgehört zu haben. Ich runzelte die Stirn und horchte. An Schlafen war nicht zu denken.

Das Klopfen an der Tür jagte mir einen Heidenschreck ein. Brannte das Hotel? Hektisch schlug ich die Decke zurück, sprang aus dem Bett und zur Tür. Ich riss sie auf und schaute in Rosis verschlafenes Gesicht – das kurze Haar zerzaust. Man konnte sehen, auf welcher Seite sie gelegen hatte. Die Augen waren mit dunklen Ringen untermalt. Trotzdem vermutete ich, dass ich einen draufsetzen konnte, würde ich im Spiegel einen Vergleich ziehen.

»Herrmann ist verschwunden«, sagte sie ohne Umschweife.

Ich brauchte einen Moment. »Wie verschwunden?«

»Er ist nicht auf dem Zimmer. Ilse ist wohl aufgewacht,

weil sie zur Toilette musste. Da war das Bett neben ihr leer, und die Zimmertür stand einen Spalt breit offen.« Als von mir keine brauchbare Reaktion kam, sprach sie weiter. »Sie ist schon allein auf der Suche gewesen, findet ihn aber nicht.«

Endlich kehrte Leben in meinen Körper, und mein Hirn fing wieder an zu arbeiten. »Okay, ich ziehe mich an, dann teilen wir uns sinnvoll auf.«

Rosi nickte und verschwand den Gang hinunter.

Kapitel 13

Während ich mich anzog, verarbeitete ich die eben gehörte Information. Schon wieder schossen tausend Fragen durch meinen Kopf. War Herrmann freiwillig gegangen? Wenn ja, warum? Wohin war er verschwunden? Hatte er bloß frische Luft schnappen wollen? War ihm etwas zugestoßen? Hatte er sich am Ende …? Ich brachte es nicht fertig, den Gedanken zu Ende zu denken. Und vorstellen wollte und konnte ich es mir noch viel weniger.

In Jogginghose, Pulli und Turnschuhen stand ich zwei Minuten später auf dem Flur. Ich entdeckte Wolfgang und ging zu ihm.

»Habt ihr ihn gefunden?«, fragte ich voller Hoffnung.

»Nein, keine Spur. Die arme Ilse. Sie ist komplett durch den Wind.«

»Verständlich. Wo ist sie denn?«

»Auf ihrem Zimmer. Ich komme mit.«

Zusammen liefen wir über die Treppe in den ersten Stock, vorbei an Bildern von Saas-Fee in verschiedenen Jahreszeiten. Rosi und Heinz waren auch dort. Sie saßen alle auf dem Bett. Ilse in der Mitte. Sie weinte nicht, aber der Kummer in ihren Augen sprang mich förmlich an, als sie den Blick auf mich richtete. Sie wirkte um Jahre gealtert.

»Oh, Lilou. Hilfst du auch suchen?«

»Natürlich. Ist vom Hotel schon jemand informiert?«

»Ja, die kontrollieren überall dort, wo Gäste keinen Zugang haben.« Sie rieb sich mit beiden Händen übers Gesicht.

»Ich verstehe das nicht, so was hat er noch nie gemacht. Und man wird doch nicht über Nacht dement, oder habt ihr davon schon gehört?«

Alle schüttelten hilflos den Kopf.

»Lilou und ich gehen runter zur Rezeption und klären dort das weitere Vorgehen. Heinz und Wolfgang, ihr bleibt bei Ilse, oder?« Rosi war aufgestanden. »Wenn wir ihn hier nirgends finden, müssen wir die Möglichkeit in Betracht ziehen, dass er das Hotel verlassen hat.«

Bei Rosis Worten entfuhr Ilse ein erschrockener Laut. Ich betrachtete sie traurig. So kannte ich sie nicht. Jegliche Energie schien ihren Körper verlassen zu haben. Vor mir saß eine völlig veränderte Frau. In ihr wütete nicht nur die Angst. Unter Garantie gab sie sich eine Mitschuld an Herrmanns Verschwinden. Und egal wie oft man ihr das Gegenteil versicherte, sie würde es nicht glauben. Deswegen war es wichtig, ihn so schnell wie möglich zu finden.

Schweigend gingen wir nebeneinander ins Foyer. Für Small Talk war nicht der Zeitpunkt, und meine eigenen Probleme wirkten neben Ilses Sorgen lächerlich.

Jemand vom Hotelpersonal kam uns entgegen. »Wir haben überall nachgesehen, vom Keller bis aufs Dach. Hier ist er nicht. Die belegten Zimmer ausgenommen. Aber dass er sich bei einem anderen Gast befindet, ist eher ausgeschlossen.«

»Ja, das glaube ich auch nicht«, bestätigte ich seine Vermutung. »Und jetzt? Rufen wir die Polizei?«

»Wenn er draußen allein unterwegs ist, dürfen wir keine Zeit verlieren.« Rosi sah von einem zum anderen.

»Ich wähle den Notruf. Die werden sich mit der Polizei und der Bergwacht abstimmen«, meinte der Hotelangestellte und schaute besorgt. Ein verschwundener Gast kam sicher nicht alle Tage vor.

»Okay, wir helfen auch. Und ich rufe Luca an«, fügte ich mit nicht mehr ganz so fester Stimme hinzu.

»Gute Idee. Je mehr wir sind, desto schneller finden wir ihn … hoffentlich.«

»Bestimmt. Lass uns den anderen Bescheid sagen und loslegen.«

Rosi übernahm es, Wolfgang, Heinz und Ilse über den Plan zu informieren. Ich rannte zu meinem Zimmer und wählte Lucas Nummer, bevor ich es mir anders überlegen konnte.

»Kiefer?«, meldete er sich.

Wow, so förmlich. So standen wir jetzt zueinander? Während das Freizeichen ertönt war, hatte ich kurz Angst gehabt, seine Stimme wiederzuhören. Davon war nichts mehr zu spüren, dafür hatte er gesorgt. »Hier ist Lilou«, sagte ich kurz angebunden. »Ich brauche deine Hilfe.«

»Lilou, hey. Warte kurz!« Seine Stimme klang kratzig. Er räusperte sich mehrmals. Erst da wurde mir die Uhrzeit bewusst, zu der ich ihn anrief. »So, bin wach. Erzähl, worum geht's?«

»Herrmann ist verschwunden.« Es klang nicht weniger dramatisch, je öfter man es laut aussprach. Ich fasste zusammen, was wir wussten und wie es weitergehen sollte. »Wir können jede Hilfe gebrauchen.«

»Ihr könnt auf mich zählen. Ich trommele noch ein paar Leute zusammen, und wir telefonieren, sobald es Neuigkeiten gibt. Lilou, alles wird gut.«

»Danke.« Ich legte auf und hasste mein Herz dafür, dass es schneller schlug als nötig. Zum Glück hatte ich keine Zeit, um mich intensiver damit zu beschäftigen.

Dick eingepackt stand ich Minuten später gemeinsam mit Rosi und einer Person der Bergwacht vor dem Hotel. Er erklärte uns, wie sie vorgehen würden. Danach begannen Rosi und ich die Straßen abzusuchen. Eine Stunde war vergangen, seit sie an meine Tür geklopft hatte. Nur sechzig Minuten und doch so viel Zeit, wenn eine Person vermisst wurde. Trotzdem blieb ich optimistisch. Durch den gestrigen Schneefall war der Himmel auch die Nacht über bedeckt geblieben, und die Temperaturen waren weniger stark gesunken als in den Nächten davor. Es musste einfach gut ausgehen. Keine andere Option war akzeptabel.

Bis zur Morgendämmerung waren es noch mindestens zwei Stunden. Bis dahin mussten wir mit dem matten Licht der Straßenlaternen zurechtkommen. Ich nahm die Taschenlampe meines Handys zu Hilfe, um auch in die unbeleuchteten Hauseingänge, Nischen und schmalen Gassen leuchten zu können.

»Wo könnte er denn bloß hingelaufen sein?«, stellte ich die Frage, die nur Herrmann beantworten konnte.

»Kommt darauf an, ob er eine Ahnung hatte, wohin er wollte oder …«

»… ob er verwirrt ist«, beendete ich Rosis Satz. »Wenn ich darüber nachdenke, wirkte er gestern schon irgendwie abwesend. Ich habe mir aber gesagt, dass Ilse ihn am besten kennt, und solange sie sich keine Sorgen macht, muss ich das auch nicht tun.«

»Stimmt, und Vorwürfe solltest du dir erst recht keine machen. Sie bringen uns kein Stück weiter. Niemand hat mit so etwas rechnen können. Sorgen wir dafür, dass er heil zu seiner Frau zurückkommt.«

Rosi hatte recht, ich hatte keinen Grund, mich schuldig zu fühlen. Dennoch konnte ich den Gedanken nicht gänzlich von mir schieben.

Wir arbeiteten uns weiter ins Dorf vor, mit der ständigen Hoffnung, ihn unversehrt zu finden. Wieder waren zwanzig Minuten verstrichen. Der fröhliche Klingelton meines Handys war so unnatürlich laut und deplatziert, fast hätte ich Lucas Anruf weggedrückt.

»Hast du ihn gefunden?«, fragte ich ohne Begrüßung.

»Ja, der Krankenwagen ist auch schon informiert.«

»Dann lebt er.« Es war eine Feststellung, weil ich es nicht fertigbrachte, meinen Worten ein Fragezeichen anzuhängen.

»Er lebt«, bestätigte mir Luca zum Glück. »Aber er ist unterkühlt und steht ziemlich neben sich.«

»Wo seid ihr?«

»Am Eingang vom Supermarkt.«

»Wir sind gleich da.«

»Lilou, warte! Tu mir einen Gefallen. Lauf zum Parkplatz und weise dem Rettungswagen den Weg. Wir kümmern uns hier um Herrmann.«

Unter anderen Umständen hätte ich gezögert oder mir nicht von ihm vorschreiben lassen, was ich tun soll. Aber es waren andere Umstände. »Okay.« Ich legte auf und wiederholte für Rosi, was Luca gesagt hatte.

Ihr war die Erleichterung deutlich anzusehen. »Gut, dann kümmere du dich um den Krankenwagen, ich gehe zum Hotel zurück und hole Ilse. Sie möchte sicher mit ins Krankenhaus.« Rosi nahm mich fest in den Arm. Ihre Augen glitzerten, als sie sich von mir löste.

»Jetzt wird alles gut«, versicherte ich ihr.

Ich rannte los und kam wenige Minuten später keuchend am Parkplatz an. Das Martinshorn war aus der Ferne bereits zu hören und kam schnell näher. Kurz bevor es den Ort erreichte, verstummte das Geräusch, nur das Blaulicht durchbrach das Dunkel der Nacht. Ich streckte beide Arme nach oben aus und winkte. Sie hielten vor mir an und das Seitenfenster fuhr runter. Der Frau auf dem Beifahrersitz gab ich ein Update und schickte sie dann zum Supermarkt. Seufzend schaute ich dem Wagen hinterher. Es war kalt und dunkel und totenstill, aber Herrmann lebte. Wir hatten ihn gefunden. Jetzt würde alles in Ordnung kommen. Die schlimmste Anspannung fiel von mir ab.

Wenig später fuhr der Notarzt erneut an mir vorbei, diesmal dorfauswärts. War es ein gutes Zeichen, wenn sie sich vor

Ort nicht lange aufgehalten hatten, oder hatte es schnell gehen müssen? Neue Zweifel stiegen auf. Eine Träne schlich sich aus meinem Augenwinkel, dann hörte ich die näher kommenden Stimmen.

»Lilou?«, rief Rosi.

»Ich bin hier.« Wir umarmten uns kurz.

»Schafft er es?«, fragte ich über ihre Schulter hinweg.

Luca nickte. »Richtig untersuchen können sie ihn erst im Krankenhaus, aber es sieht auf den ersten Blick alles ganz gut aus. Wichtig ist herauszufinden, wie es überhaupt zu alldem kommen konnte.«

Das beruhigte mich, und zum ersten Mal wurde mir Lucas Anwesenheit richtig bewusst. Er sah gut aus, selbst im Zwielicht des angehenden Morgens konnte ich das Blau seiner Augen erkennen. Ich erinnerte mich, wie er mich angesehen hatte, und spürte wieder den Kuss auf meinen Lippen. Gleichzeitig fühlten sich all die Erlebnisse mit ihm weit weg an, als hätte ich sie nur geträumt. Wenn ich nicht aufpasste, heulte ich abermals. Diesen Gefallen würde ich ihm nicht tun.

»Wie geht's jetzt weiter?«, wollte ich wissen. Es klang zweideutig in meinen Ohren, obwohl ich mich nicht direkt an Luca gewendet hatte.

»Luca fährt uns ins Krankenhaus. Ilse durfte im Rettungswagen mitfahren«, klärte mich Rosi auf. »Die beiden Männer wollten vorerst im Hotel bleiben. Ich habe ihnen gesagt, dass wir sie auf dem Laufenden halten. Wir können doch Ilse jetzt nicht allein lassen in dem ganzen Chaos.«

»Fahren wir gleich oder gebt ihr mir ein paar Minuten? Ich würde mir gern die Zähne putzen.« Und einen BH anziehen, fügte ich gedanklich hinzu. Vorhin wollte ich so wenig Zeit wie möglich verlieren.

»Treffen wir uns in zwanzig Minuten wieder hier. Ich müsste auch kurz nach Hause.«

Wich er meinem Blick aus? Auszuschließen war es nicht.

Ich reagierte nicht darauf, überließ es Rosi, ihm zuzustimmen, und ging mit ihr zurück zum Hotel.

Hinter verschlossenen Türen ballte ich die Hände zu Fäusten und musste mich zusammenreißen, um dem Schrei, der in mir anschwoll, nicht nachzugeben. Nicht hier, zwischen dünnen Wänden, umgeben von fremden Zuhörern. Außerdem ging es nicht um mich. Es spielte keine Rolle, wie ich zu Luca stand oder er zu mir. Aktuell hatte Herrmanns Gesundheit Priorität. Und Luca war für ihn da gewesen, hatte bei der Suche geholfen und nahm sich Zeit, uns ins Krankenhaus zu fahren. Er war kein schlechter Mensch. Im Gegenteil, er war hilfsbereit und freundlich. Unsere Geschichte stand auf einem anderen Blatt Papier. Eine Geschichte ohne Happy End, aber Ilse und Herrmann sollten ihres bekommen.

Leider war es einfacher, mich positiv über Luca zu äußern, wenn er nicht in meiner Nähe war. Seine direkte Gegenwart machte mich unsicher und gab meinen Selbstzweifeln neue Nahrung.

Als er das Auto aufschloss, setzte ich mich demonstrativ auf den Rücksitz. Sollte er sich ruhig wundern.

Luca fuhr einen in die Jahre gekommenen roten Kombi. Der Lack war verblasst, hier und da fraß sich Rost hindurch. Auch der Stoffbezug im Inneren hatte schon bessere Zeiten erlebt. Dafür war es sauber. Keine Krümel, kein herumliegender Müll und am Spiegel hing ein Einhorn-Duftbaum. Ich starrte das Ding an, als hätte ich so was nie zuvor gesehen. Natürlich wusste ich, dass es hier um etwas anderes ging. Das Ziehen in meinem Brustkorb war kaum zu ignorieren, denn ich bezweifelte stark, dass er das Einhorn selbst gekauft hatte. Vielleicht ging auch bloß meine Fantasie mit mir durch. Es gab unzählige Möglichkeiten und Gründe, warum das Teil dort hing. Luca stand aus irgendeinem Grund auf Einhörner, das Dinge kam von einer verlorenen Wette, oder alle anderen Duftbäume waren ausverkauft gewesen. Der Gedanke an seine

Freundin ließ sich trotzdem nicht wegwischen. Ich lehnte mich nach hinten, vermied den Blick Richtung Fahrersitz und konzentrierte mich auf die vorbeifliegende Landschaft.

Der Tag brach an, und ich fragte mich, welche Herausforderung er heute für mich bereithielt.

Kapitel 14

Nachdem wir uns nach dem Weg erkundigt hatten, liefen wir schweigend über die fast menschenleeren Flure des Krankenhauses. Hier und da huschte eine Krankenschwester an uns vorbei, bevor sie im nächsten Zimmer verschwand. Unsere Schuhe hinterließen schmatzende Geräusche auf dem Linoleumboden. Die Fenster gaben den Blick auf den Parkplatz frei. Statt weißem Wintermärchen herrschte dort matschgraue Tristesse. Vor der Tür mit der Nummer 124 blieben wir stehen. Ich klopfte und steckte dann den Kopf zur Tür rein, um Ilse ein Zeichen zu geben. Sie verstand und kam zu uns auf den Flur.

»Ach, wie schön. Ihr seid alle da.« Sie umarmte jeden Einzelnen von uns herzlich. Auch Luca.

»Wie geht es Herrmann?« Rosi hielt ihre Hand fest.

»Er schläft. Sie haben ihn an einen Tropf angeschlossen. Untersuchungen machen sie im Lauf des Tages, wenn er hoffentlich wieder bei Kräften ist.« Sie blinzelte ein paar Mal. »Ich bin euch so dankbar für eure Hilfe. Wenn ihr nicht … Ich will mir gar nicht ausmalen …« Ilse sprach keinen der Sätze zu Ende, aber wir wussten auch so, was sie sagen wollte.

»Wir haben ihn gefunden, und er ist jetzt in guten Händen, nur das zählt.« Rosi lächelte zuversichtlich. »Du hast bestimmt noch nichts gegessen. Die Cafeteria ist offen. Gehen wir hin, wir wollen schließlich nicht, dass du auch noch schlappmachst. Ich könnte ebenfalls einen Kaffee vertragen.

Wie sieht es mit euch aus?«, wendete sie sich an Luca und mich.

»Gute Idee, ich bin dabei.«

»Ich muss zurück, sorry. Aber ich würde mich über eine Nachricht freuen, wenn es was Neues gibt.« Luca war klar, dass außer mir niemand seine Nummer hatte. Trotzdem richtete er seine Bitte nicht direkt an mich.

Was war bloß geschehen? Wann war diese Mauer zwischen uns entstanden? Hatte er sie nach dem Kuss zum Schutz errichtet? Hatte er überhaupt eine Ahnung, wie sehr er mich mit seinem Verhalten verletzte? Selbst wenn er es bereute, war es mir gegenüber nicht fair. Wer Fehler machte, musste dazu stehen. Er brauchte es mir doch nur zu erklären. Aber ich war nicht auf den Kopf gefallen, ich verstand es auch so. Weh tat es dennoch.

Statt auf seine Bitte zu reagieren, verschränkte ich die Arme vor der Brust und schaute aus dem Fenster. Ich musste gar nichts, wenn ich nicht wollte.

»Kommst du?« Rosi stupste mich an.

Mein Blick glitt den Gang hinunter, von Luca keine Spur mehr. Ich biss die Zähne zusammen, bis der Schmerz in meinem Herzen nachließ. Für einen kurzen Augenblick wünschte ich mir, ihm nie begegnet zu sein.

Auf dem Weg zur Cafeteria spürte ich, wie Ilse sich zusammenriss, um mich nicht mit Fragen zu löchern. Lange würde sie es nicht mehr aushalten. Die Erkenntnis ließ mich schmunzeln. Wenn ich dazu beitragen konnte, dass Ilse die Sorge um ihren Mann eine Weile vergaß, warum nicht?

Wir suchten uns einen freien Tisch, denn wir waren nicht die Einzigen zu dieser frühen Stunde. Besucher, Patienten, Personal, alle waren schon auf den Beinen. Die einen sehnten sich nach Ruhe, die anderen nach Gesellschaft oder einfach nach einem frisch zubereiteten Kaffee. Genau den organisierte ich für die beiden anderen, bevor ich mich setzte. Da ich keinen Kaffee mochte, entschied ich mich für eine heiße Schokolade.

»Es gibt belegte Brötchen und irgendeinen Blechkuchen«, teilte ich meinen Freundinnen mit. »Am besten, ihr schaut selbst.«

»Hast du keinen Hunger?«, fragte Rosi wachsam.

»Weiß nicht, nicht richtig«, gab ich zu.

Ilse stand auf und tippte mit dem Zeigefinger auf die Tischplatte. Sie war in ihrem Element, und es tat ihr offensichtlich gut, für einen Moment zur Normalität zurückzukehren. »Ich hole uns dreien ordentlich belegte Brötchen, und dann wird gegessen.«

Ich schaute nicht auf und drehte die kleine Kerze vor mir hin und her. Widerspruch war zwecklos. Wenn es ums Essen ging, war Ilse konsequent. Normalerweise lag der Fokus dabei auf Herrmann. Da dieser nicht in Reichweite war, hatte ich seine Position eingenommen. Sie meinte es gut, und solange sie mir das Brötchen nicht häppchenweise in den Mund steckte, war alles okay.

»Hier die Damen. Lasst es euch schmecken. Was Süßes spendiere ich gleich dazu.« Ein Schokoriegel lag zusätzlich auf jedem Teller. »Nervennahrung können wir alle gebrauchen, oder nicht?«

Die Frage war eindeutig an mich gerichtet. Ich stimmte Ilse nickend zu und merkte, dass sie mehr erwartete. Eigentlich hatte ich das Thema Luca nicht mehr ansprechen wollen. Höchstens vor Rosi. Aber Ilse tat die Flucht in die Sorgen anderer Leute gut, und irgendwie hatte ich das Gefühl, ehrlich sein zu müssen. Also erzählte ich ihr ausführlich vom letzten Teil des Abends mit Luca, inklusive Kussszene und allem, was danach passiert oder eher nicht mehr passiert ist. Mit gebanntem Blick hörte sie mir zu, nur ab und zu fiel ein »Ah« oder »Oh«.

»Habe ich mir die Spannungen zwischen euch vorhin also nicht eingebildet.«

»Nein, hast du nicht«, bestätigte ich sie in ihrem Gefühl.

»Ich hatte gehofft, mich am Ende getäuscht zu haben, als ich ihn auf dem Parkplatz mit der anderen Frau gesehen habe. Es sieht nicht danach aus.«

»Nein, leider nicht. Aber er hat bei der Suche geholfen. Das mag nichts an seinem Verhalten mir gegenüber ändern, trotzdem hat er sich ein paar Pluspunkte verdient.«

»Keine Frage, ich bin ihm äußerst dankbar. Dennoch ist und bleibt er ein dummer Junge. Ein Mädchen wie dich lässt man nicht gehen.«

»Oh, danke, Ilse. Wie lieb von dir.« Ich schaute zu Rosi, die nur mit den Schultern zuckte.

»Dem ist nichts hinzuzufügen«, war alles, was sie sagte.

Ich merkte wieder, dass es keinen Unterschied machte, wie viele Jahre zwischen uns lagen. Darauf kam es nicht an. Wir hielten zusammen und waren füreinander da. Dazu brauchte es keine jahrelange Freundschaft. Es ging um Vertrauen und gegenseitige Unterstützung. Das fand ich bei Lisa und Chrissy genauso wie bei Ilse und Rosi. Herzensmenschen suchte man nicht, man fand sie.

Positive Gedanken und Gefühle sammelten sich in mir. Automatisch ging es mir besser, das Herz fühlte sich leichter an und das trotz der Sorgen um Herrmann. Hunger hatte ich plötzlich auch.

Nachdem heiße Schokolade, Brötchen und Schokoriegel in meinem Magen verschwunden waren, war ich für neue Taten bereit.

Ilse stapelte die Teller aufeinander und seufzte. »Mir hat das Essen gutgetan, aber jetzt muss ich zurück zu meinem Herrmann. Wenn er aufwacht, möchte ich bei ihm sein.«

»Wir kommen mit. Glaubst du, wir lassen dich hier allein?« Ich machte eine Pause. »Außer du willst …«

»Nein, ich freue mich«, unterbrach mich Ilse sofort. »Ich bin so froh, euch zu haben.« Sie wischte eine einzelne Träne weg.

Wir gingen die hell erleuchteten Gänge zurück zu Herrmanns Zimmer. Ilse öffnete vorsichtig die Tür und trat als Erste ein. Rosi und ich folgten leise. Mir war ja schon im Hotel aufgefallen, wie blass er gewirkt hatte. Dennoch bekam ich einen ordentlichen Schreck, ihn in den weißen Laken, von denen sich seine Haut kaum unterschied, liegen zu sehen. Er schlief friedlich. Von seinem rechten Arm ging ein Schlauch ab, der an einem Infusionstropf endete. Niemand sagte etwas. Wir verteilten uns im Raum. Ilse setzte sich auf die Bettkante, Rosi auf einen der beiden Stühle, und ich trat ans Fenster und schaute ins traurige Grau des Himmels. Würde so mein Urlaub enden? Mit Liebeskummer und der Sorge um einen anderen Menschen? Wenn ja, hatte ich in meinem vorherigen Leben wohl schlechtes Karma angehäuft. Vielleicht fand ich deswegen keinen Partner. Das sollte ich mir merken und beim nächsten Gespräch mit meiner Mutter als Argument anbringen. Wahrscheinlich enterbte sie mich dann. Mit diesem spirituellen Schnickschnack hatte sie gar nichts am Hut.

Oh Mann. Ich blies die Backen auf. Es wurde Zeit für frischen Sauerstoff. Ich entschuldigte mich und nahm Kurs Richtung Ausgang. Dabei konnte ich gleich Wolfgang und Heinz anrufen. Abrupt blieb ich stehen. Heinz, den hatte ich völlig vergessen. Ich klatschte mir mit der flachen Hand vor die Stirn. Der hatte für heute doch seinen Antrag geplant, und die Ringe lagen in meinem Hotelzimmer. Und überhaupt, wie sollte das alles jetzt werden? Was für ein blödes Weihnachten. Leise stieß ich einen Fluch nach dem anderen aus, während ich ins Freie trat und mir das Handy ans Ohr hielt.

»Lilou, na endlich. Wir sitzen hier auf heißen Kohlen«, polterte Wolfgang los.

Warum musste ausgerechnet er ans Telefon gehen? Funktionierte denn gar nichts mehr? »Entschuldigt, aber tatsächlich gibt es nichts Neues.« Ich berichtete kurz von Herrmanns Zustand. Viel war es nicht. »Ist Heinz in der Nähe?«

»Der steht unter der Dusche. Soll ich ihm von dir was ausrichten?«

»Nein, schon gut, nicht wichtig.«

»Wie du willst. Und warte mit dem nächsten Anruf nicht so lange.«

»Versprochen, bis später.« Frustriert drückte ich fester als nötig auf den roten Punkt, der das Gespräch beendete. Eigentlich musste ich ins Hotel zurück, wollte aber Ilse nicht im Stich lassen. Ob Heinz Verständnis hatte, wenn ich nicht für ihn da war? Bestimmt. Würde er den Antrag trotzdem machen?

Blieb das Problem mit den Ringen. Es war zum Haareraufen. Ich kam damit klar, dass mein Leben Katastrophenpotenzial aufwies, die anderen wollte ich aber glücklich sehen. Nur konnte ich nicht überall gleichzeitig sein. Zu allem Überfluss begann es zu regnen. Mit genervtem Blick gen Himmel ging ich zurück aufs Zimmer.

»Da bist du ja wieder. Schau, wer wach ist.« Ilse strahlte übers ganze Gesicht und trat zur Seite.

Vor Überraschung klappte mir der Mund auf. »Ich war doch bloß ein paar Minuten weg. Herrmann, wie schön.« Ich trat ans Bett und griff nach seiner Hand. »Du schuldest mir ein paar Stunden Schlaf.« Ich zwinkerte ihm zu.

»Neben mir das Bett ist frei, worauf wartest du?«

Er war sogar schon zu Scherzen aufgelegt. Es war ein unglaublich gutes Gefühl, ihn so zu sehen. Endlich etwas Positives. Ein erstes kleines Weihnachtswunder. »Habt ihr der Schwester Bescheid gesagt?«

»Ja, der Arzt kommt in der nächsten halben Stunde.«

Ich nickte. Wieder war Warten angesagt. Bevor ich es vergaß, schrieb ich Heinz eine Nachricht, um mitzuteilen, dass

Herrmann aufgewacht war. Als Antwort kam gleich eine gesammelte Auswahl an Emojis. Ich nahm stark an, dass noch immer Wolfgang das Handy in Beschlag genommen hatte.

Mit jeder Minute, die Herrmann wach war, kehrte mehr Farbe in sein Gesicht zurück. Er wirkte erschöpft, aber vom Kopf her klar. Ich war natürlich kein Arzt, trotzdem hatte ich ein gutes Gefühl. Bald wussten wir hoffentlich mehr.

Ich beobachtete gerührt, wie liebevoll Ilse ihrem Mann über die Wange streichelte, seine Hand festhielt und ihm gut zuredete. Nächstes Jahr würden sie goldene Hochzeit feiern, hatte Ilse am ersten Tag im Bus stolz allen erzählt. Ich wünschte ihnen von Herzen, dass sie den Tag gesund und munter erlebten. Und ja, diese Art von bedingungsloser, nie enden wollender Liebe wünschte ich mir auch für mich. Unabhängig davon, dass meine Mutter dringend ein Enkelkind wollte. Ich mochte die Vorstellung der *einen* großen Liebe. Wahrscheinlich lag darin das Problem. Meine Ansprüche waren für die Realität zu hoch. Wobei Luca gute Chancen gehabt hatte, den Titel »Mr. Right« zu bekommen. Aber er hatte ihn nicht gewollt, und ich stand wieder am Anfang.

Das Klopfen an der Tür lenkte meine Aufmerksamkeit weg von diesen trübseligen Gedanken. Der behandelnde Arzt trat ein, stellte sich vor und erklärte dann, welche Untersuchungen sie im Laufe des Tages durchführen würden. Optisch schätzte ich ihn auf jenseits der fünfzig. Die silbergrauen Haare und freundlichen Lachfältchen um seine Augen verliehen ihm die perfekte Mischung aus Kompetenz und Sympathie. Für den ersten Eindruck bekam er Bestnoten.

Nur wenige Minuten, nachdem der Arzt gegangen war, holten zwei Schwestern Herrmann für die erste Untersuchung ab. Wir drei Frauen blieben allein zurück.

Ilse seufzte. »Was für eine Aufregung. Vielleicht sollte man in unserem Alter doch lieber mit dem Hintern zu Hause bleiben.«

»Ich bitte dich, erzähl nicht so einen Unsinn«, mahnte Rosi.

»Du hast gut Reden, springst ja auch rum wie ein junges Reh. Guck mich an, ich schnaufe schon, wenn ich nur an einen Berg denke.«

»Das, meine liebe Ilse, liegt weniger am Alter, als vielmehr an deiner Vorliebe fürs Schlemmen.« Rosi zwinkerte. »Gibst du mir recht?«

Ihr Gegenüber verdrehte die Augen. »Ja, kann sein.«

Ich hörte den beiden zu und traute mich nicht, in das Gespräch mit einzusteigen. Es wäre irgendwie anmaßend, in meinem jungen Alter ein Urteil abzugeben. Ich konnte beide Sichtweisen verstehen. Einerseits sollte man definitiv so lange die Welt entdecken, solange es einem möglich war, andererseits kamen im Alter viele Faktoren hinzu, die das Reisen anstrengender machten und womöglich zu einem Risiko werden ließen. Doch deswegen darauf verzichten? Mein erster Impuls war ein Nein, aber war es so leicht? Es blieb letztendlich eine individuelle Entscheidung.

»Darüber kannst du dir später Gedanken machen. Jetzt schauen wir, dass wir deinen Herrmann wieder auf die Beine bekommen und ihr die letzten Tage eures Urlaubs genießen könnt.« Ilse wirkte nicht überzeugt. »Alles wird gut, ich glaube fest daran.«

»Ich auch«, stimmte ich Rosi zu.

»Ach, ihr zwei. Wir sind schon ein Haufen. Und was stellen wir fest? Man kann nicht mit und nicht ohne Männer. Na ja, Rosi ist da eventuell die löbliche Ausnahme.«

»Mmh.« Ich wippte zweifelnd mit dem Kopf hin und her. »Aktuell widmet ihr zumindest irgendjemand eine Menge Aufmerksamkeit.«

»Was nicht heißt, dass ich ihm meine widme. Zumal ich nicht mal weiß, um wen es sich handelt«, meinte Rosi verschmitzt lächelnd.

»Aber es gefällt dir doch, oder? Ich finde es aufregend«, sagte ich und legte den Kopf leicht schief.

Rosi erwiderte nichts, dafür bestand Ilse auf eine ausführliche Erklärung.

Mit Vergnügen erfüllte ich ihr den Wunsch, nachdem ich Rosi um Erlaubnis gebeten hatte, ihr Geheimnis zu lüften. Ich konnte sehen, dass sie die Tatsache des heimlichen Verehrers interessanter fand, als sie bereit war zuzugeben. Sie hatte sich in ihrem Leben gegen langfristige Beziehungen und für das Genießen des Moments entschieden. Doch wie lange sie keinen Mann mehr an ihrer Seite gehabt hatte, wusste ich nicht. Das ging mich auch nichts an, aber Aufmerksamkeit tat jedem gut. Und wenn es sich um einen geheimnisvollen Unbekannten handelte, erst recht.

»Wie aufregend. Schöne Neuigkeiten sind an diesem Tag wie der Regenbogen nach einem Gewitter.« Ilse war dankbar für die Ablenkung. »Hoffen wir, dass am Ende des Regenbogens der Topf voller Gold in Form eines attraktiven Mannes wartet.«

Ich lachte. »Wie poetisch.«

Rosi wirkte eher, als würde Ilse den Teufel beschwören, damit er uns zu sich holte.

»Wo wir gerade bei Überraschungen sind«, wendete ich mich erneut an Ilse, »Heinz möchte Wolfgang einen Heiratsantrag machen.«

Ilse quietschte auf. Der hohe Ton kam so unvorbereitet, dass wir beiden anderen zusammenzuckten. Anschließend bewegte sie sich eine gefühlte Ewigkeit gar nicht. Ich war kurz davor, nach einem Arzt zu rufen, aus Angst, diese Neuigkeit könnte einen Infarkt ausgelöst haben.

»Ich werde verrückt«, brach es plötzlich aus ihr heraus. Ich war erleichtert. »Dieser Schlawiner, kein Wort hat er mir gesagt.« Sie machte ein nachdenkliches Gesicht. »Hat bestimmt gedacht, ich verplappere mich, womit er nicht unrecht gehabt hätte. Und wann soll das Ganze stattfinden?«

»Eigentlich heute«, antwortete ich leise. »Ich konnte noch nicht mit ihm sprechen. Wolfgang scheint das Handy zu haben.«

»Ach herrje, so ein Chaos. Wegen Herrmann und mir muss er nicht warten. Sag ihm das.« Ilse verschwand auf die Toilette.

Würde ich gern, nur wusste ich nicht, wie, ohne zurück ins Hotel zu fahren. Ich schaute Rosi fragend an, die ebenfalls nichts von Heinz' Plänen gewusst hatte. »Ich hatte gehofft, es würde für alle eine Überraschung. Irgendwie muss ich ins Hotel, mit Heinz reden und ihm die Ringe geben. Die liegen nämlich in meinem Zimmer. Sollte er sich dazu entschließen, den Antrag trotzdem heute zu machen, benötigt er sie.«

»Ich übernehme das für dich. Bleib du bei Ilse. Ich glaube, sie hätte dich gern hier.«

»Bist du sicher? Er wird uns ja nicht den Kopf abreißen, wenn er merkt, dass ich nicht dichtgehalten habe.«

»Ich regele das.«

»Du bist ein Schatz.« Ich drückte ihr einen Kuss auf die Wange und umarmte sie herzlich.

Wir unterhielten uns noch eine Weile, dann rief sich Rosi ein Taxi und verabschiedete sich vorerst. Ich blieb mit Ilse im Krankenzimmer zurück, das trotz freundlicher gelber Wände und bunter Bilder eines blieb: ein Krankenzimmer. Über allem lag ein Schleier von Krankheit und Tod. Ich entschied, uns noch ein Wasser aus der Cafeteria zu holen.

Als ich zurückkam, war auch Herrmann wieder da. Man hatte das Kopfteil nach oben gefahren, damit er aufrecht sitzen konnte. Der ausgeklappte Tisch mit Essen war über dem Bett positioniert. Ilse saß ein Stück unterhalb, ließ es sich aber nicht nehmen, ihren Mann zu füttern. Ich vermutete, es gab Schonkost. Es roch besser, als es aussah. Ich reichte ihr die

Flasche, lächelte Herrmann zu und ließ die beiden wieder allein.

Obwohl die Welt außerhalb der Krankenhausmauern nicht wirklich dazu einlud, ging ich hinaus. Immerhin hatte es aufgehört zu regnen. Ohne Ziel lief ich über den Parkplatz und die Straßen entlang.

Die Zeit zog sich wie Kaugummi.

Allmählich machten sich der wenige Schlaf und die Aufregung bemerkbar. Aber die gesamte Situation führte auch dazu, dass ich mein Leben reflektierte. Nahm ich mich selbst zu wichtig? War es anmaßend, ein Drama um diese Luca-Kuss-Sache zu machen, wo es anderen Menschen tatsächlich schlecht ging? Andererseits: Durfte ich nicht meine eigenen kleinen Dramen haben? Es ging doch vielmehr darum, sich nicht völlig darin zu verlieren. Sich immer vor Augen zu führen, dass einen am Tunnelende Licht erwartete. Mein Leben war deshalb nicht zu Ende. Im Gegenteil, ich würde gestärkt daraus hervorgehen. In uns allen steckte so viel mehr, als wir glaubten. Ich musste bloß akzeptieren, dass aus Luca, dem Frosch, nicht Luca, der Prinz, werden würde. So schwer konnte das doch nicht sein.

Bevor meine Gedanken ein Loch in meine Schädeldecke brennen konnten, drehte ich um und gesellte mich zu Ilse und Herrmann. Wenigstens hatte ich durch die frische Luft die Müdigkeit etwas abschütteln können. Weil Herrmann schlief, setzten wir uns in die Cafeteria.

»Allmählich glaube ich tatsächlich, dass alles wieder gut wird«, meinte Ilse zwischen zwei Schlucken Kaffee. Und man sah es ihr auch an. Der gehetzte, verzweifelte Gesichtsausdruck und die Anspannung hatten nachgelassen. Sie waren nicht verschwunden, zu groß war die Angst, dass der kleine Hoffnungsschimmer am Horizont nur eine Fata Morgana war.

»Die Ärzte sind zuversichtlich. Ein gutes Zeichen. Sie würden es nicht sagen, wenn es nicht so wäre.«

Die ersten Untersuchungen waren ohne Befund. Ein Schlaganfall konnte endgültig ausgeschlossen werden. Alles deutete auf Dehydrierung hin. In der Kombination mit der Höhe, in der wir uns befanden, und dem daraus resultierenden reduzierten Sauerstoffgehalt der Luft, war eine solch körperliche Reaktion bei manchen Menschen nicht auszuschließen.

Am Nachmittag sollten Abschlussuntersuchungen durchgeführt werden, und Herrmann sollte zur Überwachung eine Nacht im Krankenhaus bleiben. Wenn alles ruhig blieb, konnten wir ihn morgen mitnehmen.

»Ja, da hast du recht. Dann könnten wir morgen alle zusammen noch ein bisschen Weihnachten feiern. Wenigstens den ersten Feiertag.«

»Das werden wir, ganz bestimmt.«

Ilse griff über den Tisch hinweg nach meiner Hand. An ihren Fingern steckten mehrere goldene Ringe. Neben ein paar Altersflecken fand man nur wenige Falten. »Ich bin sehr froh, dich hier bei mir zu haben. Du bist ein wahrer Engel. Danke, Lilou.«

Ich legte den Kopf schief und lächelte sie an. »Du musst dich nicht bedanken. Ich bin sehr gern für euch da.«

»Mag sein. Bei so jungen Leuten ist das aber nicht selbstverständlich. Wir sind schließlich alt, und irgendwann ruft da oben jemand nach uns.« Sie zeigte Richtung Zimmerdecke.

»Ach Ilse, jetzt ist aber Schluss. Sooo alt seid ihr nicht, da geht noch ein bisschen was.« Ich schüttelte den Kopf und zwinkerte ihr zu.

»Na gut, ich bin still. Gehen wir?« Die Unruhe war zurück. Ich dachte an die vielen Male, die ich die beiden zusammen erlebt hatte. Den leisen Herrmann mit seinem trockenen Humor und seine forsche und eher laute Ehefrau Ilse … Nicht nur im Wesen waren die beiden völlig unterschiedlich. Auch körperlich war eher Ilse in der Lage, Herrmann zu tragen, als umgekehrt. Anfangs hatte ich regelrecht Mitleid mit ihm empfunden. Es war wundervoll, als stiller Beobachter den Vorhang zur Seite schieben und dahinterblicken zu können.

Am frühen Abend waren alle Untersuchungen beendet und der erste Verdacht wurde bestätigt. Obwohl ich nichts anderes erwartet hatte, fiel mir ein Stein vom Herzen. Nur eine Nacht zur Beobachtung, dann war es geschafft.

»Du weißt, was das heißt?«, informierte ich Herrmann mit erhobenem Zeigefinger. »Wir lassen dich nicht aus den Augen. Ich laufe die ganze Zeit mit einer Flasche Wasser hinter dir her, solltest du nicht von allein mehr trinken.«

»Geht auch Bier? Dann haben wir einen Deal.« Wir lachten alle. Endlich war der Geist aus Angst und Unsicherheit verjagt. »So, und jetzt raus hier, macht euch einen schönen Abend. Es ist schließlich Weihnachten.«

»Ich lass dich nicht allein«, entgegnete Ilse sofort.

»Unsinn, ich bin hier bestens aufgehoben. Du willst doch nicht das festliche Diner verpassen, mein Liebling.« Herrmann schaute seine Frau liebevoll an.

»Na gut, wenn es für dich in Ordnung ist.«

»Ja, ich bestehe sogar darauf.«

Nachdem Ilse sich vergewissert hatte, dass ihr Mann das Abendessen ordentlich zu sich genommen hatte, bestellte ich uns ein Taxi und informierte Rosi über unsere Ankunft. Am Parkplatz erwartete uns deshalb das hoteleigene Elektroauto, um uns auch den Rest des Weges zu chauffieren.

Im Foyer wurden wir anschließend von Rosi, Wolfgang und Heinz begrüßt. Alle wirkten erleichtert dank der positiven Nachrichten.

Um uns herum wimmelte es von anderen Hotelgästen. Die meisten hatten sich in Schale geworfen, lächelten und riefen sich gegenseitig »Frohe Weihnachten« zu. Ich hatte an das für heute geplante festliche Abendessen gar nicht mehr gedacht. Vieles war seit Herrmanns Verschwinden in den Hintergrund gerückt. Langsam bekam ich wieder einen Blick für die schönen Dinge und versuchte die Stimmung der anderen in mich aufzunehmen.

»Hallo, meine Liebe. Du siehst hungrig aus.« Heinz legte mir den Arm um die Schulter.

»Jetzt, wo ich wieder an Essen denke, könnte das durchaus zutreffen.« Ich lächelte und vergewisserte mich, dass Wolfgang bei meinen nächsten Worten außer Hörweite war. »Hat Rosi dir die Ringe gegeben?«

»Wollte sie, aber ich habe abgelehnt. Es ist nicht der passende Zeitpunkt. Also, es kommt mir nicht richtig vor, verstehst du. Ich weiß, Ilse hat mir ihren Segen gegeben. Dennoch, vielleicht morgen oder irgendwann anders.«

Ich legte die Stirn in Falten. Waren es die Ereignisse des Tages, die ihn zögern ließen, oder spürte ich statt der festen Entschlossenheit plötzlich leise Zweifel? Oh nein, das durfte nicht sein. Es war schließlich Weihnachten, und da wünschte ich mir Happy Ends. »Herrmann geht es gut, kein Grund, alles abzublasen. Nimm eine Flasche Champagner mit aufs Zimmer, nur du und Wolfgang. Wir stoßen morgen auf euch an«, versuchte ich es mit Überzeugungskraft.

»Nein, Wolfgang liebt den großen Auftritt. Ich möchte ihm nicht nehmen, im Mittelpunkt zu stehen.«

»Als ob er das nicht immer tut.« Wir schauten beide zu ihm hinüber, wie er mit Händen und Füßen eine Geschichte zum Besten gab. Ich lachte. »Genau das meine ich.«

Heinz klopfte mir leicht auf den Rücken. »Lass mich eine Nacht drüber schlafen.«

Seufzend und nicht zufrieden mit der Gesamtsituation gab ich mich geschlagen. Ein Heiratsantrag musste von Herzen kommen. Das Gefühl musste stimmen. Ich konnte verstehen, dass nach diesem turbulenten Tag dafür kein Platz mehr war.

»Ilse«, ich hakte mich bei ihr unter, »was meinst du, gehen wir uns frisch machen und umziehen und gönnen uns danach das leckere Weihnachtsessen?«

»Lilou, das ist eine ausgezeichnete Idee.«

»Und wir sichern den Wein«, trällerte Wolfgang.

Im Zimmer angekommen, setzte ich mich aufs Bett und kam zur Ruhe. Lange durfte ich hier nicht verweilen, sonst würde ich nie wieder aufstehen. Die Erschöpfung würde sich ihren Weg suchen. Ich konnte sie fühlen. Gab ich nach, war es vorbei. Und das war an Heiligabend nun wirklich keine Option. Der Reiz war groß, mein Hunger und die Freude am Fest größer. Also rappelte ich mich hoch und spritzte mir eiskaltes Wasser ins Gesicht.

Was ein bisschen Concealer und Wimperntusche doch Wunder bewirken konnten, stellte ich zwei Minuten später fest. Ich zog das extra für den Anlass mitgebrachte Kleid vom Bügel und schlüpfte hinein. Der weich fließende schwarze Stoff schmiegte sich angenehm an meinen Körper. Ab der Taille war es leicht ausgestellt und sorgte für genügend Beinfreiheit. Dank der hohen Absätze wirkten meine Beine länger und rundeten das Outfit ab. Ja, durchaus ansehnlich. Wie Luca reagieren würde, wenn er mich so sehen könnte? Nicht im Schneeanzug, mit Mütze und Schal. Ich warf meinem Spiegelbild einen grimmigen Blick zu. Es spielte keine Rolle. *Luca* spielte keine Rolle. Nicht mehr. Dafür gab es Menschen, die meine Gegenwart zu schätzen wussten.

Schnell verschickte ich deshalb Weihnachtsnachrichten an Lisa, Chrissy und meine Eltern. Ich legte das Smartphone zurück auf den Nachttisch und verließ das Zimmer, um Ilse für das festliche Dinner abzuholen.

Kapitel 15

Die Komplimente, dich ich für mein Aussehen bekam, schmeichelten mir und waren mir dennoch ein wenig unangenehm. Bisher hatte es selten Gelegenheiten gegeben, sich elegant zu kleiden. Und da ich meine Wohnung einem Discobesuch vorzog und Menschenansammlungen grundsätzlich lieber aus dem Weg ging, waren Komplimente nicht an der Tagesordnung.

Wir setzten uns, und Rosi füllte mein Glas nach einem kurzen Blickkontakt mit Chardonnay. Im Hintergrund lief weihnachtliche Musik. Gerade sang Chris Rea »Driving Home for Christmas«, während wir auf unseren ersten von fünf Gängen warteten. Es folgte »Thank God it's Christmas« von Queen. Ilse summte fröhlich mit. Es tat gut, sie unbeschwert zu sehen. Ich nahm mir vor, die Stimmung bis zum Ende des Abends zu erhalten. Dann waren es nur noch wenige Stunden, bis sie und Herrmann wieder vereint waren.

Die Vorspeise traf ein. Es gab Maronencremesuppe. Im Anschluss stand ein Forellen-Avocado-Tatar mit Käsecrackern auf der Speisekarte. Aus allen Ecken hörte man Worte der Begeisterung und sah die freudige Erwartung auf den nächsten Gang. Ich empfand nicht anders. Die ersten beiden Gänge waren ein Fest für die Geschmacksknospen gewesen. Nun folgte ein Endivien-Cranberry-Salat. Auch dieser Teller war traumhaft angerichtet und eigentlich zu schade zum Verspeisen. Daher war ich fast traurig, als die letzte gefüllte Gabel in meinem Mund verschwand.

Bis die Hauptspeise gereicht wurde, gab es eine Pause, in der wir eine neue Flasche Weißwein bestellten und die Gläser auffüllten. Ilse rief unterdessen Herrmann an. Wir wünschten ihm alle ein frohes Fest, und sagten ihm, dass wir uns freuten, ihn bald wieder um uns zu haben. Anschließend stießen wir auf ihn an. Er fehlte spürbar in der Runde. Ich nahm an, dass es dieser Umstand war, der die weihnachtliche Stimmung ein wenig trübte. Ja, ihm ging es gut, und es gab keinen Grund, sich Sorgen zu machen. Aber der Tag steckte allen in den Knochen. Wir feierten sozusagen mit angezogener Handbremse, aus Respekt Herrmann und Ilse gegenüber. Doch die gute Laune war vorherrschend, denn die Erleichterung über den positiven Ausgang des frühmorgendlichen Dramas war allen ins Gesicht geschrieben.

Ein paar Leute begannen zu klatschen, als der Hauptgang serviert wurde. Zur Auswahl hatte es Fisch, Rinderfilet oder eine vegetarische Variante gegeben. Ich hatte mich für die Pasta mit Gorgonzolasoße, Birnen, Radicchio und Walnüssen entschieden. Schon nach dem ersten Bissen klopfte ich mir für meine Wahl auf die Schulter. Es schmeckte grandios. Ich wünschte, ich könnte mich hier auf ewig verköstigen lassen.

»Zufrieden?«, fragte mich Rosi.

»Fantastisch. Möchtest du probieren?«, bot ich ihr an.

Sie nickte, pikte mit der Gabel eine einzelne Nudel auf und nickte erneut. »Auch sehr lecker.«

Das Angebot, ihren Kabeljau mit Mandelkruste zu testen, lehnte ich allerdings ab. Mit Fisch stand ich auf Kriegsfuß.

Den krönenden Abschluss stellte das winterliche Lebkuchentiramisu dar, serviert und angerichtet in einem hübschen Glas. Längst war ich pappsatt. Egal, Nachtisch ging bekanntlich immer.

Die anschließende Schnapsrunde spendierte zur Feier des Tages das Hotel.

Ich blickte mich um und sah überall zufriedene Gesichter.

Ich lächelte in mich hinein. Der Tag war anstrengend für uns alle gewesen, fand aber ein friedliches Ende, das uns beruhigt schlafen lassen würde. Und genau das hatte ich jetzt vor. Ich entschied, auf die nach dem Essen angekündigte Weihnachtsfeier mit traditioneller Hausmusik zu verzichten. Ilse schloss sich mir an. Gemeinsam stiegen wir in den Fahrstuhl und verabschiedeten uns mit einer Umarmung in unsere Zimmer.

Im Bett flogen die Bilder der vergangenen achtzehn Stunden an mir vorbei, bevor der Schlaf mich traumlos in die Tiefe zog.

Es war nach neun am nächsten Morgen, als ich die Augen aufschlug. Ich war in der Nacht kein einziges Mal aufgewacht, dennoch fühlte ich mich wie gerädert. Mir fehlte jegliche Energie, um aufzustehen. Hunger verspürte ich keinen. Also schloss ich erneut die Augen und döste eine weitere Stunde vor mich hin. Wirklich besser wurde es nicht. Mein Rücken rebellierte schon. Was war los? Weshalb diese Antriebslosigkeit? Wollte ich überhaupt drüber nachdenken? Es war einfacher, sich diesem Sog hinzugeben.

Um elf bekam ich eine Nachricht von Ilse. Die Visite war durch und Herrmann tatsächlich entlassen. Ich antwortete, wie sehr ich mich freute. Noch während ich die Zeilen schrieb, merkte ich, dass ich sie nicht fühlte. Ich seufzte und rollte mich wie ein Embryo zusammen, die Decke bis über die Ohren gezogen. Es gab keinen Grund, heute aufzustehen und der Welt gegenüberzutreten. Herrmann ging es gut, Heinz brauchte mich nicht, und auch die anderen kamen ohne mich zurecht. Nach der Völlerei der letzten Tage schadete ein Vormittag ohne Essen ganz bestimmt nicht. Ich hatte mir eine Pause definitiv verdient. Und so lustlos, wie ich war, wäre ich eh keine gute Gesellschaft.

Verwirrt öffnete ich die Augen. Ich musste wieder eingeschlafen sein. Es klopfte an der Tür. Das Geräusch hatte mich geweckt.

»Lilou?«, hörte ich Rosi von draußen rufen. »Lilou, geht es dir gut?«

Ich wusste, sie würde sich mit einem kurzen »Ja« nicht zufriedengeben. Deshalb quälte ich mich aus dem Bett und schlüpfte, weiterhin im Schlafanzug, zur Tür. Ich sah die Erleichterung in ihren Augen, als ich öffnete.

»Alles okay, mach dir keine Sorgen. Fühle mich nur nicht gut.«

»Wirst du krank?«

»Gut möglich.«

»Soll ich dir was zu essen bringen lassen?«

»Nein, dank dir, hab keinen Hunger.«

»Na gut. Und sonst brauchst du nichts? Einen Gesprächspartner zum Beispiel?«

Sie ahnte, dass mein Durchhänger nicht auf eine nahende Erkältung zurückzuführen war. Möglicherweise mehr als ich selbst. In meinem Kopf hatte ich den Urlaub bereits für beendet erklärt. Und der hatte die Information an meinen Körper weitergeleitet. Ohne Herrmanns Verschwinden hätte ich bestimmt gestern schon schlappgemacht. So hatte ich wenigstens das Weihnachtsessen noch mitbekommen. Nun spürte ich die mentale Erschöpfung in jedem einzelnen meiner Knochen. »Ich brauche bloß ein bisschen Ruhe, ehrlich.«

»Dann entspann dich.« Rosi lächelte nachsichtig und ging.

Sollte ich ein schlechtes Gewissen haben? Nein, es war in Ordnung, meinen Bedürfnissen nachzugeben. Nach all dem Auf und Ab hatte ich mir das verdient, und Rosi verstand mich sicher. Ich schloss die Tür und legte mich zurück ins Bett. Mein Kreislauf war in Schwung gekommen. Ich war hellwach. Mit zusammengekniffenen Augen wälzte ich mich hin und her oder lag still auf dem Rücken und starrte Löcher in die Zimmerdecke. Na toll. Der vorherige Dämmerzustand hatte mir eindeutig besser gefallen. Ich rechnete nach, wie viel Uhr es gerade in Thailand war. Keine Ahnung, was meine Eltern heute geplant hatten, aber bevor ich es vergaß und mir die Zeitverschiebung dazwischenfunkte, wählte ich die Handynummer meiner Mutter.

»Hallo, mein Schatz, wie schön, endlich mal deine Stimme zu hören. Diese Sprachnachrichten sind einfach nicht dasselbe.«

»Ich freue mich auch. Hattet ihr bisher ein schönes Weihnachtsfest?«

»Oh ja, ganz wundervoll.« Es folgt ein ausführlicher Bericht des gestrigen Tages inklusive Ausblick auf heute und morgen.

»Wow, ihr habt ja ein ordentliches Programm. Langeweile kommt da keine auf.«

Meine Mutter kicherte, als hätte ich den Witz des Jahrhunderts gerissen. Mir kam der Gedanke, dass dafür ein netter Spätnachmittagscocktail verantwortlich sein könnte. Mit dem Handy am Ohr schüttelte ich den Kopf. Mich wunderte inzwischen gar nichts mehr. Wir plauderten noch einen Moment, wobei das *Wir* sich auf meine Mutter beschränkte, was nicht schlimm war. Je weniger sie fragte, umso weniger musste ich lügen. Nach einem kurzen Plausch mit meinem Vater legte ich wieder auf. Der Punkt wäre abgehakt. Ich plumpste der Länge nach zurück in die Laken.

Eine gute Stunde später klopfte es erneut an meiner Tür. *Du musst nicht öffnen, wenn du nicht willst.* Leider war die Person auf der anderen Seite extrem hartnäckig. Um meine Ruhe zurückzubekommen, stand ich auf. Ich hatte nicht ganz geöffnet, da stand die versammelte Mannschaft, bestehend aus Wolfgang, Heinz und Rosi, in meinem Zimmer. Sie starrten mich an, als hätte ich drei Köpfe. Kurz überkam mich das Bedürfnis, in den Spiegel zu schauen. »Was wird das?«, fragte ich skeptisch.

»Wir holen dich hier raus«, meinte Wolfgang entschieden.

»Nein, ich bin krank.«

»Bist du nicht. Na los, zieh dir was an!«

Ich blickte von einem zum anderen. Keiner widersprach Wolfgang.

»Ich nehme an, ihr bleibt da sonst stehen?«

»Schlaues Kind.«

Ich warf Wolfgang einen warnenden Blick zu.

»Lilou, wir wollen nur das Beste für dich«, unterstrich Heinz. »Und da, wo wir hingehen, gibt es Alkohol«, bemerkte er noch nebenbei.

Letztendlich war es egal, welche Argumente ich vorbrachte und welche sie. Es war eine Einbahnstraße, und sie führte raus aus diesem Zimmer.

»Habe ich noch Zeit zu duschen?«, fragte ich kapitulierend. Mein innerer Monk machte große Augen und schrumpfte ein weiteres Stück in sich zusammen. Ich konnte selbst kaum glauben, wie spontan ich geworden war, ohne in Panik zu verfallen. Der Wunsch nach Planung und Kontrolle würde vielleicht nie völlig verschwinden, aber das war okay und manchmal durchaus von Vorteil. Es bestimmte mein Leben nicht mehr, nur das zählte.

Wolfgang rümpfte die Nase. »Unbedingt.«

»Danke.« Ich wartete, keiner rührte sich. »Gebt mir eine halbe Stunde.«

»Na los, Leute. Lassen wir Lilou allein.« Rosi scheuchte die anderen zur Tür.

»Dreißig Minuten«, rief Wolfgang mir vom Flur aus zu.

Ich setzte mich aufs Bett, ließ mich zurückfallen und schloss die Augen. Wusste nicht, ob ich lachen oder fluchen sollte. Immerhin schien es niemanden zu interessieren, was *ich* wollte. Okay, wirklich gewehrt hatte ich mich nicht. Sie war schon süß, meine Gang.

Oh, das war ein Fehler gewesen. Das letzte Mal hatte ich

diesen Ausdruck in einem Gespräch mit Luca benutzt. An dem Tag, der traumhaft begonnen und unbefriedigend geendet hatte. Keine sechsunddreißig Stunden war das her. So viel war seitdem passiert. Jetzt, da die Erinnerung zurückkehrte, fühlte es sich an, als wären nur Minuten vergangen, seit er mich zum Hotel gebracht und stehen gelassen hatte. Der Schmerz war wieder greifbar. Sofort verspürte ich den Wunsch, zurück ins Bett zu kriechen. Aber das würden meine Freunde hier nicht zulassen. Die einzige Option, die mir blieb, war, gute Miene machen. Ich würde ihnen das Gefühl geben, dass sie mir etwas Gutes tun. Damit konnte ich leben. Für sie riss ich mich zusammen. Meinetwegen sollten keine neuen Sorgenfalten entstehen. Die letzten Tage schaffte ich jetzt auch noch.

Ich zog nach achtundzwanzig Minuten die Tür hinter mir zu, ohne die leiseste Ahnung, was mich erwartete. Den Reiseverlauf hatte ich ewig nicht in der Hand gehabt, konnte mich auch sonst an keine weiteren Veranstaltungen erinnern. Hatten sie mich irgendwo angemeldet, ohne zu fragen?

Zuzutrauen wäre es ihnen. Oder sie schleppten mich auf die nächstgelegene Berghütte und spendierten mir reichlich Alkohol. Die Idee würde ich sehr begrüßen.

Um meinen Kreislauf anzukurbeln, nahm ich die Treppe. Fast unten angekommen entdeckte ich Wolfgang, Heinz und Rosi, die den Fahrstuhl im Visier hatten und auf mich warteten. Wolfgang schaute in der kurzen Zeit zweimal auf die Uhr.

»Na, gibt's da was Besonderes?« Ich stellte mich neben die drei und schaute ebenfalls Richtung Aufzug.

Wolfgang schnalzte mit der Zunge. »Sehr witzig.«

»Immer«, sagte ich lachend. »Sind wir komplett?«

»Ja, Herrmann und Ilse bleiben im Hotel«, bestätigte Rosi meine Vermutung.

Ich hoffte, ich hatte nachher die Gelegenheit, bei den beiden vorbeizuschauen. »Sind wir lange weg? Wo geht es überhaupt hin?«

»Kultur.«

»Kultur? Was soll das heißen? Das ist keine Antwort auf meine Frage.«

»Kannst du dich nicht überraschen lassen?« Wolfgang klang ein klein wenig ungehalten.

»Ich mag keine Überraschungen. Das erfordert Spontaneität, und die liegt mir nicht.« Seit ich hier war, hatte ich zwar an mir gearbeitet, aber heute war mir nicht danach. Mein neues Ich lag noch immer in meinem Hotelzimmer im Bett und hatte die Decke über sich gezogen, vielleicht hielt es sich gerade sogar die Ohren zu. »Gebt ihr mir wenigstens einen Tipp?«, fragte ich und zog einen Schmollmund.

Wolfgang schaute mich an wie eine Mutter ihr Kind, wenn es nicht aufhörte zu nerven. »Es gibt Alkohol.«

Das wusste ich bereits. »Wow, jetzt ist alles klar.«

»Jetzt hör auf, Fragen zu stellen, und komm. Sonst geht der Spaß ohne uns los.« Er zog mich vor den anderen aus dem Hotel auf die Straße.

»Und das wollen wir nicht«, murmelte ich mehr zu mir selbst.

»Natürlich nicht.«

Immerhin, stellte ich erfreut fest, liefen wir in den Ort hinein und nicht hinaus. So weit konnte es also nicht sein. Am Tourismusbüro blieben wir stehen. Schon auf dem Weg dorthin hatte ich die Menschentraube gesehen, die sich dort versammelt hatte. Da von jeder Altersgruppe jemand dabei war, konnte ich mir wieder nichts zusammenreimen. Erst auf den zweiten Blick stach mir etwas ins Auge – die Kleidung. Durch die dicken Winterjacken und Mützen nicht gleich erkennbar, blitzten bei näherem Hinsehen Dinge auf, die eher untypisch waren für die heutige Zeit. Große neonfarbene Kreolen, pinke Stirnbänder, goldene Strumpfhosen und ziemlich buntes

Make-up bei den Frauen. Die Männer dezenter, aber ebenfalls mit Stirnbändern oder ausgefallenen Sonnenbrillen ausgestattet – und war das ein aufgeklebter Oberlippenbart?

Jetzt war ich neugierig. Ob ich noch mal fragen durfte, ohne dass Wolfgang mir den Kopf abriss? Zum Glück wurde mir die Entscheidung abgenommen. Aus dem Büro trat ein Mann, schätzungsweise Mitte vierzig, komplett im 80er-Jahre-Look und grinste in die Runde. Der bunte Schneeanzug stand ihm richtig gut.

»Willkommen beim diesjährigen WHAM!-Walk. Wir starten in wenigen Minuten.«

»Wham… was?«, fragte ich irritiert.

»WHAM!-Walk«, wiederholte eine Frau neben mir langsam. Sie sah mir wohl an, dass ich weiterhin völlig auf dem Schlauch stand. »Hier in Saas-Fee wurde damals das Musikvideo zu ›Last Christmas‹ gedreht, dem Weihnachtsklassiker der Band WHAM!. Bestimmt schon gehört.«

»Oh ja, den Song kenne ich natürlich.« Wer nicht?

»Wir besuchen heute die Drehorte«, fügte sie hinzu und lächelte nachsichtig.

Jetzt wurde ein Schuh draus. Daher die Aufmachungen. Aber »Last Christmas«, war das ihr Ernst? Na ja, Wolfgang hatte was von Alkohol gesagt.

Ein paar Minuten später war es dann tatsächlich so weit. In mehreren Elektrobussen ging es zur Felskinnbahn. Je näher wir kamen, desto lauter wurde die Musik. Netterweise spielten sie ABBA. An einer mobilen Theke wurde Glühwein ausgeschenkt. Wolfgang war der Erste und orderte vier Tassen. Zur Sicherheit nahm ich eine der bereitgestellten Brezeln in die freie Hand. Etwas gegessen hatte ich das letzte Mal nämlich gestern Abend.

Während wir gemütlich unseren Glühwein tranken, platzierten sich andere hinter Pappaufstellern von WHAM! und ließen sich ablichten. Wer noch nicht genug 80er-Style trug, konnte aus einer Kiste seine Verkleidung aufpeppen. Dem besten Schnappschuss winkte ein Gewinn. Die Aufregung war groß, und alle hatten mächtig Spaß. Ich hielt mich lieber an den Glühwein. Dafür tauschte Wolfgang seinen Mantel gegen ein Glitzerjäckchen. Heinz drückte er eine quietschgelbe Plastiksonnenbrille in Herzchenform in die Hand und setzte ihm einen genauso blendend gelben Glitzerhut auf. Knutschend posierten sie neben dem Pappaufsteller.

»Wenn ihr nicht gewinnt, wer sonst?« Ich nippte an meinem warmen Getränk.

»Einer Nacht in einer Suite wäre ich nicht abgeneigt.« Heinz zwinkerte mir unbemerkt zu. Ob er an den Heiratsantrag dachte? Ich wäre so gern dabei, wenn er Wolfgang die Frage aller Fragen stellte. Viel Zeit blieb nicht.

Nachdem die Verkleidungsspielchen beendet waren, ging es zu den beiden Chalets im Dorfteil Wildi, wo die Innen- und Außenaufnahmen damals gemacht worden waren. Unser Mann mit dem bunten Schneeanzug erzählte einige dazu passende Anekdoten, immer dabei Glühwein und 80er-Jahre-Musik. An diesem Ort durfte dann auch »Last Christmas« nicht fehlen. In angeheitertem Zustand eigentlich gar nicht so schlimm. Ich summte sogar mit. Wer allerdings bisher weder gesungen noch viel gesagt hatte, war Rosi. Mich hatte dieses Spektakel rund um WHAM! enorm abgelenkt, deshalb war es mir nicht gleich aufgefallen. Ich beobachtete sie einen Moment lang. Rosi wirkte nachdenklich.

»Ist bei dir alles in Ordnung? Du bist ziemlich still. Liegt es an der Musik?« Ich hakte mich bei ihr unter.

»Mir geht's gut.« Sie sah mich eindringlich an. »Ich denke, ich weiß jetzt, wer er ist.«

»Wer *wer* ist?« Kurz stand ich auf dem Schlauch, dann sickerte die Erkenntnis langsam zu mir durch. »Dein Verehrer? Du hast es herausgefunden? Warum hast du nichts gesagt?«

»Weil ich es bis gestern Abend nicht wusste. Aber nach

dem Weihnachtsessen hatte ich wieder ein Päckchen vor der Tür liegen.«

»Was war es?«

Rosi lachte. »Ein Bildband von Saas-Fee.«

Ich schaute ungläubig drein.

»Und ein Schlüsselanhänger in Form eines VW-Bullis«, fügte sie hinzu.

»Muss ich das verstehen?«

»Habe ich erst auch nicht. Aber ich vermute, der Bulli ist nur ein Symbol für einen anderen Bus.«

Mein Denkvermögen war durch den Alkohol schon leicht angeschlagen, und ich brauchte länger als sonst, um die Zusammenhänge ebenfalls zu erkennen. Doch plötzlich machte es klick, und ich riss den Mund auf. »Werner, unser Busfahrer. Natürlich, das ergibt total Sinn. Haha, der Typ ist kreativ.«

»Ja, das ist er, und er will sich mit mir treffen.«

Ich kam aus dem Staunen nicht mehr raus. »Ihr habt schon … geredet?«

»Nein, die Botschaft stand auf einem Zettel in seinem Päckchen. Heute Abend um neun an der Bar.« Die sonst resolute und extrovertierte Rosi wurde ganz still.

»Wie aufregend. Du gehst hin, oder?«

Sie zuckte mit den Achseln. »Nachdem er sich solche Mühe gegeben hat, sollte ich das wohl tun.«

»Genau.« Ich nickte kräftig. »Er macht einen netten Eindruck.«

Rosi antwortete nicht, schien mit den Gedanken woanders. Sie wirkte sonst so tough beim Thema Männer. Hier erlebte ich sie allerdings von einer anderen Seite. Entweder mochte sie ihn auch, oder sie überlegte bereits, wie sie ihm eine Abfuhr erteilen konnte, ohne ihn zu verletzen. Ich war gespannt, was am Ende dabei rauskam.

»Schneeanzug« – ich konnte mir seinen Namen nicht merken – rief unterdessen alle zusammen: Es ging weiter. Zu Fuß liefen wir zurück ins Dorf. Endstation war das Hotel Walliserhof, wo Crew und Band rund um den Sänger George Michael gewohnt hatten. Auf dem Weg dorthin ließen es sich einige nicht nehmen, »Last Christmas« zu trällern. Wolfgang war ganz vorn mit dabei, und er war gar nicht schlecht. Ich applaudierte anerkennend.

Am Hotel angekommen erwartete uns wieder der Glühweinstand und kleine Häppchen. Diesmal gab es zudem mehrere Heizpilze, an denen wir uns aufwärmten. Die Musik der 80er drang aus zwei großen Boxen am Hoteleingang und schallte über die Straßen. Kaum hatte ich meinen Platz eingenommen, drückte mir Rosi einen Glühwein in die Hand.

»Den brauchen wir beide.« Sie prostete mir zu.

Da musste sich jemand Mut antrinken. Ich betrachtete sie von der Seite. Rosi hatte sich ihr Leben ohne einen Mann an ihrer Seite eingerichtet. Was sie nicht davon abhielt, ab und an ihren Spaß zu haben. In meiner Vorstellung war sie dabei eine Frau, die die Initiative ergriff. Deren Selbstbewusstsein ihr dabei half, Gelegenheiten wahrzunehmen, wenn sie sich ihr in Form eines attraktiven Mannes boten. Vielleicht hatte ich aber auch ein Bild von ihr erschaffen, das all meine Schwächen nicht besaß. Keine Unsicherheit, kein Erwartungsdruck, keine Zukunftsangst, keine hoffnungsvolle Suche nach Mr. Right. Doch selbst wenn sie mit der Situation nicht so cool umging, wie ich gedacht hatte, war sie meilenweit davon entfernt, sich verrückt zu machen. Es war positive Aufregung, nicht die Angst zu versagen. Ich beneidete sie dafür und sollte mich für sie freuen. Stattdessen verspürte ich eine nie gekannte Wut in mir. Wut auf mich. Wut auf Luca. Ich trank einen kräftigen Schluck und schüttelte mich. Der Glühwein in meiner Hand war nur noch lauwarm. Schnell kippte ich den Rest runter, bevor er komplett auskühlen konnte. Inzwischen war ich schon mehr als angeheitert. Ich hatte gehofft, mich auf diese Weise ablenken zu können. Eine Zeit lang hatte es sogar geklappt. Jetzt kamen die Gefühle wie ein Bumerang zurück. Der Alkohol verstärkte sie sogar. Solange ich diesen Ort nicht verlassen hatte, würde sich daran nichts ändern. Ich wollte nicht trinken, um zu vergessen. Ich wollte trinken und Spaß haben, wollte lachen und tanzen. Ich wollte Leichtigkeit, den Augenblick genießen. Ich wollte Luca.

Verdammt. Warum spukte er mir noch im Kopf herum? Er und sein blöder Kuss. Da fuhr man einmal aus Versehen in die Schweiz und dann das. Hätte ich keinen hässlichen Skilehrer bekommen können? Kein einziges Mal hatte Luca sich nach dem Kuss gemeldet, er schwieg und ließ mich mit meinen Gefühlen allein. Nie hätte ich ihn so eingeschätzt. Eigentlich konnte er sich ruhig mal anhören, was für ein Arsch er war. Ja, die Idee gefiel mir.

»Bin gleich wieder da«, meldete ich mich bei Rosi ab und entfernte mich aus der Menge. Dabei musste ich mich ziemlich auf meine Schritte konzentrieren. Ich stellte die leere Tasse in den Schnee, zog die Handschuhe aus und holte das Handy hervor. Dann suchte ich Lucas Namen. Mit einem Finger drückte ich auf das Mikrofon auf dem Display und holte tief Luft.

Kapitel 16

»Hier ist Lilou, falls du dich erinnerst. Ich wollte nur sagen, ich hätte dich nie für einen solchen Arsch gehalten. Wie oft im Jahr ziehst du die Nummer ab? Ich habe echt nichts dagegen, einfach nur Spaß zu haben. Doch dann spiel gefälligst mit offenen Karten. Dazu hast du wohl nicht den Mut. Sich lieber feige aus dem Staub machen und warten, bis das dumme Touristenmädchen die Heimreise angetreten hat. Aber für einen einfachen Kuss hast du dich echt ordentlich ins Zeug gelegt. War ich die Mühe denn wert? Nicht mal mehr zwei Tage, dann kannst du dein Loch verlassen und dich dem nächsten Skihasen widmen. Glückwunsch, Luca, und danke für nichts.«

Hui, das hatte gutgetan, und ich hatte mich kein einziges Mal verhaspelt. Stolz ging ich zurück zu den anderen. Aus den Boxen drang zum x-ten Mal »Last Christmas«. Mehr Glühwein war auch keine gute Idee. Es wurde Zeit zu gehen.

»Ich glaube …« Das Vibrieren meiner Armbanduhr unterbrach mich. Eine Nachricht war eingegangen. Von Luca. Ich scrollte über das kleine Display am Handgelenk.

Lass uns reden.

Mehr nicht. Jetzt wollte er plötzlich reden? Nachdem ich mir Luft gemacht hatte. Nachdem er abgetaucht war, ohne irgendeine Reaktion. Oh nein, den Gefallen würde ich ihm sicher nicht tun. Es war alles gesagt.

»Hey, Lilou. Alles okay?« Heinz und Wolfgang schauten besorgt.

»Er will reden«, meinte ich abfällig und erntete verwirrte Blicke.

»Wer will was?«

»Luca, ich habe ihm gesagt, er ist ein Arsch. Jetzt will er reden.«

»Wann hast du ihm das gesagt?«

»Gerade eben. Hab ihm eine Sprachnachricht geschickt.«

»Okaaay.« Wolfgang warf den anderen skeptische Blicke zu.

»Vielleicht«, gab Rosi zu bedenken, »solltest du die Chance ergreifen und ihn anhören. Egal was er zu sagen hat, ich glaube, es hilft dir, mit der Sache abzuschließen.«

»Kein Interesse, die Sache ist abgehakt.«

»Lilou, Kind.« Heinz legte einen Arm um mich. »Wenn man immer gleich den Kopf in den Sand steckt, kann man die Sterne nicht sehen. Und die sind wunderschön.«

»Mag sein, ich will trotzdem nicht. Ich bin müde und möchte zum Hotel zurück.«

»Ach, weißt du. Ich komme mit. So ein gepflegter Cognac an der Bar klingt verlockend nach dem süßen Zeug hier.« Heinz gab Wolfgang einen Kuss. »Ist das in Ordnung für dich?«

»Haut schon ab, ihr zwei. Rosi und ich trinken noch einen Absacker und kommen gleich nach.«

Schweigend machten wir uns auf den Weg. Heinz hakte sich bei mir unter. Dabei war er eindeutig der Nüchternere von uns. Der Schnee knirschte unter unseren Füßen. Der Abendhimmel war wolkenverhangen. Weder Mond noch Sterne waren zu sehen. Für die kommenden Tage hatte der Wetterbericht neue Schneefälle vorhergesagt. Hauptsache wir schneiten nicht ein und mussten unseren Aufenthalt zwangsweise verlängern. Andererseits hätte Heinz dann mehr Zeit für seinen Heiratsantrag. Abrupt blieb ich stehen.

»Wenn wir gleich im Hotel sind, kommst du mit auf mein Zimmer.« Ich kicherte. Das klang furchtbar falsch. »Also, wegen der Ringe. Versteck sie irgendwo bei dir oder frag Wolfgang endlich.«

»Okay.«

»Okay? Mehr hast du dazu nicht zu sagen?«

»Nicht mehr heute. Heute bist du dran.« Er zog mich weiter.

Wie war das denn gemeint? Ich schaute zur Seite, um seinen Gesichtsausdruck zu erhaschen, aber die Bewegung hatte ich unternommen, ohne mir meines fehlenden Gleichgewichtssinns bewusst zu sein. Mir wurde sofort schwindelig und ich konzentrierte mich auf den Weg vor uns, mit dem ebenfalls etwas nicht stimmte.

»Ich hatte zwar ein oder zwei Becher Glühwein zu viel, aber ich bin mir sicher, hier geht es nicht zum Hotel«, stellte ich fest.

»Tatsächlich?«, fragte Heinz unschuldig.

»Wir müssen in *die* Richtung.« Ich streckte den Arm aus.

»Das haben wir gleich. Ich klingele da kurz und frage.«

»Hey, stopp. Was soll das denn? Ich weiß, wo wir hinmüssen. Du kannst nicht bei wildfremden Leuten klingeln. Wer von uns beiden ist denn jetzt betrunken?«

Zu spät. Heinz war die wenigen Stufen zur Haustür hochgestiegen und drückte auf die Klingel. Statt dort zu warten, kam er wieder zurück und grinste. »Mach was draus!« Er klopfte mir auf die Schulter und verschwand die Straße hinunter. Mich beschlich ein seltsames Gefühl, das sich nur Sekunden später bestätigte, als Luca die Tür öffnete.

»Lilou.«

»Das war ich nicht. Heinz hat geklingelt. Er wollte nach

dem Weg fragen.« Das klang nach der dümmsten Ausrede der Welt.

»Wo ist Heinz denn jetzt?«

»Verschwunden.«

»Dann ist ihm der Weg wieder eingefallen?«

»Hoffentlich, sonst irrt der Arme jetzt planlos umher. Ich sollte ihn suchen gehen.«

»Lilou, warte.« Luca kam nach unten und blieb mit nur einem Hauch Abstand vor mir stehen. »Wie es aussieht, bist du nicht ganz freiwillig hier. Aber …«

»Ich wusste nicht mal, wo du wohnst«, unterbrach ich ihn und rückte ein Stück von ihm ab. »Und reden will ich nicht, falls du das glaubst.«

»Du hast allen Grund, auf mich sauer zu sein. Gib mir bloß eine Chance, es zu erklären.« Er hatte den traurigen Blick ziemlich gut drauf. »Bitte, komm kurz rein.«

»Bist du denn allein?«

»Ehm, nein.«

Er zögerte kurz. »Meine Schwester ist da.«

Seine Schwester? Hatte ich richtig gehört? Mir gefielen diese freudigen Hüpfer nicht, die mein Herz wegen dieser Information vollführte. Konnte das sein? Was war mit dem Kuss, den Ilse gesehen hatte? Eher unwahrscheinlich, dass sich Geschwister auf diese Weise begrüßten. Aber eine plausible Erklärung war möglich geworden. So oder so, das änderte gar nichts. Gleichzeitig brach innerlich mein Widerstand. »Gut, ich höre mir an, was du zu sagen hast.«

»Danke.« Luca ging die Treppe wieder hoch, ich folgte ihm.

Wohlige Wärme umfing mich, sobald die Haustür hinter mir geschlossen war. Es roch nach Zimt und Früchten und Kaminfeuer. Ich zog Handschuhe, Mütze und Schal aus, und Luca half mir aus der Jacke. Unsere Blicke trafen sich, und für einen Moment drehte sich alles um mich herum. Ich schob es auf den Alkohol. Seine blauen Augen hatten rein gar nichts damit zu tun.

»Du bist betrunken«, stellte er belustigt fest.

»Maximal ein bisschen. Dafür kann ich nicht mal was, ich habe mir keinen einzigen Glühwein selbst geholt.«

»Aber immer brav ausgetrunken.«

»Natürlich.«

»Wie wäre es zur Abwechslung mit einem Tee?«

»Einverstanden.«

»Na gut, bist du bereit? Dann würde ich dich vorher gern jemandem vorstellen.«

Ich nickte, und wir betraten das Wohnzimmer. Im ersten Augenblick war ich irritiert, weil ich niemanden sah. »Sofia, schau mal, ich habe Besuch mitgebracht.«

Sofort tauchte ein Kopf hinter der Couch auf. Sofia kam grinsend auf uns zu. Sie hatte die gleichen blonden Haare und blauen Augen wie ihr Bruder.

»Hi, ich bin Sofia.«

»Hallo, freut mich. Ich bin Lilou.«

»Bist du seine Freundin?«

»Ich …«

»Lilou macht hier Urlaub«, beendete Luca den Satz für mich. Er schaute mich dabei nicht an.

»Spielst du mit uns ›Mensch ärgere Dich nicht‹? Du darfst mit mir ziehen. Ich gewinne immer gegen Luca.«

»Tust du nicht«, protestierte er lachend. »Lass uns eine kurze Pause einlegen. Ich mache Lilou schnell einen Tee.«

»Okay, bleibst du solange bei mir? Du kannst mir die Haare flechten.«

»Ich kann es versuchen, aber nicht mit mir schimpfen, wenn es doof aussieht.«

»Kein Problem.«

»Ist das in Ordnung für dich?«, fragte Luca nach.

»Warum nicht?« Wir scheuchten ihn in die Küche, und

ich setzte mich auf die Couch. Sofia hockte sich vor mir auf den Boden. Erst teilte ich ihre feinen Haare in der Mitte, dann teilte ich die eine Seite noch mal in drei Teile und begann zu flechten. Anschließend war die andere Seite dran.

»So, fertig.«

Sie rannte los, wahrscheinlich ins Bad, um sich im Spiegel zu betrachten. Luca kam mit dem Tee zurück.

»Vorsicht, verbrenn dich nicht.«

»Danke.« Ich pustete leicht, und Dampf stieg auf. »Wie alt ist Sofia?

»Neunundzwanzig.«

So alt wie ich. »Sie hat das Down-Syndrom, richtig? Hast du deswegen nichts von ihr erzählt?«

»Ich schäme mich nicht, falls du das denkst. Im Gegenteil, sie ist mir wichtig, ich will sie beschützen. Es ist kompliziert. Ich …«

Sofia kam zurück, und Luca vollendete den Satz nicht.

»Spielen wir jetzt fertig?«, fragte sie ungeduldig.

»Ja, und der Verlierer muss abwaschen.«

Sie lachte. »Also du.«

Wir versammelten uns um das Spielbrett. Sofia hatte tatsächlich schon zwei Figuren im Haus, Luca keine einzige. Erst hatte ich vermutet, er würde sie gewinnen lassen, aber das war gar nicht nötig. Sofia hatte das Glück auf ihrer Seite und würfelte fast immer die passenden Zahlen.

Nach zwanzig Minuten war das Spiel vorbei. Sie überließ es mir, die letzte Figur zu platzieren.

»Gewonnen«, rief ich aus und klatschte mit ihr ab.

»Herzlichen Glückwunsch«, meinte Luca frustriert und verdrehte gespielt die Augen. »Von mir aus kannst du jetzt deine Serie weitergucken. Lilou und ich gehen in die Küche.«

»Einverstanden.« Sie stand auf und umarmte mich. »Ich mag dich, das können wir öfter machen.«

Ein undefinierbarer Ausdruck trat in Lucas Gesicht. Ich

ahnte, dass dieser Ausdruck etwas mit seiner und Sofias Vergangenheit zu tun haben musste. Sollte er wirklich vorhaben, offen mit mir zu reden, würde ich gleich mehr darüber erfahren. Ich setzte mich an den Tisch in der Küche. Luca füllte meine Tasse auf und lehnte sich danach mit dem Rücken an die Arbeitsplatte, die Füße überkreuzt, die Hände in den Taschen seiner Jogginghose vergraben. Er sah plötzlich so verletzlich aus. Ein Junge, den man in Schuhe gezwungen hatte, die ihm viel zu groß waren. Das Bedürfnis, ihn zu umarmen, war übermächtig. Nur mit Mühe hielt ich mich auf meinem Platz. Ich wollte hören, was er zu sagen hatte, und wartete.

»Mein Vater hat uns verlassen, da war Sofia nicht mal geboren. Er sei dem nicht gewachsen, er hätte sowieso nie Kinder gewollt und ein krankes schon gar nicht. Nachdem er gegangen war, habe ich ihn nie wiedergesehen.« Luca machte eine Pause, trank einen Schluck. »Meine Mutter ist darüber nie hinweggekommen. Sie hat es sicher nicht absichtlich getan, aber tief in ihr drin hat sie Sofia für das Scheitern ihrer Ehe verantwortlich gemacht. Sobald Sofia schulreif war, kam das kleine Mädchen auf ein Internat. Und als ich achtzehn wurde, hat meine Mutter mir alle Vollmachten übertragen, mir das Haus überschrieben und sich mit einem Typen aus dem Staub gemacht, den sie im Internet kennengelernt hatte. Wir telefonieren ab und an und sehen uns einmal in zwei oder drei Jahren. Wenigstens fragt sie nach Sofia, aber es ist kein echtes Mutter-Kind-Verhältnis. Weder zu ihr noch zu mir.«

»Wow, das ist heftig und tut mir sehr leid.«

»Danke, es muss dir aber nicht leidtun. Wir kommen gut allein zurecht.« Luca sah dennoch angespannt aus. Er stieß sich von der Arbeitsfläche ab und setzte sich mir gegenüber.

»Hast du dich deshalb zurückgezogen? Weil du allein zurechtkommst? Weil du niemanden an deiner Seite haben möchtest?«

»Um einer Trennung aus dem Weg zu gehen? Nein, ich habe kein Beziehungstrauma oder so. Und nein, ich vernasche auch nicht regelmäßig gut aussehende Touristinnen.« Sein Blick war ehrlich und sanft.

Ich glaubte ihm.

»Sofia neigt dazu, sich Menschen schnell zu öffnen. Sie versteht nicht, wenn diese Menschen sich wieder von ihr abwenden. Wer mich wählt, wählt Sofia mit. Sie ist meine Schwester, und ich bin für sie da. Leider habe ich in der Vergangenheit schlechte Erfahrungen gemacht. Deswegen halte ich mich von Gefühlsdingen lieber fern. Normalerweise.« Er stand wieder auf und tigerte durch die Küche. »Du hast meine Mauer an dem Tag zum Einstürzen gebracht.« Luca fuhr sich durchs Haar und kam auf mich zu. »Ich wollte dich nie verletzen.«

Ich legte meine Hände in seine. Mein Herz quoll über vor Zuneigung. »Ist okay, ich verstehe es jetzt.«

»Nein, das war feige.«

»Es war nur ein Kuss.«

»War es das?«

Ich fuhr mit den Fingern durch sein Haar. »Keine Ahnung. Es hat sich nach mehr angefühlt, aber ich fahre in zwei Tagen nach Hause, und das ist nicht eben um die Ecke.«

»Hast du Lust, in diesen zwei Tagen etwas Zeit mit uns zu verbringen?« Seine blauen Augen schimmerten hoffnungsvoll. »Wir würden uns über nette Gesellschaft freuen.«

»Seid ihr beiden an den Weihnachtstagen ganz allein?«

»Normalerweise wären wir heute bei Samuel und seiner Familie. Die liegen dummerweise alle mit Magen-Darm-Infekt flach. Also koche ich.« Er stand wieder auf. »Ich könnte Hilfe gebrauchen.«

Meine Entscheidung war längst gefallen. Ich ließ ihn trotzdem ein wenig zappeln. »Ich schreibe Rosi, dass ich nicht zum Essen komme.«

»Frag gleich nach, ob Heinz gut angekommen ist.« Er grinste frech.

»Haha.« Schnell tippte ich die Nachricht an Rosi ins Handy und wartete, bis sie sie gelesen hatte. Ihre Antwort folgte prompt:

> Viel Spaß! Und tu nichts, was ich nicht auch tun würde.

Ein Satz, den ich nach wie vor nicht mit einer Sechsundsechzigjährigen in Einklang brachte.

»Ausgang genehmigt?«, wollte Luca wissen.

»Ja, ich darf bleiben. Bekomme ich noch einen Tee?« Ich stand vom Tisch auf und ging mit meiner Tasse zu ihm.

»Du kannst auch ein Glas Rotwein haben, wenn du möchtest.«

»Nein, vielleicht zum Essen. Ich werde grad erst nüchtern.«

Luca lachte erneut. »Du warst mächtig angeheitert. Wo wart ihr überhaupt?«

»Auf diesem WHAM!-Walk.«

»Ah, richtig. Der findet zu der Zeit jedes Jahr statt. Ein richtig hübscher Touri-Ausflug.«

»Machst du dich über mich lustig?«

»Niemals.« Er versuchte sich an einem ernsten Blick. »Alexa, spiel ›Last Christmas‹.«

»Alexa, aus.« Ich boxte ihm kräftig gegen den Oberarm, der sich auch unter dem grauen Hoodie noch muskulös abzeichnete. Luca plötzlich wieder so nahe zu sein, war verwirrend und schön zugleich. Er hatte sich geöffnet und eine Barriere eingerissen, die er um sich herum errichtet hatte. Das sprach von viel Vertrauen. »Danke, dass du mir so viel von dir erzählt hast.«

»Du sollst verstehen, warum ich bin, wie ich bin. Das Problem ist, ich übertreibe es mit dem Beschützen und stehe mir selbst im Weg, weil ich sofort blockiere, wenn es um Gefühle geht, weil es mir schwerfällt, Vertrauen aufzubauen. Ich müsste meinen Kopf ausschalten oder wenigstens mit offenen Karten spielen. Stattdessen haue ich mit dem Schlagstock um mich und verletze Leute, die es nicht verdient haben.«

»Ich weiß, was du meinst. Ich bin selbst ein totaler Kopfmensch. Solche Eigenschaften legt man nicht so schnell ab.«

»Stimmt. Ich hoffe nur, ich habe es nicht versaut.«

»Ich würde sagen, du hast die Kurve gerade noch mal gekriegt«, neckte ich ihn.

»Dank Heinz.«

»Ohne ihn wäre ich nicht hier. Ein richtiges Schlitzohr. Er hat meinen Zustand voll ausgenutzt. Woher wusste er, wo du wohnst?«

»Er wird jemanden gefragt haben. Das ist hier kein Geheimnis.«

»Mir gefällt dein Haus übrigens sehr. Du hast einen guten Geschmack.« Das Haus war nicht groß. Es gab einen schmalen Flur, ein kleines Wohnzimmer und die Küche. Vielleicht eine Gästetoilette. Vorn am Eingang ging eine Treppe in die obere Etage. Trotz der geringen Größe wirkte kein Raum überladen. Alles harmonierte miteinander. Luca hatte warme Farben miteinander kombiniert und eine Wohlfühlatmosphäre geschaffen. Das Tannengrün der Couch fand sich in den Pflanzen wieder und in kleinen Fotografien an der Wand. Die Holzdielen strahlten Wärme aus, während das Feuer im Kamin flackerte. Überall im Wohnzimmer hatte ich halb heruntergebrannte Kerzen entdeckt, und ich stellte mir vor, wie es wäre, hier bei einem Glas Wein zu sitzen und das Schneetreiben durch Fenster hindurch zu beobachten.

»Für einen Mann, wolltest du sagen. Gib es ruhig zu.«

»Für einen Singlemann, definitiv. Und aufgeräumt ist es.«

Luca grinste schief. »Du hättest vor drei Tagen herkommen sollen.« Er räusperte sich. »Ich habe wertvolle Zeit vergeudet.«

Ich war sicher, er redete nicht mehr über die Ordnung im Haus. Sein Blick glitt über meine Brüste, verweilte auf meinen Lippen und verfing sich am Ende mit meinem eigenen hungrigen Blick. Mein Puls beschleunigte sich. Nur ein einziger Schritt fehlte, um ihm nahe zu sein. Ich rührte mich nicht, ließ ihn nicht aus den Augen. Luca überwand die kurze Distanz als Erster. Mit dem Daumen strich er sanft über meine Wange. Ich hielt die Luft an. Unter seiner Berührung fing meine Haut Feuer, löste schnell einen Flächenbrand aus. Ich zitterte leicht, als er sich hinabbeugte und mir einen Kuss auf die Stelle unterhalb meines Ohrläppchens hauchte. Sein warmer Atem streifte meinen Nacken.

»Was wird das?«, flüsterte ich.

»Ich schalte den Kopf aus.« Seine Stimme war ein heißeres Brummen. »Machst du mit?«

Mein Körper schickte mir eindeutige Signale. Ich biss mir erregt auf die Unterlippe und schloss die Augen. Weil kein Wort den Weg aus meinem Mund fand, griff ich mit der Hand an seinen Po und drückte ihn eng an mich. Luca stöhnte auf.

»Ist das Essen schon fertig?«

Erschrocken fuhren wir auseinander. Sofia stand in der Küchentür. Ich spürte sofort, wie sich Luca verkrampfte. Er hatte den Kopf wieder angeschaltet. Die Vorsicht war tief in ihm verankert und übernahm augenblicklich die Kontrolle. Ich fragte mich, ob es wirklich nötig war, Sofia in Watte zu packen? Sie war kein Kind mehr, das er beschützen musste. Aber ich war nicht in der Position, mir ein Urteil zu erlauben. Ich kannte sie nicht, kannte die Geschichte nicht, die Luca angedeutet hatte.

»Geht gleich los. Willst du dich noch umziehen? Oder du deckst den Tisch im Wohnzimmer.«

»Okay, beides.« Sie legte den Finger nachdenklich an die Lippen. »Ich habe Hunger. Ihr müsst erst kochen, bevor ihr euch wieder küsst.«

»Wir haben nicht …«, begann Luca, doch Sofia war schon weg. »Scheiße.« Er schien wütend auf sich.

»Ich sollte gehen.«

»Nein, warte. Geh nicht. Iss mit uns, bitte.« Ich konnte die widersprüchlichen Gefühle in seinen Augen sehen. »Lass uns warten, bis Sofia nachher auf ihrem Zimmer ist. Sie schläft immer schnell ein. Oh Gott, was verlange ich da.« Er schlug sich mit der flachen Hand vor die Stirn. »Tut mir leid, ich rede Schwachsinn.«

»Hey, Luca, entspann dich. Komm her, sieh mich an.« Er tigerte durch die kleine Küche und kam nun vor mir zum Stehen. »Wir machen es in der Reihenfolge, okay. Kochen, essen und dann verabschiede ich mich von Sofia. Alles wird gut. Sie hat mich schneller vergessen, als du glaubst.« Die Worte wollten kaum aus mir heraus. Sie bedeuteten nämlich auch, dass ich Luca nicht wiedersehen würde. Es war unausweichlich und fühlte sich doch so entsetzlich falsch an.

Kapitel 17

»Na gut, wobei kann ich helfen?«

Luca schüttelte sich, als müsste er das Durcheinander in seinem Kopf erst ordnen. »Okay, du hast recht, konzentrieren wir uns auf das Essen.« Er ging zum Kühlschrank und holte zwei Paprikaschoten heraus. »Was ist dir lieber, Kartoffeln schälen oder Paprika und Hähnchenbrust klein schneiden?«

»Ich nehme Paprika und Hähnchen.«

Er zeigte mir, wo ich Messer und Unterlagen fand. »Dann lernst du heute gleich unser traditionelles Weihnachtsessen kennen.«

»Echt, das esst ihr jedes Jahr? Wie schön.«

»Ja, Hähnchenauflauf mit Kartoffeln und Paprika an Sahnesoße mit Semmelbröseltopping«, sagte Luca in feierlichem Ton. »Also eigentlich ein All-in-one-Auflauf, aber das klingt nicht so professionell.«

»Da gebe ich dir recht. Ist die Größe in Ordnung?«, fragte ich nach den ersten geschnittenen Stückchen.

»Perfekt.« Er rang sich ein Lächeln ab. »Wie macht sich eigentlich Herrmann? Ich habe gehört, er wurde entlassen.«

»Auf jeden Fall besser als vor dem Krankenhausaufenthalt. Er hat wieder Farbe bekommen und macht seine Witzchen. Ilse passt auf.«

»Das ist gut, war eine ziemliche Aufregung.«

»Wem sagst du das. Ein aufreibender Weihnachtsmorgen. Na ja, Hauptsache, ihm ist nichts passiert.«

»Zum Glück.«

Während die Kartoffeln im Salzwasser kochten, briet Luca die anderen Zutaten in eine Pfanne. Später landete alles in einer Auflaufform und wurde mit einer Soße aus Sahne, Milch und Eiern übergossen. Die Semmelbrösel drüber und ab in den Ofen. Ich wusch währenddessen den Salat.

»Ich weiß, ein richtiges Weihnachtsessen sieht anders aus. Aber Sofia liebt es.«

»Du musst dich für nichts entschuldigen, Luca. Es riecht jetzt schon unglaublich lecker.« Ich schaute ihm zu, wie er das Dressing für den Salat anrührte. Mit sicheren Handgriffen mischte er die einzelnen Gewürze zusammen und nickte schließlich zufrieden.

»Hier, teste mal.« Er nahm einen kleinen Löffel, tauchte ihn in das Dressing und hielt ihn mir hin.

»Ich sage ja, es ist lecker«, bestätigte ich nach dem Probieren.

»Sehr gut, dann müssen wir nur warten, bis der Auflauf braun wird. Ich schaue mal, wie weit Sofia mit dem Tisch ist.«

Luca verschwand aus der Küche. Ich blieb allein zurück und atmete tief aus und ein. Es war wunderschön, hier zu sein, in seiner Nähe zu sein. Gleichzeitig war es eine emotionale Achterbahnfahrt. Was war richtig? Gehen oder bleiben? Küssen oder Abstand? Tee oder Rotwein? Sein Vorstoß, den Kopf auszuschalten, war vielleicht doch keine gute Idee gewesen. Er führte unweigerlich ins Chaos. Andererseits war ich so knapp davor, einen zweiten Kuss zu bekommen. War es naiv, erst zu handeln und später über die Konsequenzen nachzudenken? Nur dieses eine Mal. Konnte die Vernunft nicht *einmal* vor der Tür warten?

In dem Augenblick ging die Tür zur Küche auf. War das ein Zeichen? Hoffentlich nicht. Sofia kam rein. »Komm mit.« Sie griff nach meiner Hand und zog mich ins Wohnzimmer. »Gefällt es dir?«

Sie hatte drei Gedecke auf dem Esstisch platziert. Die allerdings kaum noch zu sehen waren, weil die komplette Tischplatte vor Deko überquoll. Vieles sah aus, als gehörte es normalerweise an den Weihnachtsbaum. Dazu kamen Kerzen, Luftschlangen und jede Menge Konfetti. Meine Sprachlosigkeit rührte aber eher daher, dass ich nicht vermutet hatte, Luca würde derart viel Schnickschnack besitzen.

»Wow, das sieht richtig klasse aus, Sofia. Ein ganz toller Weihnachtstisch. Da schmeckt das Essen bestimmt doppelt so gut.«

Triumphierend strahlte sie Luca an, der ergeben mit den Augen rollte. »Ja, du hast gewonnen. Klar, dass euch Frauen so was gefällt.«

»Das gehört alles dir?«, flüsterte ich ihm belustigt zu.

»Über die Jahre sammelt sich einiges an, und das meiste hat Sofia ausgesucht.«

»Schieb es nicht auf deine Schwester. Du bist ein Weihnachtsjunkie. Gib es zu, ich erzähl es auch nicht weiter.«

»Dir kann man nichts vormachen.« Seine Pupillen verdunkelten sich, während er mich intensiv musterte. Seine Gedanken waren nicht mehr bei der Tischdeko, dazu musste ich keine hellseherischen Fähigkeiten besitzen.

Mein Herz pochte heftig gegen meinen Brustkorb. Es war sinnlos, mein Körper reagierte auf ihn, ob ich wollte oder nicht. Das Einfachste war, mich damit abzufinden, es geschehen zu lassen und abzuwarten, wo die Reise hinging.

»Hättest du doch ein Glas Rotwein für mich?« Irgendwann musste man sich für eine Seite entscheiden.

»Gute Idee, kommt sofort.«

»Hey, Sofia, wo sitze ich?«, wollte ich wissen.

»Du kommst neben mich.«

»Hier? Bei den pinken Kugeln, perfekt. Ich liebe pink, da bin ich ein richtiges Mädchen. Du auch?«

Sofia nickte kräftig. »Lila mag ich auch und türkis und manchmal gelb.« Sie setzte sich und strahlte mich an. Ich hoffte sehr, ihr nicht wehzutun, wenn ihr bewusst wurde, dass ich nur auf der Durchreise war.

Luca kam mit drei Gläsern aus der Küche zurück. »Einmal Traubensaft für dich. Zweimal Wein für uns.« Er nahm auf dem freien Stuhl Platz. »Prost, auf einen gemütlichen Abend.«

Die Gläser klirrten beim Anstoßen. Der Wein schmeckte gut, ein bisschen zu gut. Er war nicht zu trocken, schmeckte nussig, nach Mandel, der perfekte Wein für ein Weihnachtsessen.

»Ich schaue mal nach dem Auflauf.« Allmählich bekam ich Hunger.

»Ich komme mit, der Salat muss noch gemischt werden.«

»Sieht gut aus«, meinte ich mit einem Blick in den Ofen. Ich sog den leckeren Duft ein, und mein Magen knurrte laut. Luca machte große Augen. Lachend fasste ich mir an den Bauch. »Keine Angst, ich verwandele mich nicht.«

Schmunzelnd richtete Luca seine Aufmerksamkeit wieder auf die Salatschüssel vor ihm. »Fertig, nimmst du den Salat, ich bringe die Auflaufform mit.«

Wir stellten alles auf den gedeckten Tisch. Eine duftende Dampfwolke stieg Richtung Zimmerdecke. Nacheinander füllten wir unsere Teller.

»Frohe Weihnachten, ihr beiden, und vielen Dank, dass ich hier sein darf.«

»Es ist sehr schön, dich hier zu haben. Oder, Sofia?« Er richtete das Wort an seine Schwester, konnte den Blick aber nicht von mir abwenden. Ich hatte das Gefühl, ihn auf meiner Haut zu spüren.

Fast hätte ich das »Mmh« von ihr nicht wahrgenommen. Erstens war Sofia mehr mit Essen beschäftigt, und zweitens rauschte das Blut laut in meinen Ohren. Zum Glück war mein Mund leer, und ich konnte mich nicht verschlucken. Wenn schon seine Blicke diese Macht über mich hatten, was würde passieren, wenn er mich an Stellen berührte, die …

Stopp, Lilou! Mir wurde ganz heiß, mein Mund trocken. Schnell trank ich einen Schluck und konzentrierte mich auf meinen gefüllten Teller. Dank des großen Hungers fiel mir das Abschalten nicht so schwer wie gedacht. Trotzdem vermied ich es in den nächsten Minuten, ihn anzusehen. Als ich es doch tat, schaute er mich ebenfalls an. Ihm ging es wie mir. Der Hunger in seinen Augen hatte nichts mit dem herrlichen Weihnachtsauflauf zu tun. Würde er ihm nachgeben?

Nach dem Essen half ich Luca, den Tisch abzuräumen. Ich war pappsatt und trotz der zwei Gläser Rotwein wieder ziemlich nüchtern. Dafür machte sich eine gewisse Müdigkeit breit, die durch das wärmende Kaminfeuer verstärkt wurde. Ich gähnte herzhaft.

Sofia kicherte. »Du musst ins Bett.«

»Ja, das stimmt.«

»Gehst du jetzt schon?« Sie wirkte enttäuscht.

»Nein, ein bisschen bleibe ich noch.«

»Aber du darfst Luca nicht helfen, der muss allein abwaschen, er hat verloren. Du kannst solange bei mir sein.«

»Meinst du, wir sollen ihm gar nicht helfen?«

»Nein«, meinte sie bestimmt und stemmte die Hände in die Hüfte.

Ich drehte mich zu Luca und zuckte mit den Schultern. »Ich habe es versucht.«

»Ich bin gerührt von so viel Einsatz. Tja, ihr wisst, wo ihr mich findet.«

»Komm mit, ich will dir mein Zimmer zeigen.« Sofia griff nach meiner Hand und zog mich hinter sich her.

Wir gingen die Treppe nach oben. Neugierig schaute ich mich um. Die Holzdielen knarrten unter unseren Füßen. Jeweils zwei Türen gingen zu beiden Seiten von dem schmalen Flur ab. In der ersten rechts verschwand Sofia. Der Raum war eher klein und besaß eine Schräge. Die helle Einrichtung sorgte aber für den passenden Ausgleich und ließ ihn optisch größer wirken. Weiße Holzmöbel und ein cremefarbener, flauschiger Teppich trafen auf pinke und lilafarbene Dekokissen. Auf zwei weißen Wandregalen tummelten sich verschiedene Grünpflanzen, und in einem Eckregal standen mindestens zwei Dutzend Bücher.

»Das ist ein richtig großartiges Zimmer. Hier würde ich mich auch wohlfühlen. Hast du die Bücher alle gelesen?«

»Fast alle. Meistens steht ein neues Buch dazwischen, wenn ich Luca besuchen komme. Ich muss es dann jedes Mal erst suchen.«

»Ein toller Bruder.«

»Der beste Bruder auf der ganzen Welt.«

»Seid ihr das?« Ich zeigte auf ein Foto an der Wand.

»Ja, willst du noch mehr sehen?«

»Wenn ich darf?«

Sofia ging an eine Schublade der Kommode, holte ein Album raus und reichte es mir. Ich setzte mich damit auf einen von zwei Sitzsäcken. Die Seiten waren gefüllt mit Fotos der beiden zu verschiedenen Jahreszeiten, beim Wandern, Rodeln, im Restaurant von Samuels Familie oder wie jetzt zu Weihnachten. Immer strahlten sie um die Wette. Man spürte die Liebe durch die Bilder hindurch. Die beiden waren eng miteinander verbunden. Als Einzelkind konnte ich nur erahnen, wie tief diese Verbindung ging. Zudem war Luca Sofias einziger familiärer Halt und umgekehrt genauso. Seine Aussage – wer ihn wählt, wählt Sofia mit – war deshalb alles andere als nur dahingesagt.

»Das sind wunderbare Erinnerungen. Toll, wenn man Geschwister hat, mit denen man sich versteht.«

»Verstehst du dich mit deinen nicht?« Sofia guckte traurig.

»Ich habe gar keine.«

Jetzt schaute sie noch trauriger. »Du kannst Luca heiraten, dann bin ich deine Schwester.« Mir fiel nichts Passendes ein. »Ihr habt euch geküsst, also liebt ihr euch.«

»Mein eigenes Zuhause ist woanders, weißt du. Ich bin nur zu Besuch.«

»Ich bin auch nur zu Besuch. Aber ich komme immer zurück. Du kannst auch zurückkommen. Luca kann ein Bett für dich kaufen.« Sie überlegte. »Ich lade dich zu meinem Geburtstag ein, dann musst du mich besuchen, sonst finde ich dich doof.«

»Hey, das ist unfair.«

Sofia lachte und schien stolz auf ihre Idee zu sein. »Luca«, rief sie plötzlich.

Er lehnte im Türrahmen und trat nun ins Licht. »Was heckt ihr hier aus?«

»Wie lange stehst du da schon?«

»Eine Weile«, antwortete er und plumpste in den zweiten Sitzsack. »Ich sagte ja, Sofia schließt andere schnell in ihr Herz.« Den letzten Satz flüsterte er.

Sofia hatte sich auf das Bett zurückgezogen und las in einem ihrer Bücher. Dennoch empfand ich es als unpassend, in ihrer Gegenwart über sie zu reden. »Ich könnte ein Glas Wasser gebrauchen.«

»Ich zeig dir, wo alles ist.« Luca krabbelte unbeholfen aus dem Sitzsack, in den er eingesunken war und streckte mir die Hand entgegen. Ich presste die Lippen zusammen, um nicht zu lachen. Er zog mich hoch, und ich kam so nah vor ihm auf die Füße, dass meine Brüste seinen Oberkörper streiften. Luca sog die Luft hörbar ein. »Sofia, wir gehen nach unten.« Sie reagierte kaum wahrnehmbar.

Unten visierte ich die Küche an. Erst nachdem die Tür zu war, begann ich zu reden. »Ich glaube, Sofia kann sehr gut einordnen, wie nah wir uns stehen und was sie zu erwarten hat.«

»Ach ja?«

»Sie ist nicht auf den Kopf gefallen und kein kleines Kind mehr. Du machst dir vielleicht zu viele Sorgen.«

»Und das weißt du, weil du sie durch die paar Stunden jetzt besser kennst als ich?« Luca ging sofort in Angriffsstellung.

»Was? Nein, natürlich nicht. So war das nicht gemeint. Ich würde nie …«

»Tut mir leid«, unterbrach er mich. »Tut mir leid. Ich weiß, du meinst es gut.« Luca nahm meine Hände in seine. »Du hast ja recht. Es ist nur, sie ist meine kleine Schwester.«

»Eine kleine, fast dreißigjährige Schwester, die scheinbar auch gut klarkommt, wenn du nicht um sie herumwuselst.«

Er lachte. »Nennt man das Helikopterbruder? Oh Mann, sie wird echt dreißig, oder?«

»Ja, nicht nur du wirst älter.« Ich wagte einen Vorstoß, löste meine Hände aus seinen und legte stattdessen meine Arme um seinen Hals. Er wehrte sich nicht. »Aus dem süßen Blondschopf von den Fotos ist ein ziemlich attraktiver Kerl geworden.«

»Findest du?«, fragte er schelmisch grinsend.

»Ja, zumindest ganz passabel für einen Urlaubsflirt.«

»Ich steh auf Komplimente.« Sein Mund war nur noch Millimeter von meinem entfernt.

»Ich habe noch mehr auf Lager.«

»Heb sie dir für später auf.« Luca umschloss mich mit einer Umarmung, drückte mich näher an sich und tat endlich das, was ich von Beginn an herbeigesehnt hatte. Er küsste mich. Zart liebkosten sich unsere Lippen. Dann spürte ich den Druck seiner Zunge und öffnete leicht meinen Mund. Es war ein unbeschreibliches Gefühl, so viel besser, als ich es in Erinnerung hatte. Ich vergrub meine Fingerspitzen in seinem Haaransatz, fühlte die Wärme seiner Hände auf meinem Po. Nach einer angenehmen Ewigkeit lösten wir uns voneinander.

»Das war ganz okay, oder?« Seine Augen blitzten.

Der Kuss hallte in mir nach. »Mmh«, war deshalb alles, was ich zustande brachte.

»Das reicht mir als Antwort.« Er beugte sich erneut vor und bedeckte meine Lippen mit einem weiteren Kuss. »Trinken wir noch ein Glas?«

»Mmh.«

Sein Schmunzeln wurde breiter. »Wie ich dich sprachlos mache, weiß ich ja jetzt.«

Ich räusperte mich. »Damit kann ich leben.«

Wir gingen ins Wohnzimmer, Luca füllte die Gläser, und wir setzten uns nebeneinander auf die Couch. Das Feuer flackerte im Kamin und warf einen goldenen Schein auf Lucas Haar. Ich musste an die widerspenstige Strähne denken, die ihm antennenartig vom Kopf abgestanden hatte, und grinste vor mich hin. Lange Zeit sagte niemand ein Wort. Wir nippten am Rotwein und genossen den Moment der Zweisamkeit. Obwohl ich ihn kaum kannte, fühlte sich in seiner Nähe nichts fremd an. Luca strahlte, trotz seiner Vorsicht anderen Menschen gegenüber, eine Sympathie aus, die ihn liebenswert machte und dazu führte, dass man ihn ohne Umschweife ins Herz schloss. Bei mir war meist das Gegenteil der Fall. Meine introvertierte Art wurde eher als stoffelig wahrgenommen. Schlimm fand ich das nicht. Es bot mir einen natürlichen Schutz, und zu viel Aufmerksamkeit hatte ich nie gemocht. Und wer Interesse hatte, würde sich immer die Zeit nehmen, hinter die Oberfläche zu schauen. Seit ich hier war, hatten sich schon viele Menschen die Zeit genommen, und ich hatte mich geöffnet, hatte Unsicherheiten abgelegt. Es war verrückt, diese Verwandlung bei sich selbst zu beobachten.

»Woran denkst du?«, wollte Luca wissen.

»An die vergangenen Tage. Schwer zu glauben, dass ich das alles erlebt habe. Ich weiß noch nicht, ob ich genau deswegen wieder allein in den Urlaub fahren sollte oder nie wieder.« Ich schüttelte lachend den Kopf.

»Die nächste Seniorenrunde freut sich bestimmt.«

»Oh nein, das passiert mir kein zweites Mal.«

»Also wird's der geplante Singleurlaub?« Luca schaute mich abwartend an. Sein Blick sagte mir, wie wenig ihm die Vorstellung gefiel.

Wo führte uns der Weg hin, auf dem wir uns befanden? Konnte ich mich überhaupt öffnen, ohne mein Herz zu verlieren? War es dafür eventuell sogar schon zu spät? Es klang einfach, den Kopf auszuschalten, Spaß zu haben, den Augenblick zu genießen, die Konsequenzen für später aufzuheben. Es würde ein Spaziergang auf dem Drahtseil werden, und doch siegte der Nervenkitzel. »Keine Ahnung. Vorerst bin ich hier«, antwortete ich auf seine Frage. »Weiter denke ich gerade nicht.«

»Zwei Tage.« Er leerte sein Glas in einem Zug. »Irgendwelche Wünsche, die bisher offengeblieben sind?«

»Nein, eigentlich nicht. Ruhe wäre gut und es ausgiebig genießen, mich bedienen und verwöhnen zu lassen. Daran gewöhnt man sich wirklich schnell.«

Luca stand auf und füllte sich etwas Wein nach, dann kam er zurück und schaute mich an. Seufzend trank er wieder einen Schluck.

»Alles okay?«, fragte ich leicht verwirrt.

Er lächelte. »Ich versuche, den Kopf auszuschalten.«

»Und?«

Luca rümpfte die Nase. »Klappt nicht. Ich glaube, mir gefällt nicht, dass dein Urlaub zu Ende geht. Und sei nicht sauer, aber der Spaß-für-eine-Nacht-Typ bin ich nicht. Das hat nichts mit Sofia zu tun, nur mit mir. Wenn ich mich darauf einlasse, will ich mehr als eine Nacht, mehr als zwei Nächte.«

Oh Hilfe, wie unfassbar süß er war. Mein Herz jubelte. »Uns trennen ungefähr siebenhundert Kilometer.«

»Ich weiß, ist mir egal.«

Ich nahm Luca das Glas aus der Hand und brachte meines und seines zum Tisch. Wieder zurück setzte ich mich auf seinen Schoß. Er legte die Arme um meine Taille. Meine Hände ruhten auf seinem Brustkorb. Langsam begann ich mit meinem linken Zeigefinger, die Schrift auf seinem Hoodie nachzuzeichnen. Unter mir rührte sich etwas. Ich schmunzelte leicht und machte weiter. Fuhr mit dem Finger immer tiefer.

»Hey«, raunte er mir zu.

»Ich mache gar nichts«, erwiderte ich und machte mit dem Nichts weiter.

Plötzlich griff er nach meinen Handgelenken und hielt mich fest. Seine Augen waren ein tiefer, dunkler Ozean voller Lust. Wir küssten uns, wilder und intensiver als zuvor. Die Sehnsucht nach mehr trieb wie heiße Lava durch meinen Körper. Seine Hände suchten einen Weg unter meinen Pulli. Jede seiner Berührungen schickte Stromstöße durch mich hindurch. Wir wollten einander so sehr.

Doch der Kopf war immer noch an. Sofia war oben in ihrem Zimmer. Sie konnte jederzeit im Wohnzimmer stehen. Wir würden es nicht mitbekommen. Also nahm ich den Turbo aus unseren Küssen. Luca ließ sich nach hinten ins Sofa gleiten und schnaufte außer Atem. Er strich eine Haarsträhne hinter mein Ohr, zeichnete mit dem Daumen eine Linie bis zum Dekolleté und küsste mich dort.

»Deswegen brauche ich mehr Zeit. Ich möchte dich hier küssen und da«, er schob den Pullover zur Seite und bedeckte mein Schlüsselbein mit einem Kuss, »und an allen anderen Stellen, die ich jetzt nicht sehen kann.«

Er sagte schon wieder so wundervolle Dinge, die mich dahinschmelzen ließen. Wie konnte ich es nicht versuchen wollen? Es wäre töricht, diesen Mann gehen zu lassen. Er war bereit, trotz der Distanz, mich kennenzulernen, sich in mich zu verlieben. Und dennoch nagten Zweifel an mir. »Ich will nichts lieber, als mehr von dir zu erfahren, Luca. Wenn ich wüsste, dass es funktioniert … Und was, wenn nicht?«

»Weiß man das vorher jemals? Das Risiko besteht immer. Aber lass uns dieses Thema vertagen. Ich möchte wenigstens für den Moment den Kopf ausschalten und deine Gegenwart genießen.« Er krabbelte mit seinen Händen wieder unter meinen Pullover. »Haben wir einen Deal?«

Ich lachte erleichtert. »Haben wir.«

Wir küssten uns ausgiebig, bevor Luca mich widerwillig von seinem Schoß schob. »Ich muss nach Sofia schauen. Kommst du mit hoch?«

Ich folgte ihm die Treppe nach oben. Im Flur kam uns Sofia aus dem Bad entgegen. Sie trug einen Pyjama mit Dutzenden bunten Muffins drauf.

»Du bist schon bettfertig? Bekomme ich keine Revanche beim ›Mensch ärgere Dich nicht‹?«

»Ich würde lieber noch lesen. Das neue Buch ist spannend.«

»Freut mich, dass es dir gefällt, dann habe ich das richtige ausgesucht. Gute Nacht, Schwesterchen.«

»Gute Nacht.« Sie umklammerte Luca mit aller Kraft und drückte ihm einen dicken, langen Schmatzer erst auf die eine, dann auf die andere Wange. Anschließend bekam auch ich eine Umarmung. Ob die Begrüßung der beiden auf dem Parkplatz ähnlich abgelaufen war? Bestimmt. Von Weitem und für einen Außenstehenden konnte es nach einer Knutscherei unter Liebenden ausgesehen haben.

»Gute Nacht, Sofia. Vielleicht sehen wir uns morgen.«

Sie nickte fröhlich, gähnte herzhaft und verschwand im Zimmer. »Lass das Licht an«, rief sie ihrem Bruder von drinnen noch zu.

»Selbstverständlich.« Er gab mir ein Zeichen, ihn wieder nach unten zu begleiten.

Auf dem Weg zur Couch gähnte ich mehrmals. »Deine Schwester hat mich angesteckt. Ich kann gar nicht mehr aufhören.«

»Möchtest du lieber gehen?«, fragte Luca, während er Holz nachlegte.

»Der Gedanke an mein Bett ist sehr verlockend, aber noch kann ich ihm widerstehen. Möchtest du lieber allein sein?«

»Oh nein, sicher nicht.« Er setzte sich zu mir auf die Couch und nahm mich liebevoll in den Arm.

»Sag mal, hat dich Sofia bei ihrer Ankunft hier auch so geknuddelt?«

Luca lachte. »Ja, sie kann sich sehr überschwänglich freuen. Da gibt's dann schon mal den ein oder anderen Kuss.«

»Hast du sie auf dem Parkplatz abgeholt?«

»Ja, sie kam mit dem Bus. Warum fragst du?«

»Ilse hat euch gesehen und, na ja, sie dachte, sie hätte dich mit deiner Freundin gesehen.«

»Ah, und das hat sie dir erzählt.«

»Erst nicht, aber sie dachten, ich sollte es wissen.«

»Sie? Also denkt die ganze Gang, ich fahre zweigleisig?«, fragte er ungläubig.

»Zumindest dachten sie es.«

Luca richtete sich auf und schaute mich an. »So einen Scheiß würde ich niemals machen. Es gibt niemanden sonst.«

»Ich glaube dir.« Ich nahm seine beiden Hände in meine und gab ihm einen Kuss.

Luca machte es sich wieder neben mir gemütlich. Ich schmiegte mich eng an ihn, sein angenehm herber Männerduft hüllte mich ein. Er roch verdammt gut. Ein unbeschreibliches Gefühl von Wärme und Geborgenheit breitete sich in mir aus. Die entspannte Leichtigkeit, die ich empfunden hatte, als ich hoch oben in den Bergen gewesen war, spürte ich auch in diesem Augenblick. Doch es war nicht die Optik, die mich an Luca beeindruckte – nicht nur –, es war vor allem sein Charakter. Liebevoll, großherzig, ehrlich, familienverbunden, verantwortungsvoll. Ich war beeindruckt, wie er sein Leben meisterte. Er haderte nicht, er schaute nicht zurück. Im Grunde war er perfekt, zumindest in meinen Augen. Wie sollte ich am Montag in den Bus steigen und ihn zurücklassen? So weit reichte meine Vorstellungskraft momentan nicht.

»Ich bin müde«, murmelte ich verschlafen. Denken konnte anstrengend sein. Ich rutschte tiefer und legte meinen Kopf auf seinen Oberschenkel.

»Hier, mit einem Kissen ist es bequemer.«

»Ich muss los«, sagte ich, machte aber keine Anstalten aufzustehen.

Die von Luca neu aufgeschichteten Holzscheite knisterten leise. Mein Körper wurde schwer, ich war kurz vorm Einschlafen und ich gab mich diesem Zustand hin. Ich wollte nicht gehen.

Kapitel 18

Etwas kitzelte meine Nasenspitze. Ich grummelte leise vor mich hin und drehte mich auf die andere Seite. Es dauerte nicht lange, bis dieses Jucken zurückkehrte. Verzweifelt klammerte ich mich an den Schlaf, aus dem ich noch nicht aufwachen wollte.

Da war es schon wieder.

Ich gönnte mir einen letzten Moment, dann öffnete ich die Augen und drehte mich um. Vor dem Sofa, auf dem ich lag und heute Nacht scheinbar geschlafen hatte, kniete Sofia. Kichernd wedelte sie mit einer weißen Feder.

Ich setzte mich auf und gähnte verschlafen. »Guten Morgen.«

»Darf ich jetzt aufs Sofa? Ich will meine Serie gucken.«

Ah, da lag das Problem. Ich war im Weg. »Klar, bin schon weg.«

»Sofia, was habe ich eben zu dir gesagt? Lass Lilou schlafen!« Luca kam die Treppe hinunter, in der Hand hielt er ein Handtuch, seine Haare waren nass. Sofia ignorierte ihren Bruder, ihren Blick fest auf den Bildschirm geheftet. »Tut mir leid, sie kann extrem stur sein. Hast du gut geschlafen?«

»Sehr gut, deine Couch ist bequem.«

Er kam auf mich zu, rubbelte sich die Haare trocken. Kreuz und quer standen sie von seinem Kopf ab. Ich konnte mich nicht zurückhalten und zupfte sie ein wenig in Form. Lucas blaue Augen funkelten, während er eine Hand in meinen Rücken legte und mich enger zu sich zog. Der Duft frisch würzigen Duschgels umwehte ihn.

»Danke fürs Zudecken«, sagte ich wenige Millimeter von seinen Lippen entfernt.

»Ich sorge für meine Gäste.«

»Du hast öfter Gäste?«

»Manchmal. Aber nur diesmal einen, den ich auch gern in meinem Bett gehabt hätte.«

»Soso, zu schade, dass ich eingeschlafen bin.«

»Mmh, sehr schade.« Er gab mir einen leichten Kuss auf den Mund. »Frühstückst du mit mir? Sofia ist schon fertig.«

»Kann ich mich im Bad frisch machen?«

»Ich müsste noch eine pinke Zahnbürste übrig haben.«

Ich lachte. »Perfekt.«

Zu meiner Überraschung griff Luca auf dem Weg nach oben nach meiner Hand. Mein Magen meldete sich, aber nicht vor Hunger oder aus Freude. Es war ein ungutes Gefühl, Unsicherheit gepaart mit Panik. Mein Puls beschleunigte sich. Ausgelöst durch Lucas kleine, vielleicht unbedachte Geste, die so viel mehr beinhaltete. Denn damit zeigte er mir seine Absichten: die Zeit, die wir hier zusammen hatten, genießen und anschließend das Beste daraus machen. Klappte es nicht, hatten wir es wenigstens versucht. Eine realistische Einstellung, die mir gefiel, die ich jedoch nicht mit ihm teilen konnte. Mein altes Ich war noch zu sehr in mir verankert. Eine Fernbeziehung in einem so frühen Stadium des Kennenlernens bedeutete Spontaneität und sich auf Dinge einlassen, die nicht kontrollierbar waren. Natürlich steckten diese Begriffe in jeder Beziehung. Liebe war nicht vorhersehbar, und Menschen waren es schon gar nicht. Man erfuhr es nur, wenn man sich darauf einließ. Trotzdem würde es komplizierter werden als ein normales Zusammensein. Es war mit viel Arbeit und Willenskraft verbunden. Was, wenn es nicht funktionierte, wenn wir alles nur schlimmer machten?

Morgen konnte ich nach Hause fahren und mich an eine schöne Zeit erinnern. Ich wäre traurig, doch irgendwann würde der Gedanke an Luca verblassen. Die Wunden wären nicht tief genug, um Schaden anzurichten. Bis jetzt gehörte Luca nur in meine Saas-Fee-Erinnerungsbox. Ließ ich mich auf mehr ein, nahm ich ihn mit nach Hause, in meinen Kopf, in mein Herz und wahrscheinlich irgendwann auch mit in mein Bett. Es änderte alles, aber das spielte keine Rolle, weil es längst zu spät war. Ich steckte mittendrin, denn er hatte es sich bereits in meinem Kopf und in meinem Herz bequem gemacht. Gefühle ließen sich nicht kontrollieren, und es gab für diesen Fall auch keine Checkliste. Damit musste ich umzugehen lernen. Wie hatte Wolfgang so schön gesagt: »Wenn du immer gleich den Kopf in den Sand steckst, kannst du die Sterne nicht sehen.« Und ich wollte die Sterne sehen, ich wollte Luca sehen. Ich wollte ihn anschauen und in seinen meeresblauen Augen versinken. Er gab mir die Kraft, die ich brauchte. Ich hatte es gespürt, gestern Abend in seinen Armen. Eine tiefe innere Ruhe, die ich nur auf dem Berg und sonst niemals zuvor gespürt hatte. Unsere Reise war hier in Saas-Fee nicht zu Ende.

Luca streckte mir die pinke Zahnbürste entgegen, und ich strahlte ihn an.

»Du freust dich ja riesig über eine Zahnbürste.«

»Ich liebe Zahnbürsten«, scherzte ich.

Luca zog nachdenklich eine Augenbraue hoch. »Muss ich mir Sorgen machen?«

»Du hast gesagt, du willst mich besser kennenlernen. Machst du schon einen Rückzieher?«

»Nein, so leicht wirst du mich nicht los.« Er glitt mit den Fingerspitzen langsam meinen Arm hinunter. Die andere Hand legte er in meinen Nacken. Dann küsste er mich. Meine Augen schlossen sich wie von allein, während der Kuss immer leidenschaftlicher wurde.

»Wir sollten frühstücken.« Er küsste mich auf die Nasenspitze.

»Vernaschst du sonst *mich?*«

Sein lüsterner Blick war Antwort genug. Rückwärts gehend verließ er das Badezimmer und blieb im Türrahmen stehen. »Das Dessert gibt es immer erst zum Schluss«, meinte er zwinkernd und schloss die Tür hinter sich.

Aufgewühlt von der Flut meiner Emotionen betrachtete ich mein Spiegelbild aus glasig glänzenden Augen. Die Lippen leicht geschwollen, die Wangen gerötet, die Haare unordentlich.

Ich putzte mir die Zähne, fuhr mir mit den Fingern mehrmals durchs Haar und spritzte mir Wasser ins Gesicht, mehrmals. Ich wartete, bis der Hunger, den ich verspürte, wieder etwas mit Nahrungsaufnahme zu tun hatte. Erst dann ging ich nach unten zu Luca in die Küche. Er hatte bereits den Tisch gedeckt. Im Hintergrund lief leise Musik.

»Kann ich was helfen?«, fragte ich unbefangen, als wären wir nicht vor wenigen Minuten fast übereinander hergefallen.

»Nein, die Brötchen sind gleich fertig. Möchtest du Tee oder Kaffee oder lieber Milch?«

»Hast du Kakao?«

»Klar.«

»Dann einen Kakao.«

Er holte die Dose mit dem Kakaopulver aus dem Schrank und stellte sie zusammen mit der Milch vor mich hin. Danach landeten die Brötchen aus dem Backofen heiß knusprig in einem Korb. Luca goss sich einen Kaffee ein und setzte sich mir gegenüber.

»Guten Appetit, greif zu!«

Kaum hatte ich den ersten Bissen im Mund, kam Sofia mit meinem Handy in der Hand und hielt es mir hin. »Da ist ein Mann dran.«

»Okay, danke.« Ich fand es nicht gut, dass Sofia das Gespräch entgegengenommen hatte, wollte aber nichts sagen. Lucas Blick verriet mir zum Glück, dass er ebenfalls nicht erfreut war. Er sah sogar ziemlich grimmig aus.

»Hallo?«, fragte ich, ohne auf Nummer oder Name im Display zu achten.

»Warum geht jemand anderes an dein Handy? Ist alles in Ordnung? Ich habe dir ungefähr eine Million Nachrichten geschickt.« Wolfgang übersprang die Begrüßung.

»Guten Morgen. Mir geht es gut«, beruhigte ich ihn. »Tut mir leid, du solltest dir keine Sorgen machen. Ich hatte das Handy heute noch nicht in der Hand. Aber Heinz weiß, wo ich bin. Und Rosi hatte ich auch eine Nachricht geschickt.«

»Das war gestern Abend, das ist Stunden her. In der Zeit kann einiges passieren, und von einer Übernachtung war nie die Rede.«

»Mir geht es gut«, wiederholte ich. »Wir frühstücken grad, danach wollte ich ins Hotel zurück.« Ich hörte weitere Stimmen im Hintergrund. »Wer ist noch bei dir?«

»Heinz.«

»Richtest du ihm aus, Luca und ich sind froh, dass er den Heimweg gefunden hat.«

»Was soll ich tun?«

»Er weiß dann schon, was ich meine. Und sag Ilse, ich berichte ihr ausführlich, sobald ich zurück bin.«

Wolfgang gab das Gesagte weiter. »Danke«, hörte ich Ilse daraufhin rufen und lachte.

»Okay, ich würde jetzt …«

»Schon kapiert, wir sehen uns später.«

»Versprochen.« Seufzend legte ich das Handy auf den Tisch. »Oje, da hat jemand viel Fantasie.«

»Sie machen sich Sorgen, schon irgendwie süß.« Luca biss wieder in sein Brötchen.

»Stimmt, und immerhin standen sie nicht gesammelt vor der Tür. Zuzutrauen wäre es ihnen.«

Wir frühstückten fertig und ich half Luca beim Aufräumen. Wie ein eingespieltes Team, dachte ich zwischendurch.

»Hey, ein eingespieltes Team würde ich sagen.«

Mit großen Augen schaute ich Luca an.

»Habe ich was Falsches gesagt, oder habe ich was im Gesicht?«

»Nein, nichts von beidem. Ich habe nur eben das Gleiche gedacht, also …«

Er lehnte sich mit der Schulter gegen die Kühlschranktür und verschränkte die Arme vor der Brust. »Würde mich interessieren, ob wir noch mehr Gemeinsamkeiten finden.«

»Wie denn?« Ich ging einen Schritt auf ihn zu.

»Ich könnte dir Fragen stellen.« Luca löste sich vom Kühlschrank und ging ebenfalls einen Schritt auf mich zu.

»Oder?«, fragte ich mit gesenkter Stimme und trat erneut vor.

Er machte einen letzten Schritt und beugte den Kopf an mein Ohr. »Ich könnte zum Beispiel meine Hand nehmen, hier beginnen … und mit den Fingern ganz langsam nach unten wandern.« Luca zeichnete eine imaginäre Linie von meinem Schlüsselbein aus erst über den linken Arm, zurück über meinen Brustkorb zum rechten Arm. »Und wenn du mir dann noch nichts erzählst, geht es vielleicht hier oder lieber dort hin? Was meinst du, wo magst du es mehr?«

Ich schluckte, während er seine Finger zwischen meinen Brüsten hindurchgleiten ließ und meinen Bauchnabel umkreiste. Obwohl ich angezogen war, kribbelte meine Haut. Ich spürte die Stellen, die er berührt hatte.

»Mmh, schwierig. Ich schätze, du musst dich mehr anstrengen.«

Lucas kehliges Lachen jagte mir eine Gänsehaut über den Körper. Im nächsten Moment bedeckten seine Lippen meinen Mund. Die Zärtlichkeit dahinter raubte mir den Atem, meine Knie wurden weich. Trotz der Unsicherheit konnte ich mich ihm nicht entziehen. Was hatte er, was andere nicht hatten? Die Vertrautheit, die ich ihm gegenüber empfand, das Gefühl des Angekommenseins erfüllte und beängstigte mich zugleich. In seiner Nähe fiel es mir leicht, mich selbst zu akzeptieren. Ich haderte nicht mit mir. Er war der Leuchtturm in einem tosenden Sturm, das ewig fehlende Puzzleteil. Es klang verrückt, und doch wusste ich, dass Luca meine Zukunft war. Er hatte recht, egal wie schwierig es werden würde, wir mussten es wenigstens versuchen.

Berauscht wie nach einigen Gläsern Sekt ließ ich von ihm ab. Um die Erkenntnis sacken zu lassen und mir über die Konsequenzen klar zu werden, brauchte ich ein bisschen Zeit für mich. »Ich sollte mich langsam mal im Hotel blicken lassen.«

»Sehen wir uns später?«

»Gehen wir spazieren?«

»Gute Idee, ruf mich an, wenn du so weit bist.«

Wir gingen ins Wohnzimmer, wo Sofia sofort auf ihren Bruder zustürmte. »Ich will auch einen Weihnachtsbaum.«

»Wir haben einen«, meinte Luca irritiert.

»Nein, ich will einen richtig großen. Der ist doof.« Sie zeigte auf die kleine knapp einen Meter hohe Tanne in der Ecke des Zimmers.

»Unsere Geschenke hatten darunter alle Platz. Er sieht doch toll aus, du hast ihn selbst geschmückt.«

»Ich will trotzdem einen großen Baum.«

»Wie kommst du darauf?« Luca blieb ruhig.

Sofia zeigte auf den Fernseher. Sie hatte auf Pause gedrückt. Auf dem Standbild war ein riesiger bunt geschmückter Tannenbaum zu sehen. »Den will ich.«

»Der passt hier leider nicht rein.«

»Du hast ein doofes Haus.« Sofia rauschte an uns vorbei die Treppe nach oben.

»Keine Sorge, sie beruhigt sich wieder.« Er schaute auf die

kleine Tanne. »Vielleicht ist er diesmal wirklich ein wenig klein ausgefallen.«

In mir keimte eine Idee. Dazu brauchte ich die anderen. »Vertragt euch wieder, bis ich zurück bin.«

»Versprochen.«

Luca brachte mich zur Tür, und wir küssten uns lange, bevor ich mich auf den Weg machte. Nach den vielen Stunden der Wärme im Haus fror ich nach wenigen Metern. Ich dachte daran, was alles geschehen war. Wie sauer ich – verstärkt durch den Alkohol – auf Luca gewesen war und wie ich jetzt zu ihm stand, nachdem ich die Wahrheit kannte. Bereitwillig und schneller als ein Wimpernschlag hatte ich ihm sein Verhalten verziehen. Ich war froh, nicht ohne dieses Wissen abgereist zu sein.

Obwohl ich von einer heißen Dusche träumte, führte mich mein erster Weg zu Rosi. Ich klopfte, wartete, klopfte ein zweites Mal. Achselzuckend lief ich die Treppe zurück in den ersten Stock und versuchte es bei Ilse und Herrmann. Auch hier klopfte ich. Diesmal schwebte mein Arm noch in der Luft, als die Tür aufflog.

»Lilou, du bist zurück. Wie schön, hattest du eine gute Zeit? Du musst mir alles erzählen. Komm rein, komm rein.« Sie umfasste mein Handgelenk und zog mich ins Zimmer.

Herrmann saß angezogen im Bett und zappte durch das Fernsehprogramm. »Hallo, Lilou.«

»Hallo, schön, dich zu sehen. Wie geht's dir?«

»Bestens, habe keinen weiteren Fluchtversuch unternommen«, gab er zur Antwort und zwinkerte. Als seine Frau ihn daraufhin tadelte, fügte er hinzu: »Entschuldige, ich weiß, ich habe bei euch allen für viel Aufregung gesorgt.«

»Hauptsache, es ist alles in Ordnung. Ich will auch nicht lang stören.«

»Du störst nicht. Ich möchte hören, wie es dir seit gestern ergangen ist. Setz dich«, sagte Ilse bestimmt.

»Okay.« Ich lachte und erzählte, ohne auf die Einzelheiten einzugehen, wie ich bei Luca gelandet war, dass ich seine Schwester kennengelernt hatte und am Ende auf der Couch eingeschlafen war.«

»Dann habe ich ihn mit seiner Schwester gesehen?«

»Ja, sieht so aus.«

Ilse bekam aus Verlegenheit leicht rote Wangen. »Oje, ich dummes Ding habe Unsinn erzählt. Tut mir schrecklich leid.«

»Mach dich nicht verrückt, es hat sich alles aufgeklärt. Nur das ist wichtig.«

»Ich kann dem Jungen nie mehr unter die Augen treten.«

Ich schürzte die Lippen. »So ein Quatsch, du, ich hatte da heute Morgen eine Idee. Irgendwie hatte keiner von uns ein richtiges Weihnachtsfest, Herrmann lag im Krankenhaus, Heinz hatte seine Pläne, die im Sande verliefen, Luca und Sofia sind allein. Vorhin hat sich Sofia dann noch bei Luca über den zu kleinen Weihnachtsbaum im Wohnzimmer beschwert. Also hatte ich die Idee, im Hotel eine Feier zu veranstalten. Wir haben im Speisesaal doch einen weiteren riesigen Baum. Musik gibt es auch, Getränke sowieso und Essen muss ja nicht sein. Was meint ihr?« Ich schaute erwartungsvoll von einem zum anderen.

Die beiden wechselten einen Blick. Ich erschrak regelrecht, als Ilse einen Jauchzer ausstieß. »Was für eine großartige Idee, Lilou.« Sie fiel mir um den Hals. »Wo fangen wir an?«

»Na ja, wir sollten zuerst beim Hotelmanager um Erlaubnis fragen. Danach reden wir mit Heinz, Wolfgang und Rosi. Apropos Rosi, sie war eben nicht auf ihrem Zimmer. Ist sie unterwegs?«

Ilses Augen begannen zu leuchten. Den Ausdruck kannte ich. »Sie ist spazieren, aber nicht allein. Du wirst nie erraten, mit wem.«

In dem Moment erinnerte ich mich und schlug mir mit

der flachen Hand gegen die Stirn. »Der Busfahrer, das habe ich total vergessen.«

»Du weißt es?«, stellte sie enttäuscht fest.

»Rosi hat es mir erzählt, gestern bei der Wanderung. Sie war sich nicht sicher, ob er es ist, wollte sich aber abends mit ihm treffen. Dann hatte sie wohl recht.«

»Wir wussten es nicht. Sie ist heute Morgen nicht zum Frühstück erschienen, genau wie du. Natürlich haben wir uns auch um sie gesorgt und bei ihr geklopft. Sie hatte verschlafen, weil sie sich die halbe Nacht unterhalten hatten. Jetzt sind die beiden wie gesagt spazieren.«

Ich grinste vor mich hin. Sie gab ihm wohl eine Chance, und er schien sie zu nutzen. Dennoch schimpfte ich mich still, wie ich Rosi hatte vergessen können. Luca war in den vergangenen Stunden ziemlich in den Vordergrund gerückt.

Ich stand auf und lächelte. »Ich gehe jetzt duschen und kläre danach die Partylocation.«

»Dann erzähle ich Heinz und Wolfgang alle Neuigkeiten.«

»Alle?«, fragte Herrmann. »Lass Lilou selbst erzählen, was sie erzählen möchte.«

»Jaja, schon gut.« Ilse seufzte.

Es war schön zu sehen, dass bei den beiden alles beim Alten war. Sie hatten ihr Happy End, Heinz und Wolfgang würden es bekommen, und für Rosi begann vielleicht ein neues Kapitel. Wir hatten wirklich einiges zu feiern.

Während die warmen Wasserstrahlen an mir hinabflossen und gluckernd im Abfluss verschwanden, hatte ich die Augen geschlossen und sah Lucas Gesicht vor mir. Sein strubbeliges Haar, die meerblauen Augen, seine weichen Lippen, die unfassbar gut küssen konnten. Obwohl ich erst gegangen war, sehnte ich mich bereits nach seiner Nähe und einer innigen Umarmung. Es hatte mich voll erwischt. Aber Gefühle hin oder her, ich hatte eine Weihnachtsfeier zu organisieren und benötigte dafür einen klaren Kopf.

In Jeans und meinem Lieblingspulli ging ich zur Rezeption und fand mich wenig später im Büro des Hotelmanagers wieder. Zu meiner Überraschung musste er nicht überzeugt werden. Er freute sich über Herrmanns positive Genesung und fand meine Idee großartig. Zur Unterstützung stellte er mir seine Mitarbeiterin Vroni zur Seite. Nachdem ich mich tausendmal bei ihm bedankt hatte, ging ich mit ihr in den Speisesaal.

»Ich denke, der hintere Teil bietet sich für eine kleine Feier an. Der Bereich wirkt gemütlicher und den geschmückten Baum hat man von allen Seiten gut im Blick.«

»Ja, das gefällt mir. Die Tische dürfen wir umstellen?«

»Klar, kein Problem. Nur die Musik können wir nicht gar so laut machen.«

»Angenehme Hintergrundmusik ist völlig ausreichend. Ach so, ich weiß leider nicht, ob es stattfindet, das liegt nicht in meiner Macht. Theoretisch könnte es allerdings sein, dass es einen Heiratsantrag geben wird. Wäre es möglich, Sekt kalt zu stellen? Den können Sie auf meine Rechnung setzen.«

»Bestimmt, ich kümmere mich gleich darum.«

Wir besprachen noch einige Kleinigkeiten, dann ging ich zurück zu Ilse und Herrmann. Ich war voller Tatendrang. Direkt nach dem zweiten Klopfen öffnete sie.

»Und, dürfen wir?«

»Ja«, entgegnete ich lachend. »Ich habe den Raum von fünfzehn bis spätestens siebzehn Uhr dreißig, danach müssen wir ihn wegen des Abendessens wieder in seinen Ausgangszustand bringen. Wir könnten auch einen anderen Raum bekommen, aber dann hätten wir keinen geschmückten Baum, und das wäre schade. Und in der Lobby, wo der andere Baum steht, geht ständig jemand ein und aus. Ich bin nicht sicher, ob die Weihnachtsbuden jetzt am zweiten Feiertag noch geöffnet haben, sonst könnten wir dort ein paar Tüten gebrannte Mandeln oder so kaufen.«

»Das bringen Herrmann und ich in Erfahrung. Er soll jeden Tag ein wenig an die frische Luft und ein paar Schritte laufen, dann verbinden wir das gleich miteinander.«

»Wird das nicht zu viel?«

»Ach, papperlapapp.« Ilse winkte ab.

Da der Punkt erst mal erledigt war, lief ich den Gang weiter zum Zimmer von Heinz und Wolfgang. Die beiden brauchte ich fürs Umstellen der Tische. Ob Rosi von ihrem Spaziergang zurück war? Ich schrieb ihr schnell eine Nachricht.

Heinz öffnete mir im Bademantel die Tür. Selbst darin strahlte er Eleganz und Kultiviertheit aus. Ohne Zögern bat er mich hinein. Im ganzen Raum roch es nach Aftershave.

»Ilse hat uns informiert. Wir finden die Idee sehr schön. Du musst uns nur sagen, wie wir helfen können.«

»Deswegen bin ich hier.« Unter anderem. »Ist Wolfgang unter der Dusche?« Ich hörte jemanden singen.

»Ja.« Wir schauten uns schweigend an. »Ich werde die Ringe nachher bei mir tragen, falls du danach fragen wolltest.« Er schielte Richtung Bad.

Ich begann von einem Ohr zum anderen zu grinsen. »Oh, wie schön. Ich habe extra Sekt kalt stellen lassen.«

»Ach, Lilou. Du hoffnungslose Romantikerin.«

»Nur, wenn es nicht um mich geht. Da trifft eher *ewige Pessimistin.*«

Heinz legte mir eine Hand auf die Schulter. »Ich glaube, damit ist es vorbei.«

»Wir werden sehen. Aktuell genieße ich den Moment und freue mich auf eine schöne Feier.« Ich wechselte das Thema und erklärte Heinz, was geplant war. Wolfgang stieß dazu und stellte sich neben seinen zukünftigen Ehemann, ohne es zu ahnen. Innerlich vollführte ich winzige Freudenhüpfer.

»Okay, ich frage wegen ein bisschen Deko an, und ihr kommt nach unten, wenn ihr so weit seid.«

Bevor ich irgendetwas anderes unternahm, lief ich auf mein Zimmer. Egal ob altes oder neues Ich, in diesem Fall war eine Liste eine gute Sache. Ich zog den Koffer unterm Bett hervor und schnappte mir Zettel und Stift. In Windeseile flogen die Buchstaben übers Papier. Ich ignorierte die Tatsache, wie viel Spaß ich dabei hatte. Nachdem ich alles dreimal durchgelesen und kontrolliert hatte, setzte ich erste Häkchen. In dem Moment kam eine Nachricht von Rosi rein. Sie war auf ihrem Zimmer. Im Kopf schob ich den Punkt Deko um eine Stelle nach hinten und machte mich stattdessen auf den Weg zu Rosi.

Sie öffnete mir mit vor Kälte geröteten Wangen. Sofort bemerkte ich den Glanz in ihren Augen. Sie strahlte von innen heraus. Es musste ein sehr schöner Spaziergang gewesen sein. Mein schlechtes Gewissen meldete sich.

»Hallo, Rosi, tut mir leid, ich hätte mich gestern Abend nach dir erkundigen sollen.«

»Das habe ich nie verlangt. Keine Selbstvorwürfe, bitte.«

»Du warst immer aufmerksam, und ich vergesse dich bei der erstbesten Gelegenheit. Großartig.«

»War dein Abend denn gut?«

Bei dem Gedanken daran lächelte ich automatisch. »Ja, sehr gut.«

»Na bitte, meiner auch.« Nun war sie es, die wie ein Honigkuchenpferd grinste. »Wenn du aufhörst, dir Vorwürfe zu machen, erzähle ich dir ein paar Details.«

»Deal.«

Sie setzte sich auf die Bettkante, ich mich auf den Stuhl. »Mein heimlicher Verehrer ist tatsächlich Werner. Er ist vierundsechzig und seit fünf Jahren verwitwet. Wir haben uns sehr lange unterhalten, haben den gleichen Humor und auch sonst einige Gemeinsamkeiten.«

»Dann magst du ihn?«

»Er ist sehr nett.«

»Das meine ich nicht.« Ich legte den Kopf schief.

Rosi wirkte plötzlich unsicher. »Ich bin schon lange allein und mochte es immer sehr, tun und lassen zu können, was ich will. Aber es ist sowieso zu früh, sich darüber Gedanken zu machen. Ich genieße aktuell die Aufmerksamkeit, die er mir schenkt. Mehr kann ich nicht sagen.«

»Du gibst euch eine Chance, mehr braucht es doch nicht.«

»Reden wir noch von mir?« Sie zwinkerte.

Natürlich erzählte ich ihr im Gegenzug, was ich in den vergangenen Stunden erlebt hatte und wie ich mich fühlte. »Es macht mir Angst, nicht zu wissen, worauf ich mich einlasse. Meine Gefühle sind so stark, wenn es schiefgeht ...«

»Dann wirst du es überleben und gestärkt daraus hervorgehen. Aber es muss nicht schiefgehen. Wenn Luca der Richtige ist, spielt die Entfernung zwischen euch keine Rolle. Denk immer daran, du bist mutig. Das hast du, seit ich dich kenne, so oft bewiesen. Glaub an dich, glaub an euch.«

Vor Rührung und Dankbarkeit über ihre Worte fiel ich Rosi in die Arme.

Sie streichelte mir liebevoll über den Rücken. »Wolltest du mich deswegen sprechen?«

»Nicht nur.« Ich löste mich von ihr und brachte sie auf den neuesten Stand. Rosi war sehr angetan von der Idee.

Anschließend gingen wir gemeinsam nach unten in den Speisesaal. Heinz und Wolfgang erwarteten uns bereits. Wir verschoben Tische und richteten eine kleine Tanzfläche ein. Das Hotel hatte uns eine Kiste mit weihnachtlicher Deko für die Tische zur Verfügung gestellt, die Rosi und ich großzügig überall verteilten.

»Schaut her, was wir Feines erstanden haben.« Ilse kam in den Saal gewirbelt und wedelte mit zwei prall gefüllten Taschen. Herrmann folgte ihr gemächlich. Sie lud den Inhalt ihrer Beutel auf dem Tisch aus. Jede Menge Plätzchen in verschiedenen Formen, manche mit bunten Streuseln, andere mit Puderzucker oder Schokoladenguss. Es folgten Tüten mit gebrannten Mandeln, Fruchtspieße mit Schokoglasur in Dunkel und Weiß, selbst gemachte Pralinen und vier große Christstollen. »Der Weihnachtsmarkt hat hier zum Glück an den Festtagen geöffnet.«

»Wow, ich schätze, verhungern werden wir nicht.« Ich starrte auf den Berg an Süßem.

»Aber an einem Zuckerschock sterben«, entgegnete Wolfgang und rieb sich freudig den Bauch.

»Ich denke, wir haben alles. Getränke bekommen wir vom Hotel, Musik ist auch geklärt.« Ich drehte mich einmal um die eigene Achse und betrachtete unser Werk. Ich wusste genau, wie ich die Zeit bis zum Beginn unserer Feier überbrücken würde. Und als hätte er gespürt, dass ich an ihn dachte, rief mich Luca an.

»Lassen sie dich nicht mehr raus?«, fragte er scherzhaft.

»Keine Sorge, ich wäre jetzt auch so weit, falls das mit dem Spaziergang noch steht.«

»Sofia und ich sind startklar. Wir kommen dir entgegen.«

»Prima, bis gleich.« Ich verabschiedete mich von den anderen, lief nach oben und holte Jacke, Mütze und Schal. Mit klopfendem Herzen ging ich durch den Schnee. Ich musste mich zurückhalten, um nicht zu rennen. Kopfschüttelnd schaute ich gen Himmel. Was für verrückte Tage lagen hinter mir. So viele Aufs und Abs in kürzester Zeit. Und auch wenn ich noch nicht wusste, was mich erwartete, fühlte es sich mit jedem Schritt, den ich auf Luca zuging, nach der einzig richtigen Entscheidung an.

»Lilou!« Sofia rief laut meinen Namen und rannte auf mich zu.

»Hey, da seid ihr ja.« Mit Sofia an der Hand trat ich zu Luca. »Da bin ich wieder.«

»Da bist du wieder. Und das ist verdammt gut so.« Ein Schmunzeln umspielte seine Lippen, während sein Blick auf mir ruhte. »Drehen wir eine Runde?«

Ich nickte und überlegte, ob ich eine Andeutung machen sollte oder lieber nicht. Da Sofia sehr stur sein konnte und wahrscheinlich auch hartnäckig, blieb ich vorerst still.

Wir liefen Richtung Parkplatz. Als wir am Einkaufsmarkt vorbeikamen, erzählte mir Luca, wie sie Herrmann dort vorgefunden hatten. Ich bekam sofort eine Gänsehaut. Nicht auszudenken, was hätte passieren können. Ich war heilfroh, dass alles gut ausgegangen war.

»Zum Glück ist ihm nichts passiert.«

»Ja«, stimmte ich ihm zu. »Wenn ich mir was anderes vorstelle, wird mir ganz schlecht. Solche Angst hatte ich selten.«

Luca griff nach meiner Hand, drückte sie und ließ nicht mehr los. Nebeneinander, Hand in Hand, spazierten wir über die verschneiten Wege, ließen das Dorf hinter uns und tauchten in den Wald ein. Glitzernd stäubten die feinen Eiskristalle von den schneebedeckten Ästen. Die Natur lag im Winterschlaf, nur hier und da zwitscherte ein Vogel. Die friedliche Stille übertrug sich auf uns, wir redeten lange Zeit nicht, bis ein Schneeball von hinten angeflogen kam und mich nur um wenige Zentimeter verfehlte.

»Mist«, hörte ich Sofia fluchen. Luca und ich drehten uns um. Sie formte bereits ein neues Wurfgeschoss.

»Na warte.« Luca verengte die Augen und tat es ihr gleich.

Innerhalb weniger Sekunden lieferten sich die Geschwister eine ausgewachsene Schneeballschlacht. Ich schaute lachend dabei zu, bis mich selbst einer traf, diesmal richtig. Luca machte ein unschuldiges Gesicht, warf aber direkt den nächsten in meine Richtung. Diesmal wich ich ihm aus und startete einen Gegenangriff. Sofia quietschte vor Vergnügen. Es machte riesigen Spaß, ich hatte lange nicht so ausgelassen gelacht.

Luca kapitulierte als Erster. »Zwei gegen einen ist unfair, ich gebe auf.« Er hielt beide Hände in die Luft.

»Du hast schon wieder verloren«, jubelte Sofia. Ein Weihnachtslied singend sprang sie fröhlich an uns vorbei.

Ich drehte mich zu Luca, der darauf gewartet zu haben schien. Er pustete mir eine Ladung Schnee ins Gesicht, die auf seiner Handfläche gelegen hatte. »Hey, du Fiesling.«

»Rache ist süß«, flüsterte er an mein Ohr.

»In dem Fall eher kalt und nass.« Ich wischte mir die Feuchtigkeit mit meinem Schal aus dem Gesicht. »Ich werde mich revanchieren.«

»Versuch es«, forderte er mich schelmisch grinsend heraus. »Warte, da ist noch ein Tropfen.« Mit dem Daumen strich er meine Schläfe entlang und verweilte dort. Er schielte an mir vorbei zu seiner Schwester, dann gab er mir einen Kuss. Seine Lippen schmeckten nach so viel mehr. Ein ganzer Schwarm Schmetterlinge schwirrte aufgeregt in mir umher.

Wir setzten unseren Weg fort. Luca nahm erneut meine Hand in seine. Vor uns ragten die Riesen der Saaser Bergwelt empor. Ihr rauer Fels verborgen unter meterdickem Schnee. Ein Bild, an dem ich mich nicht sattsehen konnte.

»Du bist sehr still«, stellte Luca fest. »Verrätst du mir, was in deinem Kopf vorgeht?«

»Ich genieße bloß die Aussicht. Es ist wunderschön. Du hast Glück, diesen Traum von Natur dein Zuhause nennen zu dürfen.«

»Ja, dafür bin ich auch dankbar, meistens zumindest. Es kann auch anstrengend sein. In der Zwischensaison, wenn hier touristisch nichts los ist, zieht sich die Zeit manchmal. Da bin ich froh, Samuel zu haben. Zu zweit ist es leichter.«

Sofort stellte ich mir mich an seiner Seite vor. Es fiel mir nicht schwer, dieses Bild in mir hervorzurufen. »Geht es Samuel denn besser?«

Luca gluckste. »Er traut sich noch nicht raus, aber sonst

schon. Wir können kurz vorbeigehen, wenn du magst. Sofia freut sich sicher, ihn zu sehen.«

Zurück im Dorf liefen wir zum Restaurant, und Luca rief Samu übers Handy an. Kurz darauf erschien er am Fenster. »Hallo ihr drei, frohe Weihnachten.«

»Frohe Weihnachten und gute Besserung.« Ich sah ihm an, dass der Virus ihn gequält hatte.

»Wann geht's nach Hause, Lilou?«

»Morgen früh nach dem Frühstück.«

»Sehen wir dich wieder?« Er zwinkerte mir zu.

»Lilou kommt zu meinem Geburtstag«, meldete sich Sofia zu Wort.

»Na, perfekt.« Er schaute Luca ernst an und wendete sich dann an dessen Schwester. »Sofia, für dich habe ich was. Kannst du fangen?« Er warf ein bunt eingepacktes Geschenk aus dem Fenster. Es landete problemlos in Sofias Händen. »Aber erst zu Hause aufmachen.«

»Danke, Samu.« Sie strahlte. »Kommt, wir müssen nach Hause.«

Wir verabschiedeten uns. Sofia marschierte los. Ich warf einen Blick auf die Uhr. »Ich hatte eigentlich noch eine Überraschung für euch. Dazu müssten wir allerdings zum Hotel.«

»Echt?« Sofia war stehen geblieben. »Dann will ich da hin.«

Kapitel 19

Wir folgten Sofia, die sofort kehrtgemacht hatte und Richtung Hotel unterwegs war.

»Du kommst also wieder?«, fragte Luca neben mir.

»Ich schätze, das hat deine Schwester so entschieden. Soll ich nicht?«

»Wenn es nach mir ginge, würde ich dich gar nicht erst weglassen.«

Mir verschlug es die Sprache. Deutlicher konnte er mir seine Zuneigung nicht mitteilen, nicht in Worten. Ich blinzelte die Tränen weg, die mir vor Rührung in die Augen schossen. »Mach es mir nicht schwerer, als es sowieso schon ist«, brachte ich krächzend heraus.

Luca hielt mich am Arm fest, blieb stehen und stellte sich mir gegenüber. »Ich will, dass du weißt, wie ernst ich die Sache mit dem Kennenlernen meine. Ich will mehr Zeit mit dir.«

»Wir bekommen das hin. Ich überlege mir was«, versprach ich, legte meine behandschuhten Hände an seine Wangen und gab ihm einen Kuss.

»Wo bleibt ihr denn?«, rief Sofia ungeduldig.

»Von was für einer Überraschung sprechen wir hier eigentlich?«, wollte er wissen.

»Von einer schönen.«

»Ah, *die* Überraschung.«

»Doofi, wenn ich es erzähle, ist es keine mehr.«

»Richtig, ganz vergessen.«

Ich boxte ihn in die Seite. Am Hotel angekommen ging ich vor und führte die beiden aufgeregt nach hinten in den Speisesaal. Was nicht leicht war, da Sofia schon bei dem geschmückten Baum im Foyer kaum mehr wegzubekommen war. Von Weitem drang die Weihnachtsmusik zu uns. Stimmen waren zu hören. Die komplette Gang war versammelt. Alle hatten sich festlich angezogen, es duftete nach Glühwein und süßen Naschereien, und in den Christbaumkugeln spiegelte sich der Glanz der vielen Lichter. Innerhalb kürzester Zeit ging mir das Herz zum zweiten Mal auf, und meine Augen wurden feucht.

»Hast *du* das organisiert?« Luca bestaunte das Bild, das sich ihm bot.

»Ja. Niemand von uns hatte ein richtiges Weihnachtsfest, und ohne wollte ich nicht abreisen. Schau sie dir an, wie glücklich sie aussehen.« Ich schniefte leise.

»Jetzt bekommt Sofia doch noch ihren großen Baum.«

»Das war der Plan.«

»Du bist die Beste.« Er umarmte mich, als wollte er mich nie mehr loslassen, was ja irgendwie auch stimmte. Jemand räusperte sich neben uns.

Ilse stand vor uns, verschämt wie ein Kind, das heimlich Verbotenes getan hatte. »Hallo, ich will es gleich hinter mich bringen und mich bei Ihnen entschuldigen.« Sie hielt Luca die Hand hin. »Ich habe mich in Sachen eingemischt, die mich nichts angehen und etwas in Dinge hineininterpretiert, die so nie passiert sind.«

»Sie brauchen sich nicht zu entschuldigen. Meine Schwester knutscht einen gern mal ab. War ein Missverständnis, das kommt vor. Außerdem hätte Lilou mir sonst vielleicht nie die freundliche«, das letzte Wort setzte er in Anführungszeichen, »Nachricht zukommen lassen und wir hätten uns nicht ausgesprochen. Also alles gut.«

»Wirklich? Da bin ich aber froh, ich konnte vor Aufregung

noch nicht ein einziges der leckeren Weihnachtsplätzchen essen.«

»Dann wird es Zeit. Sie dürfen auch gern Du zu mir sagen.«

»Gern, ich bin die Ilse. Und danke, dass Sie, dass du meinen Herrmann gerettet hast.«

»Das waren wir alle zusammen.«

Diesmal war es Luca, der verlegen schaute.

»Trinkt ihr einen Glühwein?« Rosi lief mit einem Tablett dampfender Tassen umher und blieb vor uns stehen.

»Einen nehme ich, danke.« Luca griff nach einer Tasse. »Was ist mit dir? Du magst Glühwein doch«, zog er mich auf. »Na los, einer ist keiner.« Er drückte mir eine Tasse in die Hand. »Wo ist Sofia?«

Ich schaute mich um und entdeckte sie mit ihrem Geschenk auf dem Boden neben dem Baum sitzen. »Du solltest ihr sagen, dass sie es öffnen darf.«

Luca folgte meinem Blick. »Gleich.«

»Hey, sei kein gemeiner großer Bruder.«

»Nein, ich bin der beste, stand sogar auf der Karte, die sie mir geschrieben hat.«

Ich schüttelte den Kopf und lachte ihn verliebt an.

Während Luca seiner Schwester grünes Licht zum Aufpacken des Geschenks gab, stellte ich mich zu Rosi und Ilse.

»Gefällt es euch?«, fragte ich die beiden.

»Wunderbar, ein schöner Ausklang einer schönen Reise.«

»Ja«, meinte ich wehmütig.

Rosi lächelte verständnisvoll. »Du siehst ihn wieder.«

In mir meldete sich ein Gefühl, das ich noch nicht greifen konnte. Ein Gedanke, der aufflackerte, aber verschwand, bevor ich ihn festhalten konnte. Ich spürte eine Hand in meinem Rücken. Luca war wieder da. Er begrüßte Rosi. Sofia kam hinterher und präsentierte Samuels Geschenk. Er hatte ihr flauschig aussehende pinke Hausschuhe gekauft. Sie freute sich sehr darüber.

»In ihrer WG haben sie überall Fliesen. Sofia hat sich letztens bei Samuel darüber beschwert. Er hat es sich gemerkt«, klärte uns Luca auf.

»Wie aufmerksam von ihm. Sofia, die sehen richtig gemütlich aus«, freute ich mich mit ihr. »Wollen wir mal zu den leckeren Süßigkeiten gucken, die Ilse mitgebracht hat?«

Wir nahmen uns jeder einen kleinen Teller und luden eine Auswahl an Keksen und anderen Leckereien darauf. Ich drehte mich um und schaute selig in die Runde. Mein Herz ging auf, im Hintergrund spielten sie »All I want for Chrismas is you« von Mariah Carey, und zum ersten Mal in diesem Jahr hatte ich wirklich ein Gefühl von Weihnachten in mir. Ich lächelte glücklich, als Luca auf mich zukam. »Auch was Süßes?«, fragte ich ihn.

»Gern.« Er nahm mir den Teller aus der Hand, stellte ihn zur Seite und begann, mich vor aller Augen zu küssen. »Davon kann ich nicht genug bekommen«, säuselte er in mein Ohr.

»Wie viele Glühwein hattest du schon?«

»Ich bin stocknüchtern.«

»Und Sofia?«

»Die hat längst gecheckt, was hier vorgeht. Außerdem ist sie alt genug.«

Ich drückte ihn ein Stück weg. »Woher der Sinneswandel?«

»Ich habe nachgedacht. Du hast recht, sie ist erwachsen und versteht wahrscheinlich von vielem mehr als ich selbst. Ich war festgefahren, aber sie braucht ihren großen Bruder gar nicht als dauernden Beschützer.«

»Du bist der tollste große Bruder, den sie sich wünschen kann.« Ich küsste ihn wieder und hätte ewig so weitermachen können, hätte Heinz nicht in dem Moment das Wort ergriffen.

»Entschuldigt die Unterbrechung. Ich würde nur gern ein paar Worte sagen.« Er räusperte sich und suchte meinen Blick. Aufmunternd nickte ich ihm zu. »Dieser Urlaub neigt sich nun leider langsam dem Ende entgegen. Ich denke, ich spreche für uns alle, wenn ich sage, es war großartig. Saas-Fee ist ein traumhaft schöner Ort, wir haben weiße Weihnachten, und jeder von uns hat großartige neue Menschen kennengelernt. Aber es sind vor allem die Menschen, die man liebt, die all das zu etwas Besonderem werden lassen. Lieber Wolfgang, ich kann mich glücklich schätzen, einen tollen, charmanten, geistreichen, manchmal auch überdrehten, herzensguten Mann wie dich an meiner Seite zu haben. Seit fünfzehn Jahren gehen wir nun schon durch dick und dünn. Es war nicht immer leicht, aber wir haben jedem Gegenwind getrotzt. Ich wünsche mir für meine restliche Lebenszeit nichts mehr, als dich an meiner Seite zu haben. Deshalb«, Heinz holte die Schatulle mit dem Ring hervor, »frage ich dich, Wolfgang, möchtest du mich heiraten?«

Jemand hatte die Musik ausgestellt. Im Raum herrschte völlige Stille. Wolfgang hatte kurz aufgequietscht, als er erkannt hatte, was folgen würde. Er hatte eine Hand über dem Mund liegen. Jetzt streckte er den anderen Arm aus und hielt Heinz die freie Hand an. Tränen der Rührung glitzerten in seinen Augen.

»Ja, ich will«, antwortete er mit zittriger Stimme.

Heinz steckte ihm den Ring an den Finger, und die beiden fielen sich in die Arme. Nun gab es auch für den Rest kein Halten mehr. Es wurde geklatscht und gejubelt. Die Musik ging wieder an, ein bisschen lauter als zuvor.

Ich trat zu den beiden. Liebevoll drückte ich Heinz an mich. »Das waren unglaublich schöne Worte. Ich hätte auch fast ›Ja‹ gerufen.«

Lachend küsste er mich auf die Wange. »Danke, Lilou, für die Hilfe und deine seelische Unterstützung. Ich revanchiere mich gern.«

»Ich lasse es dich wissen. Wolfgang, herzlichen Glückwunsch. Ich freue mich wahnsinnig für euch.«

»Du wusstest die ganze Zeit Bescheid?«, wollte er wissen.

»Ja, die ganze Zeit. Ich bin froh, dass dieser romantische Moment noch Platz gefunden hat.« Hinter uns knallten die ersten Sektkorken. »Lasst uns anstoßen.«

Nachdem alle ein gefülltes Glas mit der perlend goldenen Flüssigkeit in der Hand hatten, prosteten wir einander zu. »Auf die Zukunft«, rief Heinz.

»Auf die Zukunft«, wiederholte Luca die Worte und schaute mir über das Glas hinweg tief in die Augen. »Lassen wir uns überraschen, was sie für uns bereithält.«

Bevor ich reagieren konnte, griff jemand nach meiner Hand. »Jetzt wird getanzt.« Wolfgang drückte Luca mein Sektglas in die Hand und zog mich mit sich.

Durch uns fühlten sich auch die anderen animiert und stürmten die kleine Tanzfläche. Nach einem Lied wurde Wolfgang von Heinz abgelöst. Ich sah Ilse und Herrmann ebenfalls ihre Kreise ziehen. Normalerweise hielt ich mich eher am Rand des Geschehens auf und beobachtete. Heute war ich mittendrin. Wieder eine neue Erfahrung, die mir Spaß machte und sich nicht als unangenehm herausstellte.

Das Lied endete und ich wollte gehen, doch da stand Luca vor mir. »Darf ich?«

Langsam begannen wir, im Takt der Musik über die Tanzfläche zu schweben. Zumindest kam es mir so vor. Luca führte, und ich ließ mich führen. Unsere Blicke verschmolzen miteinander. Ich sah nur ihn, fühlte nur ihn. Nach einer Weile legte ich die Arme über seine Schultern und schmiegte meinen Kopf an seine Brust. Wir wiegten uns hin und her. Mit geschlossenen Augen lauschte ich seinem Herzschlag. Erneut spürte ich diesen Gedanken in mir aufleuchten. Diesmal intensiver als zuvor. Ich zögerte, war mir nicht sicher, ob ich ihn festhalten oder verwerfen sollte. Ich brauchte mehr Zeit.

»Danke«, hörte ich Luca sagen. »Du hast Sofia sehr glücklich gemacht.«

»Nur Sofia?«

»Mich sowieso.« Ich hörte das Lächeln in seinen Worten. »Die Messlatte für den nächsten Weihnachtsbaum liegt jetzt allerdings ziemlich hoch.«

»Du schaffst das.«

Ohne einander loszulassen, verließen wir die Tanzfläche und gönnten uns ein letztes Glas Sekt, dann war Aufräumen angesagt. Alle packten mit an, und schnell war der Ursprungszustand des Raumes wiederhergestellt. Nur der Duft von Glühwein und Plätzchen hing noch in der Luft. Mit einem Glitzern in den Augen und einem Lächeln auf den Lippen gingen wir zusammen Richtung Foyer.

»Sehen wir uns gleich beim Abendessen?«, fragte mich Rosi.

»Ja, wirklich Hunger habe ich nicht, aber ich komme.«

»Schön, bis gleich. Dir und deiner Schwester alles Gute, falls wir uns nicht mehr sehen.«

»Vielen Dank.« Die beiden gaben sich die Hand.

Ich biss mir auf die Unterlippe.

»Alles okay?«, fragte Luca.

»Nein, das klingt alles viel zu sehr nach Abschied.«

Er drückte mich an sich. »Ihr werdet euch bestimmt mal zu einem Revival treffen. Oder zur Hochzeit von Wolfgang und Heinz.«

»Schon, trotzdem alles doof.«

Luca streichelte mir tröstend übers Haar. »Kommst du später noch mal zu uns?«

»Ja klar.« Mein Herz hatte die Schwere eines riesigen Felsbrockens. Der Abschiedsgedanke schnürte mir die Kehle zu.

Ich konnte Luca nicht anschauen und drehte mich nicht um, als ich durchs Foyer zur Treppe lief.

Auf meinem Zimmer öffnete ich das Fenster und ließ die kalte Nachtluft herein, konzentrierte mich auf tiefe gleichmäßige Atemzüge. Ich legte mich aufs Bett und horchte in mich hinein. Eine Frage schwirrte mir durch den Kopf, die ich nicht allein beantworten wollte. Ich brauchte dringend einen Rat und rief Lisa und Chrissy an. Beide gingen nach kurzem Klingeln ans Handy. Es war schön, die beiden zu sehen, wenn auch nur auf dem Display.

»Hallo, Urlauberin, willst du uns mitteilen, dass du noch vorhast zu bleiben?«, polterte Chrissy los.

Lisa lachte, verstummte aber, als ich kein Veto einlegte. »Lilou?«

»Ich weiß es nicht.« Ich richtete meinen Blick an die Zimmerdecke, bevor ich mich wieder meinen Freundinnen widmete. »Ist das nicht verrückt?«

»Kommt darauf an«, begann Lisa.

»Quatsch, das ist überhaupt nicht verrückt«, unterbrach Chrissy sie. »Es ist doch wegen diesem Luca, oder?«

»Ja, klar. Wir verstehen uns unglaublich gut. Ich bin supergern in seiner Nähe, und wir hatten kaum Zeit füreinander. Morgen reist seine Schwester ab …«

»Warum überlegst du überhaupt? Klingt eindeutig.«

»Hallo, ich bin es, Lilou. Eure Lilou, wisst ihr noch, die, die alles bis ins Detail plant, die Spontaneität mit einem Reaktorausfall eines Kernkraftwerks gleichsetzt.«

»Ich dachte, die hast du archiviert? Du suchst bloß nach einer Ausrede.« Typisch Chrissy, sie nahm kein Blatt vor den Mund.

»Will er denn, dass du bleibst?«, fragte Lisa.

»Er hat es angedeutet. Aber etwas sagen und etwas wirklich wollen, ist nicht immer das Gleiche.«

Chrissy seufzte. »Ach, Süße, du wirst es nur herausfinden,

wenn du ihn fragst. Benimmt er sich doof, kannst du eh einen Haken dranmachen. Seht ihr euch heute noch?«

»Ich gehe nachher zu ihm.«

»Na bitte. Wenn es scheiße läuft, fährst du morgen wie geplant mit dem Bus nach Hause. Wir warten mit Alkohol auf dich.«

Ich tupfte mir eine Träne aus dem Augenwinkel. »Ihr seid die Besten.«

»Wissen wir. Deswegen sag ihm gleich, er muss dich mit uns teilen.«

»Mach ich. Ich habe euch lieb.«

Wir warfen uns gegenseitig Kusshände zu und beendeten das Gespräch. Ich blieb liegen und versuchte zu begreifen, was hier gerade geschah. War ich tatsächlich im Begriff, Luca zu fragen, ob ich bleiben sollte? Ich wusste, dass das der Gedanke war, den ich nicht hatte greifen können, nicht hatte greifen wollen, weil er so weit entfernt von dem war, was mich ausmachte, was mich ausgemacht *hatte*. Dennoch haftete der Vorstellung, ihn ein paar Tage ganz für mich allein zu haben, der süße Geschmack der Versuchung an. Würde ich mutig genug sein? Und wie würde Luca reagieren? Es gab nur einen Weg, das herauszufinden, ich musste ihn fragen. Zuerst stand das Abendessen an. Vorhin hatte ich die Geschenke nicht geholt, weil ich es merkwürdig gefunden hätte, wenn nur ich Geschenke verteilte. Deshalb nahm ich sie einfach jetzt mit zum Tisch. Es war eine willkommene Abwechslung.

In einer Tüte trug ich die kleinen, in weihnachtliches Geschenkpapier eingehüllten Päckchen zu den anderen. Alle waren noch ganz aufgedreht. Ilse schwärmte von der Feier, Wolfgang plante bereits seine Hochzeit, und Rosi warf Werner, der drei Tische weiter saß, schmachtende Blicke zu. Ich entschied, mit der Bescherung bis nach dem Essen zu warten. Bis dahin war ich froh, nicht im Mittelpunkt der Aufmerksamkeit zu stehen, und hoffte, meine Pläne standen mir nicht auf die Stirn geschrieben. Heinz hatte ein unglaubliches Talent, meine Gedanken zu lesen. Das konnte ich momentan nicht gebrauchen.

»Bevor alle in den Zimmern verschwinden, habe ich für jeden von euch eine Kleinigkeit. Ein Dankeschön und eine Erinnerung an unsere gemeinsame Zeit«, gab ich bekannt, nachdem sich alle satt und zufrieden in den Stühlen nach hinten lehnten.

»Du sollst uns doch nichts schenken«, protestierte Rosi sofort.

»Ich will aber. Ihr habt mir den Skikurs bezahlt und mir anfangs unglaublich geholfen, dass ich mich wohlfühle, was mit Geld gar nicht zu bezahlen ist. Also wehrt euch nicht, nehmt die Geschenke einfach an.« Ich verteilte die Socken an die Männer und die Glückskleearmbänder an die Frauen. Vor Ilse, Rosi und Heinz legte ich zudem jeweils eine Schachtel mit den Kugeln hin. Gespannt schaute ich mich um und wartete auf erste Reaktionen. Heinz hielt seine Weihnachtssocken lachend in die Höhe.

»Wie großartig. Danke, Lilou, ich liebe bunte Socken.«

Auch die anderen beiden freuten sich. Ilse gab glückliche Laute von sich, während sie den Anhänger in ihrer Hand betrachtete. Von Rosi, die neben mir saß, gab es einen Schmatzer auf die Wange. Dann kamen die Kugeln an die Reihe. Sobald alle Schachteln geöffnet waren, wusste ich, ich hatte einen Volltreffer gelandet. Kein Auge blieb trocken, einschließlich meinem eigenen. Sogar Herrmann wischte sich in einem, wie er wohl hoffte, unbemerkten Moment mit dem Handrücken über die Augen.

»Was für eine bezaubernde Idee, Lilou. Vielen herzlichen Dank. Die Kugel bekommt einen Ehrenplatz. Sie ist viel zu schade, um sie nur an Weihnachten aufzuhängen.« Rosi streckte die Arme aus und drückte mich fest an sich. Die anderen standen ebenfalls auf, um sich mit einer Umarmung bei mir zu bedanken.

»Ich freue mich, dass euch die Geschenke gefallen.« Ich schaute auf die Uhr. »Ihr seid nicht böse, wenn ich schon gehe? Luca wartet.«

»Was tust du noch hier? Auf geht's!«, forderte mich Wolfgang auf.

Auf dem Weg nach draußen drehte ich mich um und winkte. Die versammelte Mannschaft winkte zurück. Es war unser letztes gemeinsames Abendessen gewesen. Ich konnte nicht glauben, wo die Zeit geblieben war. Egal ob ich morgen mit ihnen zurückfuhr oder nicht. Ich würde jeden Einzelnen von ihnen schrecklich vermissen. Sie hatten mein Leben bereichert, und ich hoffte sehr, sie wiederzusehen. Noch mehr hoffte ich allerdings auf eine positive Reaktion von Luca, wenn ich gleich mit der Tür ins Haus fiel. Mein Kopfkino lief auf dem Weg zu seinem Haus auf Hochtouren. Fast traf ich den Klingelknopf nicht, so sehr zitterten meine Hände. Mein gesamter Körper vibrierte. Als sich die Tür öffnete und Luca vor mir stand, wurde mir das Ausmaß meines verrückten Plans erst richtig bewusst.

»Lilou, alles okay? Du bist kreideweiß. Komm rein, setz dich erst mal. Ich hole dir eine Cola.« Luca griff unter meinen Arm und führte mich zur Couch. Er verschwand in der Küche, kam mit Cola zurück, die er mir in die Hand drückte, und musterte mich besorgt. »Ist was vorgefallen?«

»Nein, nein, alles gut. War bloß der Kreislauf. Geht schon wieder. Ehrlich«, versicherte ich ihm, weil er keinen überzeugten Eindruck erweckte. »Wo ist Sofia?«

»In ihrem Zimmer, sie packt.«

»Freut sie sich, wieder zu fahren?«

»Ja, damit hatte sie nie ein Problem. Sie ist an beiden Orten zu Hause, würde ich sagen. Hier hat sie mich, aber da hat sie ihre Freunde, ihren Job, mehr Action.« Er lachte.

»Und wie geht es dir damit?« Ich trank einen Schluck Cola.

»Anfangs ist es komisch, das Haus wieder für mich allein zu haben. Aber man gewöhnt sich schnell dran. Ich muss keine Rücksicht mehr auf jemanden nehmen, kann essen, wann und was ich will, kann ausgehen oder nicht. Wobei ausgehen eher selten vorkommt. Es hat alles seine Vor- und Nachteile.«

»Gehst du nicht gern aus?«

»Doch, grundsätzlich schon, aber lieber noch bin ich zu Hause und habe meine Ruhe.«

Ich kräuselte die Nase. »Also bist du lieber allein?«

Er begann zu überlegen und schaute mich dann mit einem merkwürdigen Blick an.

Ob es die Frage an sich war? Oder hatte mich der Ton verraten?

»Hast du vor zu bleiben?«, fragte er nämlich daraufhin.

Was sollte ich sagen? Die Wahrheit? Das ging zu schnell, ich war noch nicht so weit. Aber es zu leugnen wäre feige. Ich winkte ab. »War bloß so ein Gedanke. Albern, ich weiß«, hörte ich mich sagen.

Luca sagte nichts. Er rutschte von der Sofalehne neben mich auf die Sitzfläche, starrte mich lange an. »Okay, habe ich das richtig verstanden? Du hast überlegt zu bleiben?«

Nervös trank ich einen großen Schluck. »Ich hatte vielleicht kurz darüber nachgedacht.«

»Lilou?«

»Mmh?« Ich mochte ihn nicht ansehen.

»Sieh mich an«, bat er natürlich trotzdem.

Ich tat ihm den Gefallen.

»Das wäre das beste Weihnachtsgeschenk, das du mir machen könntest. Ich hätte dich wirklich, wirklich gern länger hier bei mir. So richtig hier bei mir, die ganze Zeit.«

»Also auch nachts?«, fragte ich unschuldig und zündete innerlich das Feuerwerk.

»Ja, auch und besonders nachts.« Er griff nach meinen Händen. »Dann bleibst du?«

»Zwei oder drei Tage«, log ich und versuchte mich an einer versteinerten Miene.

Lucas Mundwinkel zuckten. »Das ist etwas knapp, ich hatte vor, mich ausgiebig um dich zu kümmern. Ein bisschen hier Küssen und vielleicht da.« Er tippte mit dem Finger auf die Stellen. »Wir hätten uns es vor dem Ofen gemütlich gemacht, mit Sahne und feinen Früchten. Ich Tollpatsch hätte mich bekleckert und du hättest mir helfen können, mich umzuziehen.« Er seufzte. »Dafür bleibt uns jetzt gar keine Zeit.«

Die Bilder, die er in meinen Kopf projiziert hatte, entfachten ein Feuer, das nur er löschen konnte. Ich wollte ihn so sehr. »Möglicherweise lässt es sich einrichten, dass ich bis nach Silvester bleibe«, gab ich mich geschlagen und lachte.

Luca seufzte zufrieden. »Wir werden eine Menge Spaß haben.« Er zog mich zu sich. »Ich freue mich drauf.« Bevor ich noch etwas sagen konnte, bedeckte er meine Lippen mit einem Kuss. In dem Moment war ich wohl der glücklichste Mensch der Welt.

Später saßen wir zusammen mit Sofia am Tisch und spielten eine letzte Runde »Mensch ärgere Dich nicht«. Wir hatten beschlossen, ihr nichts über mein Bleiben zu erzählen. Luca hatte Angst, dass sie sich ausgeschlossen fühlen könnte. Aber wie es aussah, freute sie sich auf ihr Zuhause. Das wollte er nicht kaputt machen. Sie erzählte mir von ihrer Betreuerin und ihren drei Mitbewohnerinnen, zeigte mir Fotos und lachte dabei viel. Es war schön zu sehen, wie gut es ihr dort gefiel, und Luca gab es ein gutes Gefühl, das Richtige zu machen.

Kurz nach zweiundzwanzig Uhr verabschiedete ich mich. Ich wollte den beiden noch einmal Zeit für sich geben. Es war ein merkwürdiges und unwirkliches Gefühl, mit dem Wissen zu gehen, am nächsten Tag mit meinem Koffer wieder herzukommen. Gleichzeitig zeigte sich da diese unbeschreibliche

Erleichterung in mir. Ich war mit meiner Entscheidung völlig im Reinen. Es war verrückt, spontan und aufregend. Adjektive, die untrennbar mit meinem neuen Ich verbunden waren, die es mir ermöglichten, mein Leben auf eine Weise zu leben, die ich nie für möglich gehalten hatte. Ich streckte die Arme weit aus und drehte mich im Kreis. Das Jahr würde traumhaft zu Ende gehen, und das neue genauso wundervoll beginnen. Ich war bereit.

Vor Aufregung war an Schlaf nicht zu denken. Ich packte meinen Koffer und schrieb meinen Mädels zu Hause, dass ich tatsächlich bleiben würde und sie noch ein wenig auf mich verzichten mussten. Morgen durfte ich nicht vergessen, auch meine Eltern über die kleine Planänderung zu informieren. Da ich zwischen den Jahren Urlaub hatte, gab es keine Probleme mit der Arbeit. Würde es die je geben? Ich arbeitete für eine Onlineredaktion, von zu Hause aus. Niemand zwang mich, an einem bestimmten Ort zu schreiben, außer ich mich selbst. Mein altes Ich war zwanghaft darauf festgelegt, an meinem Schreibtisch am Laptop zu sitzen. Ich hatte es nie woanders versucht. Was nicht hieß, dass ich es nicht konnte. Luca hatte genügend Platz. Es wäre ein Leichtes, mir einen gemütlichen Arbeitsplatz einzurichten.

Okay, bis hierhin und nicht weiter!

Was Luca und mich betraf, wollte ich nicht planen, wollte mir keine Zukunft vorstellen, die vielleicht nie eintraf. Noch nicht. Es war viel zu früh. Ich wollte den Moment genießen, so, wie er es gesagt hatte.

Einen Fuß vor den anderen, Lilou.

Ich legte mich aufs Bett und gönnte mir dennoch einen winzigen gedanklichen Ausblick.

Meine Euphorie ebbte erst am nächsten Morgen ab. Meine Sachen waren nun endgültig alle im Koffer verstaut. Das Zimmer, das ich für eine Woche mein Eigen hatte nennen dürfen, sah wieder leer und unbewohnt aus. Nach dem letzten gemeinsamen Abendessen folgte nun das letzte gemeinsame Frühstück. Bis jetzt wusste niemand, dass ich nicht zusammen mit ihnen in den Bus steigen würde. Schon seit dem Aufstehen legte ich mir Worte zurecht. Ich hasste Abschiede.

Im Frühstücksraum ging es geschäftig zu. Die große Abreisewelle stand an, nicht nur für uns. Das gesamte Hotel schien auf den Beinen. Heute Nachmittag würden neue Gäste kommen und das Hotel mit Leben füllen.

Ich trat an unseren Tisch, noch überlegend, ob ich es gleich hinter mich bringen oder bis nach dem Essen warten sollte. Auf den Magen schlug mir die Situation sowieso bereits. Alle begrüßten mich mit einem herzlichen »Guten Morgen«.

»Hattest du einen schönen Abend?«, wollte Ilse wissen.

»Ja, sehr schön.«

»Kommt er dich verabschieden? Ich habe es versäumt, ihm Auf Wiedersehen zu sagen.« Wolfgang seufzte.

»Nein, er kommt nicht. Sofias Bus fährt auch bald ab. Sie wollten in Ruhe zusammen frühstücken.« *Jetzt, Lilou, sag es, na los!* »Es gibt auch noch einen anderen Grund, warum er nicht kommt.« Alle Blicke waren auf mich gerichtet. Ich ließ meinen Atem geräuschvoll entweichen. »Ähm, na ja, also … Ich komme nicht mit. Mit dem Bus, meine ich. Ich habe entschieden, ein paar Tage dranzuhängen.«

»Ha, wusste ich es doch.« Herrmanns unerwarteter Ausruf ließ mich zusammenzucken.

»Schön für dich.« Ich war mir unsicher, ob Wolfgang mich oder Herrmann damit meinte.

Erst als ein Zehneuroschein den Besitzer wechselte, wurde mir einiges klar. »Ihr habt gewettet?« Ich konnte es nicht fassen.

»Gestern Abend, nachdem du gegangen warst, ist eine hitzige Diskussion entstanden«, klärte mich Rosi amüsiert auf.

»Hast du mitgemacht?«

»Wir alle.« Jetzt lachte sie richtig. »Ich habe sofort gesagt, dass du bleibst.«

»Ihr macht mich sprachlos.« Ich schüttelte schmunzelnd, aber fassungslos den Kopf.

Rosi griff nach meiner Hand. »Du machst das Richtige. Gönnt euch ein paar mehr Tage zusammen. Es wird bestimmt toll.«

»Das hoffe ich sehr.«

Wieder hatte ich eine Hürde überwunden, vor der ich Angst gehabt hatte. Am Ende war es ganz leicht gewesen. Es lief immer auf das Gleiche hinaus: Der Kopf war mein stärkster Gegner. Er gaukelte mir vor zu versagen, anderen nicht zu genügen, Menschen zu enttäuschen, die ihre Hoffnung in mich gesetzt hatten. Ich sollte beginnen, diesen Menschen und vor allem mir selbst mehr Vertrauen zu schenken.

Wir genossen unser Frühstück, lachten viel und ließen die vergangenen Tage Revue passieren. Ich nahm diesen kostbaren Augenblick dankbar auf, um ihn tief in mir zu verwahren. Dieser Urlaub war ein Geschenk. Diese Menschen waren ein Geschenk. Jeder einzelne von ihnen hatte dazu beigetragen, die Tage in Saas-Fee zu etwas Besonderem werden zu lassen. Ein klein wenig Wehmut war da, nicht mit ihnen die Heimreise anzutreten. Sie würden auch daraus noch ein Abenteuer machen. Ich war mir sicher, sie alle waren bei ihrer Ankunft um eine Geschichte reicher.

»Warum grinst du so?«, fragte Rosi neugierig.

»Ich stelle mir vor, was passiert, wenn ihr zusammen für mehrere Stunden im Bus sitzt.«

»Ich halte dich auf dem Laufenden.« Sie zwinkerte mir zu.

Dann war es so weit. Alle holten ihre Koffer und kamen im Foyer ein letztes Mal zusammen. Ich biss die Zähne fest zusammen, um die Fassung nicht zu verlieren. Sie waren fast so etwas wie eine Familie geworden und Rosi zusätzlich eine wunderbare Freundin und Zuhörerin. Mein Herz gehörte hierher zu Luca, doch ein Teil von mir wäre gern in diesem Bus.

Nach und nach brachte das Elektrotaxi unsere Reisegruppe zum Parkplatz. Der Raum leerte sich, bis nur noch meine Gang da war. Länger konnten wir den Abschied nicht mehr aufschieben. Ich begann bei Herrmann und drückte ihn kräftig. Froh, dass alles gut ausgegangen war. Danach kam Ilse an die Reihe. Sie verbarg ihre Tränen nicht.

»Pass gut auf dich auf«, schniefte sie.

»Mach ich, du auch.«

Wolfgang drängelte sich dazwischen und wirbelte mich durch die Luft. »Du verrücktes Huhn. Ich bin so aufgeregt. Ich will alles hören, wenn du zurück bist.«

»Versprochen, und du hältst mich auf dem Laufenden, was die Hochzeitsplanung betrifft. Wehe, ich werde nicht eingeladen.«

»Das wird schlecht möglich sein«, kam es von Heinz. »Könntest du dir vorstellen, meine Trauzeugin zu sein?«

Ich starrte ihn an und heulte in der nächsten Sekunde los. »Wirklich?«

»Als ob ich darüber Witze machen würde.« Er verdrehte gespielt die Augen.

Begeistert fiel ich ihm in die Arme. »Unbedingt will ich das.«

Alle klatschten. Und als ob das nicht genug Tränen gewesen wären, musste ich zum Schluss Rosi Tschüss sagen. Da ich eh schon heulte, spielte das allerdings keine Rolle mehr. Ich ließ sie lange Zeit nicht los, während ich ihr dankbare Worte ins Ohr flüsterte.

Vor der Tür hupte es.

»Leute, wir müssen.« Heinz drang zur Eile.

Ich ging mit ihnen zum Elektrotaxi und wartete tapfer, bis alle drinsaßen. Mein Blick war völlig verschwommen. Trotz der vielen Tränen fiel mir das Lächeln nicht schwer. Ich wusste, ich würde sie wiedersehen. Winkend blieb ich stehen. Erst nachdem sie außer Sichtweite waren, senkte ich den Arm, holte meinen Koffer und machte mich auf den Weg zu meinem ganz eigenen Abenteuer.

Kapitel 20

Bis ich bei Luca angekommen war, hatte ich mich halbwegs beruhigt. Trotzdem sah er mir sofort an, dass ich geweint hatte. Sobald ich die Schuhe ausgezogen hatte, schnappte er sich mit der einen Hand den Koffer, mit der anderen zog er mich hinter sich her ins Wohnzimmer. Dort blieb er stehen, drehte sich um und schlang die Arme um mich. Er hielt mich lange einfach nur fest. Ich hatte die Augen geschlossen und genoss das Gefühl von Geborgenheit, das sich wieder einstellte.

»Mir wird warm«, gestand ich nach einigen Minuten.

»Abgesehen davon geht's dir besser?« Er zog eine Augenbraue hoch.

Ich schnaufte tief durch. »Ja, ist bloß ein komisches Gefühl. Sei mir nicht böse, aber ich fühle mich irgendwie grad allein gelassen. Total bescheuert, ich weiß.«

»Überhaupt nicht.« Er nahm mir die Jacke ab. »Du warst Teil der Gruppe.« Kurz überlegte er. »Bereust du, hiergeblieben zu sein?«

Über die Antwort musste ich nicht nachdenken. »Nein.« Ich schüttelte lächelnd den Kopf. »Nicht im Geringsten. Ich will hier bei dir sein.«

»Das wollte ich hören. Setz dich und lass dich verwöhnen. Magst du einen Tee?«

»Gern.« Ich machte es mir auf der Couch bequem und legte die Füße hoch. Allmählich merkte ich den fehlenden Schlaf. Meine innere Ruhe kehrte zurück. Der Bus mit meiner Reisegruppe war unterwegs nach Hause, der Abschied lag hinter mir. Ich war dort angekommen, wo ich sein wollte. Zufrieden lächelnd schloss ich die Augen.

Als ich sie wieder öffnete, lief der Fernseher. Der Ofen knisterte, und es roch nach frischem Kaffee. Ich streckte mich ausgiebig und rutschte in eine aufrechte Position. Neben mir saß Luca, die langen Beine hatte er auf dem Tisch abgelegt. Er knabberte Salzstangen, während er den Bildschirm fokussierte. Jetzt ließ er davon ab und schaute mich an. Seine Augen bekamen einen leuchtenden Ausdruck.

»Hey, wieder unter den Lebenden?«

»Entschuldige, ein toller Einstand von mir. Aber ich habe die Nacht nicht eine Sekunde geschlafen.«

»Ich dachte mir so was. Du brauchst dich nicht zu entschuldigen. Komm her!« Er breitete seinen rechten Arm aus, und ich kuschelte nur zu gern an ihn.

In diesem Zustand der Gemütlichkeit plätscherte der restliche Tag dahin. Es war herrlich, keinerlei Verpflichtungen nachkommen zu müssen. Es gab kein Zeitfenster, was eingehalten werden musste. Keine Termine, niemand wartete, niemand stand plötzlich im Wohnzimmer. Wir konnten liegen bleiben oder uns zum Essen in die Küche setzen, es war egal, wir mussten auf nichts und niemanden Rücksicht nehmen. Gleichzeitig war es unsere erste Herausforderung. Zweisamkeit. Die sich bisher erstaunlich vertraut anfühlte. Überhaupt fühlte sich alles, was mit Luca zu tun hatte, vertraut an. Das war vom ersten Moment an so gewesen und hatte sich verstärkt, nachdem er beschlossen hatte, sich mir zu öffnen. Neu war allerdings, dass wir die Nacht zusammen verbringen würden. Wollte er mich bei sich haben oder schlief ich in Sofias Zimmer? Die Entscheidung überließ ich ihm.

Als der Abspann des Films lief, schaltete Luca den Fernseher aus. Er wendete sich mir zu und betrachtete mich mit undefinierbarem Blick.

»Was ist?«

»Ich kann noch nicht richtig glauben, dass du wirklich hier bist.«

Ich grinste. »Ich bin hier und kann es beweisen.« In einer fließenden Bewegung setzte ich mich auf seinen Schoß. Meine Hände verschwanden unter seinem Shirt und tasteten sich vor von seinem Brustkorb hinunter bis zum Bund seiner Hose. »Glaubst du es jetzt?«

Er sog die Luft scharf ein. »Ich sollte mich selbst vergewissern.« Seine Pupillen verdunkelten sich vor Verlangen, während er mich von meinem Oberteil befreite und die Wölbung meiner Brüste mit Küssen bedeckte. Mit den Händen streichelte er mir dabei über den Rücken und die Arme, vergrub die Finger in meinem Haaransatz. »Du fühlst dich unglaublich gut an.« Wir begannen uns zu küssen, erst langsam und zärtlich, schließlich wilder und voller Hunger nach mehr. »Lass uns nach oben gehen«, raunte er mir ins Ohr.

Ohne voneinander abzulassen, schafften wir es die Treppe hoch in sein Schlafzimmer. Wir entledigten uns unserer rechtlichen Sachen und fielen ins Bett. Mein Herz raste vor Aufregung und Glück. Meine Haut kribbelte. Ich wollte ihn so sehr und spürte, dass ich nicht länger warten konnte.

Mein Körper verschmolz mit seinem. Ihm auf diese Weise nahe zu sein, war unbeschreiblich schön. Nie zuvor hatte ich intensiver empfunden. Fühlte sich so Liebe an? Ich hatte mehrere Tage vor mir, um das herauszufinden, und ich wusste auch schon, wo wir die verbringen würden.

Eng umschlungen und noch immer nackt lagen wir später unter der Decke. Ich lauschte seinem Herzschlag, genoss die Wärme, die er ausstrahlte. »Hatschi!«

»Gesundheit. Ist dir kalt?« Luca zog sofort die Decke ein Stück höher.

»Eigentlich nicht.«

»Ziehen wir uns was an«, schlug er vor.

»Untersteh dich.« Ich bekämpfte das Kribbeln in meiner Nase. Vergeblich. »Hatschi.«

»Keine Widerrede. Hier im Zimmer ist es deutlich zu frisch. Da kuscheln wir besser unten vor dem Ofen.« Er lächelte mich liebevoll an und reichte mir T-Shirt und Unterwäsche. Er selbst schlüpfte in seine Jogginghose.

Arm in Arm gingen wir ins Wohnzimmer, und er packte mich in eine zusätzliche Wolldecke.

»Keine Ahnung, wo das plötzlich herkommt.« Meine Stimme klang belegt, und die Nase juckte.

»Du wirst krank.«

»Nein, werde ich nicht.«

»Okay. Ich mach uns mal was zu essen. Du ruhst dich aus.«

»Mir geht's bestens.«

Kopfschüttelnd verschwand Luca in der Küche. Natürlich hatte er recht. Das sah alles ganz nach einer dämlichen Erkältung aus. Die konnte bleiben, wo sie hergekommen war. Nicht mit mir, ich hatte andere Pläne. Trotzig strampelte ich die Decke weg und schaute mich nach meiner Tasche um. Ich hatte noch nicht einen Blick auf mein Handy geworfen, seitdem ich hier angekommen war.

Es waren mehrere Nachrichten eingegangen. Heinz hatte ein paar Fotos aus dem Bus geschickt. Eins davon war ein Gruppenfoto meiner Gang. Alle hielten grinsend einen Kümmerling in die Kamera.

Was für eine Truppe!

Eine Nachricht war von Rosi. Sie schrieb, dass sie gut zu Hause angekommen waren, und wünschte mir, dass die nächsten Tage so werden würden, wie ich es mir vorstellte. Da war ich mir aktuell leider gar nicht mehr sicher.

Luca kam zurück. Er hatte überbackenen Toast gezaubert. Zum Glück hatte der nahende Schnupfen meine Geschmacksnerven noch nicht abgetötet. Es war verdammt lecker. Mit vollem Magen fühlte ich mich gleich besser. Zumindest bildete ich mir das ein.

»Du glühst«, stellte Luca fest, als er mich in den Arm nahm und die Hand an meine Stirn legte.

Ich war zu erschöpft, um zu widersprechen. Wahrscheinlich stimmte es sowieso. Ich wehrte mich gegen Wörter wie Fieber oder Husten, aber es sah nicht so aus, als würde ich den Kampf gewinnen. Sinnvoller war es wohl, ins Bett zu gehen und mich auszuschlafen. Morgen sah die Welt bestimmt besser aus.

Die Nacht wurde die reinste Katastrophe. Meine Nase war zu, ich bekam tierische Halsschmerzen, und dank des Fiebers schwitzte ich entweder oder ich fror. Nur zum Fluchen hatte ich genug Energie. Es machte mich wahnsinnig, ausgerechnet jetzt von einer Erkältung heimgesucht zu werden. Als ich gehofft hatte, die Tage im Bett zu verbringen, war die Idee dahinter eine andere gewesen. Luca neben mir bekam genauso wenig Schlaf, wenn nicht sogar weniger. Er versicherte mir mehrmals, es sei nicht schlimm. Trotzdem hatte ich ein schlechtes Gewissen. Ich wollte ihm nicht zur Last fallen. Wir hatten die Tage nutzen wollen, um uns kennenzulernen, um herauszufinden, ob wir unsere Energie in eine Fernbeziehung stecken sollten, und nicht, damit er mich gesund pflegte.

Der Morgen brach an und ich lag schniefend im Bett. Doch damit wollte ich mich nicht zufriedengeben. Unter Lucas Protest stellte ich mich unter die Dusche. Er hatte Angst, mein Kreislauf könnte schlappmachen. Ich fand es viel schlimmer, in dem frühen Stadium unseres Zusammenseins auszusehen wie ein Zombie. Ich wollte attraktiv sein, mich begehrt fühlen. War das zu viel verlangt?

»Okay, dann geh duschen, aber die Tür wird nicht abgeschlossen.«

»Versprochen. Du kannst ja mitkommen und mich festhalten.«

»Hey, führ mich nicht in Versuchung.«

»Genau das hatte ich vor.«

»Ich sehe schon, so krank bist du nicht.«

Er kam trotzdem nicht mit. Das warme Wasser war eine Wohltat. Was Seife und Shampoo doch Wunder bewirken konnten. Klar, ich war weit davon entfernt, mich gut zu fühlen, aber immerhin ein bisschen besser.

Ich ging zurück ins Schlafzimmer und fand Luca auf dem Bett vor. Er schlief tief und fest. Der Arme war wegen mir die halbe Nacht wach gewesen. Ich schlich nach unten und machte mir einen heißen Kakao. Mit Wolldecke zog ich mich auf die Couch zurück und schrieb eine Nachricht in unsere Mädelsgruppe. Ich berichtete Lisa und Chrissy von meinem ersten wunderschönen Abend allein mit Luca, und schimpfte dann doch über den blöden Virus. Seufzend lehnte ich mich zurück. Was hätten wir nicht alles unternehmen können, wäre ich nicht krank geworden? Vielleicht einen Spaziergang? Ich liebte die Wege durch die verschneiten Wälder. Anschließend gemeinsam unter die heiße Dusche. Unter anderen Umständen hätte sich Luca bestimmt nicht dagegen gewehrt. Das war so unfair. Ich fasste mir an die Stirn, sie war schon wieder ziemlich warm, meine Augen brannten. Heute würde ich nirgends mehr hingehen. Also öffnete ich die Playlist mit den ruhigen Songs auf meinem Handy und legte mich hin.

Im nächsten Moment klingelte es an der Tür. Ich überlegte, ob ich überhaupt hingehen sollte. Weil ich aber nicht wollte, dass Luca wach wurde, stand ich auf und öffnete einem ziemlich überraschten Samuel.

Mit großen Augen starrte er mich an. »Hey.«

»Hey, komm rein.«

Wir gingen ins Wohnzimmer. Samuel ließ sich auf einen der Esszimmerstühle sacken. »Jetzt bin ich aber neugierig.«

Ich setzte mich zu ihm an den Tisch, zur Sicherheit mit ein wenig Abstand. »Luca und ich haben entschieden, dass ich bis nach Silvester bleibe.«

»Dann wohnst du hier bei ihm?«

Ich nickte.

»Wow, dann ist es was Ernstes.«

»Keine Ahnung. Deswegen bin ich geblieben … um es herauszufinden.«

»Das war keine Frage. Lilou, du kennst Luca nicht so gut wie ich. Seine letzte Beziehung ist ewig her. Danach hat er sich nicht mal mehr großartig Spaß gegönnt. Du musst ihn mächtig beeindruckt haben, was ich durchaus verstehen kann.«

»Danke.« Ich fühlte mich geschmeichelt, aber auch unter Druck gesetzt. Luca hatte lange Zeit niemanden an sich herangelassen. Was, wenn es nicht klappte? Wie würde er reagieren? Ich wollte nicht schuld sein, wenn er danach keiner Frau mehr Vertrauen schenkte. Aber er hatte selbst gesagt, es gebe keine Garantie. Er hatte *mich* überzeugen müssen, nicht ich ihn. Und es sagte viel über ihn und seine Gefühle aus.

»Wo ist unser gut aussehender Freund denn?«

»Er schläft.« Wie zur Bestätigung musste ich niesen.

Samuel lachte. »Wer hat denn wen angesteckt?«

»Mir ging es beschissen heute Nacht. Luca war deswegen oft wach. Ich hoffe, er ist nur müde und wird nicht krank. Schlimm genug, dass ich in den Seilen hänge.«

»Habt ihr euch anders vorgestellt, was?« Er zwinkerte und stand auf. »Grüß ihn von mir. Gute Besserung. Und Lilou, schön, dass du da bist. Ich freu mich für euch.«

»Danke.«

Ich brachte Samuel zur Tür und schaute nach Luca. Er hatte sich auf die andere Seite gerollt, sein Atem ging tief und gleichmäßig. Vorsichtig, um ihn nicht zu wecken, legte ich mich neben ihn. Unten war es wärmer, aber ich hatte das Bedürfnis, in seiner Nähe zu sein. So weit es ging, rutschte ich an ihn heran und zog die Decke über uns.

Ob er meine Anwesenheit im Schlaf gespürt hatte? Zumindest drehte er sich und legte den Arm um meine Taille. Ich betrachtete seine entspannten Gesichtszüge. Wie es wohl wäre, jeden Tag neben ihm zu erwachen? Ich lächelte bei dem Gedanken und schloss die Augen.

Als ich sie das nächste Mal öffnete, war ich allein im Bett. Ich hörte das Wasser der Dusche nebenan rauschen. Mein Hals war trocken und tat immer noch weh. Durch mein rechtes Nasenloch bekam ich keine Luft, und Kopfschmerzen hatten sich dazugesellt. Kurzum, die Erkältung hatte mich voll im Griff.

Da mein Handy auf dem Couchtisch lag, hatte ich keine Ahnung, wie viel Uhr es war. Draußen war es noch hell, immerhin. Außer dem Kakao von heute Morgen hatte ich nichts zu mir genommen. Nun meldete sich mein Magen. Ich setzte mich auf und wartete, bis das Dröhnen in meinem Kopf etwas erträglicher wurde.

»Alles okay?« Luca stand angezogen, mit feuchten Haaren in der Tür.

»Hast du was gegen Kopfschmerzen da? Und gegen Halsschmerzen? Und Nasenspray wäre super.« Deprimiert verzog ich das Gesicht.

Er setzte sich zu mir, und ich lehnte mich an seine Schulter.

»Ich laufe zur Apotheke und hole alles.«

»Es tut mir so leid, Luca, das habe ich mir alles anders vorgestellt und … und ich sehe sicher furchtbar aus.«

»Siehst du nicht, erzähl keinen Unsinn.« Er küsste meine Nasenspitze.

»Von wegen, du gibst mir gar keinen richtigen Kuss.«

»Wenn wir beide krank sind, kann ich dich nicht gesund pflegen.«

»Alles Ausreden.« Ich boxte ihn in die Seite. »Dann los, ab zur Apotheke.«

Luca lachte, stand auf und zog mich auf die Beine. Er küsste mich ausgiebig. »So besser?«

»Viel besser.«

Ich bekam noch eine Zugabe. »Soll ich uns gleich was zu essen mitbringen? Hast du Hunger? Wie wäre es mit einer Pizza? Ich habe in der Regel auf nichts anderes Lust, wenn ich krank bin. Pizza geht immer. Ich kann Samuel Bescheid geben.«

»Der war vorhin übrigens kurz hier. Ich wollte dich nicht wecken. Liebe Grüße soll ich ausrichten.«

»Danke. Schätze, er war überrascht?«

»Ziemlich.«

»Also, Pizza?«

»Klingt perfekt.«

»Okay, komm mit runter! Ich habe frisches Holz nachgelegt.«

Luca vergewisserte sich, dass der Ofen brannte, brachte mir neuen Tee, trocknete sich die Haare ordentlich und verschwand durch die Haustür.

Er war lange weg. Ich schrieb kurz mit den Mädels, scrollte eine Weile durch Instagram, konnte mich aber auf nichts richtig konzentrieren. Zwischendurch fiel der Blick immer wieder auf die Uhr. Die Sekundenzeiger bewegten sich in Zeitlupe von einer Zahl zur nächsten. Gern hätte ich den Tisch gedeckt oder mich sonst nützlich gemacht. Zu nichts konnte ich mich aufraffen. Ich bekam schlechte Laune. Mein Zustand nervte mich immens. Zu jedem anderen Zeitpunkt, von mir aus, aber *nicht* jetzt.

Endlich wurde die Tür aufgeschlossen. Luca kam mit zwei Pizzakartons ins Wohnzimmer und reichte mir eine Tüte mit Medikamenten. Mir ging es gleich ein Stück besser. Ein bisschen wirkte wohl auch er wie Medizin. »Hast du die Apotheke leer gekauft?«

»In dem Fall, dachte ich, ist viel besser als zu wenig.« Er beugte sich über die Sofalehne und küsste mich auf die Wange. »Du sollst von deinem verlängerten Urlaub schließlich auch was haben.«

»Nur ich?«, hakte ich nach und sah ihn mit schief gelegtem Kopf fragend an.

»Nun … möglicherweise steckt ein klein wenig Eigennutz dahinter.«

»Dachte ich mir.«

Grinsend zuckte er mit den Schultern und holte uns Getränke. Mit dem Pizzakarton auf dem Schoß saßen wir entspannt nebeneinander. Meine Nase war dank des Sprays frei und die Kopfschmerzen ließen nach. Soweit ich das beurteilen konnte, war das Fieber ebenfalls verschwunden. Ein kleiner Erfolg. Wir suchten auf Netflix nach einem Film und stellten schnell fest, wie sehr sich unsere Geschmäcker ähnelten. Überhaupt gab es bisher nicht viel, wo wir grundsätzlich unterschiedlicher Meinung waren. Wir mochten dasselbe Essen, zogen die Gemütlichkeit dem Trubel vor, waren Familienmenschen und hatten den gleichen Humor, um nur ein paar Beispiele zu nennen. Seit unserer ersten Begegnung hatte es keinen Moment unangenehmer Stille gegeben. Wir fanden jederzeit ein Thema. Das würde uns helfen, wenn das Telefon unsere einzige Kontaktmöglichkeit darstellte. Noch konnte ich mir nicht vorstellen, Luca nicht mehr sehen zu können, wann ich wollte. Bei dem Gedanken verkrampfte sich mein Magen.

Ich kuschelte mich enger an ihn, nahm seinen Duft wahr und rutschte mit der Hand unter sein Shirt, um die Wärme seiner Haut besser spüren zu können. Unser Atem ging im Gleichklang.

Als ich das nächste Mal bewusst auf den Fernsehbildschirm

schaute, fiel mir auf, dass ich eingeschlafen sein musste. Der Film war zu Ende. Ich hob meinen Kopf. Luca hatte die Augen geschlossen. Bevor ich mich stoppen konnte, begann ich zu lachen. Erschrocken fuhr Luca hoch.

»Was ist?« Er machte einen verwirrten Eindruck.

»Wir pennen schon wieder. Das darf man echt keinem erzählen.« Ich wischte mir die Lachtränen aus den Augenwinkeln. »Wie ein altes Ehepaar.«

Luca schmunzelte. »Die Vorstellung gefällt mir. Sehr sogar.« Er gähnte herzhaft. »Wollen wir oben damit weitermachen?«

»Ausnahmsweise.«

Wir schalteten den Fernseher aus und löschten die Lichter. Hand in Hand gingen wir die Treppe hoch und legten uns ins Bett. Luca rutschte ganz nah an mich heran und legte den Arm um mich. Unter dem intensiven Blick seiner blauen Augen jagte ein wohliger Schauder über meine Haut. Zärtlich ließ ich meine Finger über seinen Arm gleiten. Luca schloss die Augen und brummte genießerisch. Ich lächelte, betrachtete sein attraktives Gesicht und konnte mich nicht daran sattsehen. Nach einer Weile wurden seine Atemzüge gleichmäßiger, er war eingeschlafen. Ich stand noch mal auf und stellte mich ans Fenster. Die Nacht war sternenklar. Bald würde ich von einem anderen Ort aus in den Himmel sehen. Aber egal wie weit entfernt wir voneinander waren, es blieb derselbe Himmel. Ich prägte mir den Moment ein, wollte mich daran erinnern, wenn ich zu Hause war und die Sehnsucht mich überkam. Dann legte ich mich zu Luca und suchte unter der Decke nach seiner Hand.

Der Silvestermorgen brach an. Pünktlich zum Jahreswechsel ging es mir gut. Bloß ein bisschen Schnupfen war geblieben. Gestern Abend waren wir im Restaurant von Samuels Familie essen gewesen und hatten uns im Anschluss zu dritt noch lange unterhalten. Der Tag heute gehörte uns. Samuel würde Silvester sowieso bei Freunden in Zermatt verbringen.

Nach dem Frühstück kauften Luca und ich zusammen ein.

Es hatte sich rumgesprochen, dass seit Tagen eine Frau bei ihm wohnte. Überall traf ich auf neugierige, aber freundliche Gesichter. Es war egal, ob Deutschland oder Schweiz: Dorf blieb Dorf.

Am Nachmittag zogen wir uns dick an und gingen spazieren. Leider war es ziemlich ungemütlich. Der Wind wehte kräftig von allen Seiten, und die Kälte fühlte sich an wie Nadelstiche auf der Haut. Trotzdem war es ein gutes Gefühl, an der frischen Luft zu sein, wenn auch nicht für lange. Ich hatte so viel mehr von Saas-Fee entdecken, von Luca so viel mehr Geschichten hören wollen. Aber ich hatte beschlossen, nicht mit dem zu hadern, was nicht gewesen war, sondern für das dankbar zu sein, was ich erlebt hatte. Es waren gemütliche Tage gewesen. Wir waren uns auf eine Weise nahegekommen, die ohne meine Erkältung vielleicht so nie stattgefunden hätte. Kein Streit, kein falsches Wort, kein Bedürfnis nach Alleinsein. Im Gegenteil, ich hätte ewig so weitermachen können. Diese Herausforderung hatten wir bestanden, hatten unseren gemeinsamen Weg geebnet. Jetzt mussten wir die nächste Hürde nehmen: den getrennten Alltag. Doch meine Unsicherheit und anfänglichen Zweifel waren verflogen. Ich wollte diese Beziehung, wie ich nie zuvor etwas gewollt hatte, und ich würde alles dafür geben, dass wir eine Zukunft hatten.

Gemeinsam standen wir am Silvesterabend in der Küche und kochten. Es gab Bandnudeln mit Scampis, Broccoli, Tomaten und einer Kräutersahnesoße. Wir alberten herum, suchten bei jeder Gelegenheit die Nähe des anderen, küssten uns und hielten uns im Arm. Abschied lag in der Luft, nur nahm niemand von uns das Wort in den Mund. Stattdessen gönnten wir uns zum Essen das erste Glas Sekt und ließen es uns schmecken.

»Wir haben hervorragend gekocht«, lobte ich uns.

»Ja, das hat Potenzial, und mehr Spaß macht es zusammen auch.«

»Wir sprechen uns demnächst einfach für die Wochenenden ab. Jeder kauft das Gleiche ein, und während wir telefonieren, stehen wir am Herd.«

»Die Idee gefällt mir.« Luca hob das Glas, und ich stieß mit ihm an. »Komm her, meine Schöne.«

Ich stand auf, ging um den Tisch herum und setzte mich auf seinen Schoß.

»Du wirst mir unglaublich fehlen, weißt du das?«, sagte er leise.

»Du mir auch. Ich hatte hier eine großartige Zeit, und bei dir zu sein fühlt sich, ich weiß nicht … einfach richtig an.«

»Dann bleib.«

»Ich kann nicht. Irgendwann muss ich wieder nach Hause. Zumal ich ein paar Termine habe, die ich wahrnehmen muss. Aber … wir schaffen das.« Ich fuhr mit der Hand durch sein Haar und legte meine Lippen auf seine, verweilte dort. Dann schlang ich die Arme um seinen Hals, lehnte den Kopf an seine Schulter und hielt ihn fest. So saßen wir für eine kleine Ewigkeit einfach da, eng umschlungen, bis mein Handy die Stille unterbrach.

»Videoanruf von Chrissy und Lisa«, teilte ich ihm mit, nachdem ich quer über den Tisch nach dem Smartphone gefischt und auf das Display geschaut hatte.

»Geh ruhig dran!«

Ich nahm an. »Hey, Mädels.«

»Huhu, wir wollten dich im alten Jahr noch mal zu Gesicht bekommen, du Abtrünnige.« Beide hatten alberne Partyhüte auf und glitzerten im Gesicht. »Bei dir ist es so leise.«

»Wir haben grad gegessen.«

»Ah, aber beim Nachtisch seid ihr noch nicht angekommen«, stellte Chrissy lachend fest. »Nach unterbrochenem Sex siehst du nicht aus.«

»Chrissy«, schimpfte Lisa. »Du denkst nur an das eine.«

»Glaubst du, die zwei nicht? Lilou war erst krank und fährt morgen heim. Die haben keine Zeit zu verlieren«, sagte Chrissy lachend.

»Leute, wir können euch hören.« Ich schüttelte den Kopf.

»Wir? Hört er mit?« Lisa klang erschrocken.

»Ja, *er* sitzt neben mir.«

»Zeig her!« Wieder war es Chrissy, die sagte, was sie dachte.

Ich drehte lachend das Handy in Lucas Richtung. »Hallo, die Damen. Schön, euch kennenzulernen.« Seine Mundwinkel zuckten, als würden sie zu einem Song von Milky Chance tanzen.

»Oh, hallo, jetzt verstehe ich, warum unsere Freundin nicht nach Hause kommen will.« Chrissy grinste breit.

»Ich fasse das mal als Kompliment auf.« Luca amüsierte sich prächtig.

»Wir lassen euch beide lieber allein. Süße, ich wünsch dir einen guten Rutsch, genieß die restlichen Stunden und komm morgen gut heim. Wir sehen uns.« Lisa beendete das Gespräch, bevor Chrissy ein weiteres Mal zu Wort kommen konnte.

»Die sind nicht immer so«, merkte ich verlegen an.

»Ich mag deine Freundinnen jetzt schon. Und sie haben recht, wir haben keine Zeit zu verlieren.« Mit mir auf dem Schoß stand er auf.

Ich klammerte mich lachend an ihn, während er zum Sofa lief. Dort küssten wir uns, erkundeten einander im Licht des Kaminfeuers. Unter der Berührung seiner Finger verlor die Zeit ihre Bedeutung. Es gab nur uns beide. Ihm so nahe zu sein, war unbeschreiblich schön.

Erst kurz vor zwölf zogen wir uns warme Klamotten an und stellten uns vor die Haustür.

Die ersten Raketen erleuchteten den Himmel. Die Uhr zeigte Mitternacht. Ein neues Jahr hatte begonnen. Das alte hatte auf der Zielgeraden alles gegeben. Jetzt waren wir dran, dem neuen die Krone aufzusetzen.

Luca hielt meine Hand. »Auf ein Jahr voller unvergesslicher Momente, auf ein Jahr mit dir.«

»Das wünsche ich mir auch.« Mir lag ein »Ich liebe dich« auf den Lippen, aber ich traute mich nicht, es laut auszusprechen. Es war zu früh, obwohl ich längst wusste, dass es der Wahrheit entsprach. Der richtige Zeitpunkt würde kommen, und dann würde ich nicht zögern. Ich schmiegte mich eng an Lucas Brust und hoffte aus tiefstem Herzen, dass ich recht behielt.

Kapitel 21

Sechs Monate später

»Sieht das wirklich gut aus?«

»Ja, du siehst perfekt aus«, versicherte ich Wolfgang zum gefühlt trillionsten Mal. Er zupfte dennoch weiter an seiner Fliege herum und würde gleich erneut fragen. Es war einfacher, einen Sack Flöhe zu hüten, als diesen Mann zu beruhigen. Heinz war das komplette Gegenteil, er war die Ruhe selbst. Er hatte mich zu Wolfgang geschickt, weil er wusste, dass ich dort gebraucht wurde.

»Hoffentlich kann die Frau auch wirklich singen. Ich habe ein furchtbar schlechtes Gefühl.«

Ich schloss die Augen und atmete tief ein und aus. Ob ich Heinz' Trauzeugin geworden wäre, hätte ich gewusst, auf was ich mich da einlasse? Ja, wahrscheinlich. Eine fremde Hochzeitsplanerin hätte am Ende die doppelte Summe verlangt. »Sie kann singen. Ich habe es mit meinen eigenen Ohren gehört. Du übrigens auch.«

»Trotzdem könnte sie ausgerechnet heute den falschen Ton treffen.«

»Ja, was aber sehr unwahrscheinlich ist. Wolfgang, tust du mir einen Gefallen? Entspann dich, freu dich! Du wirst gleich heiraten. Die Sonne scheint, die Gäste sind da, alles ist genau so, wie ihr es euch vorgestellt habt.«

Er seufzte theatralisch. »Okay, du hast recht. Ich sollte

mich entspannen, sonst habe ich später auf allen Fotos hässliche Falten.«

»Zum Beispiel«, murrte ich gespielt genervt.

Wie hielt Heinz das jeden Tag aus? Wahrscheinlich, weil er mit seiner ruhigen Art für den nötigen Ausgleich sorgte. »Kann ich dich allein lassen?«

»Klar, ich bekomme das hin. Ist Rosi schon angekommen? Sie war eben noch nicht da.«

»Ich schaue nach.« Ein wenig erleichtert verließ ich das Zimmer. Die vergangenen Wochen waren nichts gewesen im Vergleich zum heutigen Tag. Er war so unglaublich aufgeregt. Auf einer Skala von ein bis zehn lag Wolfgang locker bei achtundneunzig.

Ich lief ans Ende des Flures, wo ein riesiges Fenster den Blick auf den Park freigab. Es war Juli, und die Hortensienbüsche standen in voller Pracht, leuchteten in einem Meer aus Rosa, Weiß, Violett und Blau. Mittendrin reihten sich weiße Stühle vor einem großen Traubogen auf, den man über einen Mittelgang erreichte. Einige der Stühle waren bereits besetzt. Von hier oben konnte ich keine bekannten Gesichter ausmachen.

Ich nahm die Treppe ins Erdgeschoss. Die Flügeltüren des Schlosses waren weit geöffnet. Eine sanfte Brise wehte herein und wirbelte den Duft von frisch gemahlenem Kaffee auf. Dumpf drang das geschäftige Treiben des Catering-Services an meine Ohren. Alles lief bestens, wir waren voll im Zeitplan.

Draußen auf der Terrasse erspähte ich Rosi. Freudestrahlend ging ich auf sie zu. »Hallo, da bist du ja.« Wir umarmten uns ausgiebig.

»Hallo, Lilou, es hat alles bestens geklappt. Schön, dich zu sehen.«

»Schade, dass Werner es nicht einrichten konnte.«

»Er fährt mit dem Bus gerade durch die Toskana. Es gibt schlimmere Orte.« Sie lachte.

Nach dem Urlaub war der Kontakt zwischen den beiden nicht abgebrochen. Sie trafen sich seitdem regelmäßig, wenn Werner nicht arbeiten musste. Auf einer seiner Reisen hatte sie ihn bereits begleitet, eine weitere war geplant. Dazwischen lebte jeder sein eigenes Leben. Beide schienen äußerst glücklich damit.

Von hinten schoben sich plötzlich Hände um meine Taille. »Fragst du, ob ich meinen Job gut gemacht habe?«

»Ist das denn nötig?« Ich drehte mich in seinen Armen um und gab Luca einen Kuss, den er nur allzu gern erwiderte.

»Ich bin der zuverlässigste Chauffeur, den die Welt je gesehen hat.« Er hatte sich angeboten, Rosi vom Hotel abzuholen.

»Und so unfassbar bescheiden.« Ich knuffte ihn in die Seite. »Wo ist Sofia?«

Er zeigte mit dem Finger nach unten zu den Stühlen, wo seine Schwester es sich neben Herrmann und Ilse bequem gemacht hatte. Sofia trug ein schickes dunkelviolettes Kleid, das wir gemeinsam bei einer Shoppingtour gekauft hatten. Ich trug das gleiche in Schwarz, weil es mir so gut gefallen hatte.

»Dann sind die Gäste jetzt vollständig? Fehlt also nur noch das Hochzeitspaar. Schaut von euch jemand, ob Wolfgang nicht in Ohnmacht gefallen ist?«

»Ich mache das«, kam Rosi meiner Bitte nach.

In dem Augenblick betrat Heinz die Terrasse. Er sah unglaublich elegant aus in seinem mitternachtsblauen Smoking, dessen Revers mit einem schwarzen Satinspiegel bezogen war. Darunter trug er eine passende Fliege auf einem weißen Hemd. Sein volles graues Haar leuchtete in der Sonne. Als er uns sah, lächelte er zufrieden.

»Deine Freundin ist eine wahre Meisterin der Organisation«, richtete er das Wort an Luca.

»Ich weiß.« Er streichelte mir über den Rücken.

Mehr musste er gar nicht sagen. Ich wusste, er war stolz auf mich. Er hatte es mir in den vergangenen Wochen immer wieder gesagt, mich unterstützt, ermutigt, beruhigt. Luca war ein wahrer Schatz. Die Vorstellung, dass mit uns alles anders hätte ausgehen können, war unerträglich. Zum Glück war es nicht dazu gekommen. Zum Glück konnte ich auf tolle Monate zurückblicken. Es war nicht immer einfach gewesen, die Entfernung – sich nicht sehen zu können, wann einem danach war – hatte uns einiges abverlangt. Ich war zweimal gleich für mehrere Wochen zu ihm gefahren, da es mir mein Job ermöglichte, von jedem Ort der Welt aus zu arbeiten. Dennoch hatte ich ein Leben in Deutschland, meine Eltern waren hier, meine Freunde. Durch die Hochzeitsplanung war ich zusätzlich gebunden gewesen. Und wenn ich versprach, mich zu kümmern, dann zu hundert Prozent. Obwohl ich inzwischen weitestgehend auf das Listenschreiben verzichtete, hatte ich mich hier noch einmal so richtig ausleben können. Die Organisation hatte mir unglaublich viel Freude bereitet. Noch mehr Freude empfand ich, wenn ich sah, wie glücklich Heinz und Wolfgang waren und wie dankbar.

Heinz schaute auf die Uhr. »Zehn vor zwei. Wird er rechtzeitig fertig?« Sein Blick wanderte die Fassade hinauf, wo Wolfgang vermutlich kurz vor einer Herzattacke stand.

»Rosi ist bei ihm. Sie hat das im Griff.«

»Daran zweifle ich nicht.«

»Okay, ich sorge dafür, dass sich alle setzen.«

Als Erstes scheuchte ich meinen gut aussehenden Freund auf seinen Platz. Danach sammelte ich die restlichen Gäste ein, die es sich mit Sekt an den Stehtischen gemütlich gemacht hatten. Der Trauredner stand bereits an seinem vorgesehenen Platz, die Sängerin war da, der DJ kümmerte sich um die passende Musik. Es fehlte tatsächlich nur Wolfgang, der in diesem Augenblick mit Rosi auf der Terrasse erschien.

»Wir sind so weit.« Sie zwinkerte mir zu und ging zu ihrem Platz.

»Okay, ich warte vorn auf euch.« Über den Mittelgang lief

ich auf den Traubogen zu, der mit einer Vielzahl an bunten Blumen geschmückt war, und blieb auf der rechten Seite stehen. Mir gegenüber stand Wolfgangs Trauzeuge. Jan, ein guter Freund der beiden. Ich drehte mich um, schaute über die Reihen. Nur wenige Gesichter waren mir bekannt, aber die, die ich kannte, waren etwas Besonderes. Es war herzerwärmend, den Haufen wieder vereint zu sehen. Meine Gang. Sofia winkte mir zu. Ich winkte zurück, während mein Blick an Luca hängen blieb. Meine Knie wurden immer noch weich, wenn ich ihn betrachtete. Mein Herz hüpfte höher und schlug schneller, mit jedem Tag mehr, den er an meiner Seite war. Nie hatte ich solch tiefe Gefühle erfahren. Ich hatte nicht gewusst, was Liebe ist, bis ich Luca begegnet war. Er war meine zweite Hälfte, mein Anker, mein Ruhepol, meine Zuversicht. Er war alles für mich.

Oh Mann, ich heulte schon, bevor es richtig losging. Was Sekunden später der Fall war. Die Musik setzte ein. Alle erhoben sich von ihren Plätzen. Ich tupfte mir unauffällig eine Träne aus dem Augenwinkel. Heinz und Wolfgang kamen die Treppen hinunter und schritten zwischen ihren Gästen hindurch bis ganz nach vorn. Beide strahlten über das ganze Gesicht. Als Heinz mir zuzwinkerte, musste ich an meine erste Begegnung mit ihm denken. Auch da hatte er mir zugezwinkert, und ich war in Panik verfallen, weil ich glaubte, er wollte sich an mich ranschmeißen. Nun war ich am Tag seiner Hochzeit tatsächlich an seiner Seite. Nie hätte ich erwartet, dass er *mich* als seine Trauzeugin wählte. Ich war damals sehr ergriffen gewesen und war es noch heute. Die Musik endete und der Trauredner begann zu sprechen. Ich lauschte gespannt seinen Worten. Nach einer Zeitreise durch die Leben von Heinz und Wolfgang war die gebuchte Sängerin an der Reihe. Sie sang das gewünschte »Perfect« von Ed Sheeran. Schon bei den ersten Klängen überzog meinen Körper eine Gänsehaut. Wolfgangs Angst, sie könnte versagen, war absolut unbegründet gewesen. Sie sang fantastisch mit traumhafter, glockenklarer Stimme. Die ersten Taschentücher kamen zum Vorschein. Im Anschluss an den Song war es wieder Zeit, sich zu erheben. Die Eheversprechen wurden vorgelesen. Ich hatte nicht nur Heinz, sondern auch Wolfgang geholfen, ihre Gefühle auf Papier zu bringen. Obwohl ich den Inhalt kannte, brachte es mich komplett aus der Fassung, sie jetzt von beiden zu hören. Ich konnte nur hoffen, dass meine Wimperntusche hielt, was auf der Verpackung versprochen wurde.

Dann wurde es Zeit für die Ringe. Erneut dachte ich an den Moment zurück, als Heinz und ich sie ausgesucht hatten. Überhaupt dachte ich viel und gern an diesen Urlaub. Er hatte mein Leben auf den Kopf gestellt und zum Positiven verändert. Ich war danach nicht mehr dieselbe gewesen. Schnell hatten das auch Familie und Freunde gemerkt. Alle mochten die neue Lilou, allen voran ich selbst. Sie war lockerer, mutiger, spontaner. Genau die Dinge, die auf meinem neonpinken Klebezettel gestanden hatten. Ich hatte sie in mir vereint. Ach ja, Punkt vier konnte ich ebenfalls abhaken, denn Sex hatte ich definitiv.

Beseelt schaute ich zu, wie Heinz und Wolfgang die heute wichtigste Frage mit einem »Ja« beantworteten, sich gegenseitig die Ringe ansteckten und ihr Eheversprechen mit einem Kuss besiegelten. Die beiden drehten sich um und präsentierten sich als offizielles Ehepaar ihren Gästen. Alle jubelten ihnen zu. Die Sängerin stimmte »All of Me« von John Legend an. Jan und ich folgten dem Hochzeitspaar durch den Mittelgang zurück zur Terrasse, während von rechts und links Rosenblüten auf uns herabregneten.

Dort angekommen, fiel ich Heinz um den Hals und gratulierte überschwänglich und mit neuen Tränen in den Augen. »Die Trauung war umwerfend schön. Ich bin hin und weg. Ich wünsche euch alles Glück dieser Welt.«

»Danke, meine Liebe. Dir gebührt ein sehr großer Teil des

Lobes. Ich danke dir für deine Hingabe bei der Planung und für deine Freundschaft.« Er gab mir einen Kuss auf die Wange.

Ob diese Heulerei heute ein Ende finden würde? Ich war hoch emotional und warf mich im Anschluss gleich Wolfgang in die Arme. Von dem nervösen Häufchen Elend, was er vorhin abgegeben hatte, war nichts mehr zu sehen. Tiefenentspannt nahm er die Glückwünsche entgegen. Er war und blieb ein Unikat.

»Und? Zufrieden mit der Sängerin?«, fragte ich neugierig.

»War ganz okay«, meinte er und grinste. »Ich buche sie dir für deine Hochzeit, wenn du magst.«

»Ich schätze, so weit in die Zukunft reicht ihr Terminkalender nicht.«

»Der nächste Sommer kommt.«

»Wer kommt?« Luca fand sich neben uns ein.

»Der nächste Sommer«, beantwortete ich seine Frage.

»In dem ihr heiratet«, ergänzte Wolfgang unnötigerweise.

»So, werden wir das?« Luca wirkte kein bisschen erschrocken, drückte mich stattdessen nur fester an sich.

»Ich checke mal das Catering.« Dieser Gesprächsrichtung war ich gerade nicht gewachsen.

»Hey, warte.« Luca holte mich ein und hielt mich am Arm fest. Er grinste. »Das sah verdächtig nach Flucht aus.«

»Flucht? Nein, ich … es …«

Mein Gestammel verstummte unter seinem Kuss. »War nur Spaß. Wolfgang ist in der Hochzeitsblase. Für ihn gibt es nichts Besseres.«

»Ich hatte bloß Angst, was Falsches zu sagen.«

Er umarmte mich. »Nicht so viele Gedanken machen. Wir sind hier, um Spaß zu haben.« Luca schob seinen Mund näher an mein Ohr. »Aber abgesehen davon, finde ich dich auch ohne Trauschein absolut heiß.«

»Diese Art von Gespräch gefällt mir besser.«

»So unanständig heute?«

»Nicht nur heute.« Ich kicherte und legte meine Hand auf seinen Hintern. »Tja, leider müssen wir mit dem Unanständigsein warten.«

Ich verschwand fast vollständig in seiner Umarmung. Sein Kuss war gefüllt mit Verlangen. »Okay, jetzt geht's.« Er überlegte. »Nein, noch mal.« Nach dem nächsten Kuss nickte er. »Für eine Weile wird es reichen.«

»Gleich gibt es Kaffee und Kuchen, das lenkt ab.«

Wir verteilten uns an den Tischen. Heinz und Wolfgang hielten eine kurze Ansprache. Rosi saß neben mir, uns gegenüber hatten Sofia, Ilse und Herrmann Platz genommen. Ilse war in ihrem Element: essen und reden. Beides in einer Geschwindigkeit, die mich immer wieder aufs Neue faszinierte. Herrmann versuchte vergeblich, den Redeschwall seiner Frau zu stoppen. Rosi und ich amüsierten uns köstlich. Schön zu wissen, dass sich manches nie änderte. Beständigkeit konnte lähmend wirken, konnte einen auf der Stelle treten lassen. Ich wusste nur zu gut, wie es sich anfühlte, wenn man zu sehr in seinem Hamsterrad feststeckte. Aber es konnte auch Mut machen, Sicherheit geben. Neue Wege zu gehen, das Hamsterrad zu verlassen bedeutete nicht automatisch, dass nichts mehr war wie vorher. Dessen wurde ich mir in diesem Moment einmal mehr bewusst.

Nach dem Kaffee standen Fotos auf der Tagesordnung. Obwohl es eine überschaubare Anzahl an Gästen war, glich es einer echten Herausforderung, alle an einen Fleck zu bekommen. Die Kinder rannten kreuz und quer über das Gelände, manche verschwanden auf der Toilette, andere mussten noch schnell eine Zigarette rauchen. Ich fühlte mich wie in einem Flohzirkus. Aber auch das meisterten wir am Ende und wurden mit wunderschönen Fotos belohnt. Wer anschließend nicht genug vom Fotografieren hatte, konnte die Fotobox für Spaßfotos und lustige Erinnerungen nutzen. Es gab Verkleidungen und jede Menge Accessoires. Sofia war in ihrem Element. Sie schnappte sich jeden von uns gleich mehrmals. An einem Stab hielt ich mir Pappzylinder und Schnurrbart vors Gesicht, beim nächsten Bild hatte ich gleich eine ganze Lichterkette um mich gewickelt bekommen. Wir waren herrlich albern, sogar Herrmann hatte seine Freude und posierte mit Ilse lachend mit Krone und riesigem knallrotem Kussmund. Ihn gesund und voller Energie zu sehen war wunderbar, brachte aber auch die dunklen Erinnerungen an den Tag zurück, an dem die Welt für einen Augenblick stillgestanden hatte.

»Hey, alles okay? Woran denkst du?«, fragte Luca besorgt.

»Alles bestens. Ich dachte bloß daran, wie viel Angst wir um ihn hatten.«

Er griff nach meiner Hand. »Tu das nicht. Es geht ihm gut, schau ihn dir an. Nur das zählt.«

»Ich weiß.«

»Komm, lass uns noch ein Foto im Partnerlook machen.« Er setzte mir einen roten Haarreif auf, an dem auf zwei dünnen Spiralen je ein Herz baumelte. Dazu eine passende Herzchenbrille. Das Gleiche zog er selbst an und hielt ein Schild mit der Aufschrift »Küss mich« in der Hand. Diese Bitte erfüllte ich ihm nur zu gern.

Die Zeit bis zum Abendessen verflog regelrecht. Heinz und Wolfgang eröffneten das Büfett. Schnell bildete sich vor den Chafing-Dish-Behältern eine lange Schlange. Zurück an den Tischen schaute ich ausnahmslos in zufriedene Gesichter. Ich lächelte und merkte, wie wieder ein kleines Stück Anspannung von mir abfiel. Nach wochenlanger Planung und meinem Hang zur Perfektion war ein Hauch von Sorge wohl nicht unbegründet gewesen. Wobei ich weit davon entfernt gewesen war, so panisch zu reagieren wie Wolfgang. Überhaupt hatte ich eine innere Ruhe in mir entdeckt, die ich vorher nicht gekannt hatte. Ich hatte es mir oft gewünscht, und dank Luca und den Menschen, die im Augenblick um mich herum waren, hatte ich sie gefunden.

Nachdem auch der Nachtisch in den Bäuchen der Gäste verschwunden war, holte der DJ die Menge auf die Tanzfläche. Nach dem ersten Tanz mit seinem frisch angetrauten Ehemann schnappte mich Heinz und wirbelte mich über das Parkett.

»Hat es euch bis hierher gefallen?«, wollte ich wissen.

»Es war von der ersten Minute an perfekt und wird es bis zur letzten Minute bleiben. Wir sind dir von Herzen dankbar, Lilou. Du bist das größte Geschenk, das weißt du hoffentlich.«

»Oh, Heinz, bring mich nicht zum Weinen. Ich weiß nicht, wie viele Tränen meine Wimperntusche noch aushält.« Ich lachte verlegen und glücklich. »Danke für die lieben Worte. Ich habe es von Herzen gern gemacht.« Wir umarmten uns innig, als der Song ausklang.

Danach ging es Schlag auf Schlag. Nach jedem Lied griff eine andere Hand nach meinem Arm. Mit Rosi hüpfte ich zu gleich zwei Tempoliedern auf und ab. Bei Andreas Bouranis »Auf uns« versammelte sich meine Gang um mich und wir feierten uns, die Freundschaft, das Leben.

»Jetzt bin ich dran.« Luca schüttelte den Kopf. »Du bist ziemlich begehrt.«

»Eifersüchtig?« Ich schlang meine Arme um seinen Hals.

»Nein, ich weiß, du liebst nur mich.« Er grinste breit.

»Ist das so eindeutig?«

»Für mich schon.« Sein Blick ging tief in meine Seele. »Das ist gut, denn ich liebe nämlich nur dich.«

»Haben wir ein Glück.«

»Ja, haben wir wirklich.«

Ich schmiegte mich an ihn, und wir tanzten eng umschlungen, ohne auf die Musik zu achten. Es gab nur uns. Es ließ sich kaum in Worte fassen, wie dankbar ich war, Luca in meinem Leben zu wissen. War es der Zufall gewesen, der mich nach Saas-Fee gebracht hatte oder schon Schicksal? Was auch immer dafür verantwortlich gewesen war, spielte keine Rolle. Wir hatten uns gefunden, und was man fand, durfte man behalten. So schrieb es das Gesetz. Da ich ein ehrlicher, gesetzestreuer Mensch war, würde ich Luca behalten, für immer. Ich war überzeugt, dass wir es schaffen würden. Um es uns einfacher zu machen, hatte ich eine Entscheidung getroffen, von der ich ihm bisher nichts erzählt hatte. Vielleicht war heute der richtige Moment dafür. Meine Eltern hatte ich eingeweiht. Sie hatten Luca bereits kennengelernt und mochten ihn sehr. Und zum ersten Mal hatte ich meiner Mutter bei dem Wunsch nach Enkelkindern nichts entgegenzusetzen.

Ein Tanzmarathon machte Durst, und wir gönnten uns jeder einen leckeren Cocktail. Nur Sofia hatte nach wie vor den Turbo angeschaltet und tanzte und tanzte und tanzte. In wenigen Wochen stand ihr dreißigster Geburtstag an, nur zwei Wochen später war ich an der Reihe. Wir hatten zusammen entschieden, ihn gemeinsam in Saas-Fee zu feiern. Die Hotelzimmer für Familie und Freunde waren bereits gebucht. Ich freute mich darauf, ihnen allen diesen atemberaubend schönen Ort endlich zeigen zu können.

Kurz vor Mitternacht zog ich mich zurück, um meinen letzten Punkt auf der Organisationsliste zu checken. Draußen im Park liefen seit gut einer Stunde die Vorbereitungen. Ich fand den Pyrotechniker an einer Box mit Dutzenden Kabeln und Knöpfen. Es sah kompliziert aus. Hoffentlich beherrschte er sein Handwerk.

Als ich das Okay von ihm bekam, ging ich in den Saal zurück und gab dem DJ ein Zeichen, die Gäste ins Freie zu schicken. Alle versammelten sich auf der Terrasse, ganz vorn Heinz und Wolfgang, die Köpfe gen Himmel geneigt. Musik setzte ein. Zuerst leuchtete auf der Wiese ein riesiges Herz auf. Funken sprühten. Rechts und links daneben schossen kleine Fontänen aus dem Boden. Sekunden später größere. Dann war es wieder dunkel. Ich hielt den Atem an und zuckte zusammen, als der erste Knall ertönte. Über uns explodierte das Feuerwerk und tauchte den Nachthimmel in bunte Farben und Formen. Manche Effekte zerlegten sich in einzelne Lichtkugeln, andere sahen aus wie Palmen. Minuten lang regnete es Glitzer.

Ich hatte viele Feuerwerke in meinem Leben gesehen und war immer aufs Neue fasziniert. Es war der Abschluss eines perfekten Tages. Eine Sache musste ich allerdings noch erledigen. Ich trat vor Luca und schaute ihn lächelnd an.

Er lächelte ebenfalls. »Das war schon unser zweites Feuerwerk, das wir zusammen erlebt haben.«

»Ich hoffe, es folgen viele weitere.«

»Hoffe ich auch.«

»Gut, denn ich muss dir was sagen.« Ich biss mir auf die Unterlippe. Luca kniff leicht die Augen zusammen. »Ich habe eine Entscheidung getroffen. Eigentlich wusste ich es von Anfang an, aber natürlich wollte ich erst warten, wie es sich entwickelt, und ganz einfach fällt es mir nicht.«

»Aha.«

»Entschuldige, ich komme zum Punkt. Luca, ich möchte bei dir sein. Nicht nur hin und wieder mal. Nein so richtig, für immer.«

»So richtig, für immer?«, wiederholte er.

»Ja, ich will jeden Tag neben dir aufwachen, in deinem Haus.« Mir traten Tränen in die Augen, weil ich die Worte durch und durch fühlte. »Wenn du das auch möchtest.«

»Und wie ich will.« Er schrie es förmlich heraus und wirbelte mit mir einmal um die eigene Achse. »Bist du dir sicher?«

»Zu einhundert Prozent.«

»Lilou Rosenthal, du machst mich gerade zum glücklichsten Mann der Welt. Ich wünsche mir das so sehr, ich habe mich kaum getraut, es laut auszusprechen. Aber es macht mich jedes Mal wahnsinnig, dich gehen zu lassen.«

»Musst du bald nicht mehr.« Jetzt flossen die Tränen ungehindert meine Wangen hinab.

Luca umfing mein Gesicht mit seinen Händen. »Ich liebe dich aus tiefstem Herzen.«

»Und ich dich.«

Ich würde in die Schweiz ziehen. An den Ort, wo vor einem halben Jahr meine Zukunft begonnen hatte. Ich hatte die Magie von Beginn an gespürt. Dort gehörte ich hin, dort wollte ich sein. An Lucas Seite, ein Leben lang und darüber hinaus.

Ende

Was wäre Weihnachten ohne die Liebe?

Nancy Naigle
WEIHNACHTSHERZEN
IM SCHNEEGESTÖBER
Aus dem amerikanischen
Englisch von
Ulrike Gerstner
ISBN 978-3-404-19256-4

Als ihre Tante Ruby für längere Zeit in eine Reha-Klinik kommt, zieht Joy kurzerhand in das winterliche Dorf Crystal Falls, um auf der Farm der alten Dame die vielen Tiere zu versorgen. Dort trifft sie auf Ben, der Ruby jedes Jahr hilft, alles für die Adventszeit und das weihnachtliche Dorffest zu dekorieren. Die beiden bekommen sich unentwegt in die Haare – und Joy ist es gar nicht recht, dass sich dieser unwirsche Kerl ständig auf der Farm aufhält! Doch mit jedem Tag, den Joy auf der Farm ist, spürt sie mehr und mehr, wie ihr Herz in Bens Gegenwart immer ein bisschen schneller schlägt ...

Lübbe

Gemütliche Weihnachten in verschneiten Bergen ... oder doch nicht?

Jenny Hale
DAS KLEINE COTTAGE IM SCHNEE
Roman
Aus dem amerikanischen Englisch von Michaela Link
368 Seiten
ISBN 978-3-404-18876-5

Holly verbringt die Weihnachtsfeiertage am liebsten allein im Cottage ihrer Familie. Doch dieses Jahr ist alles anders: Joe ist da! Er ist eigentlich der letzte Feriengast des Jahres. Doch weil draußen ein Schneesturm tobt, kann er nicht abreisen. Mit Keksen und Weihnachtsmusik macht Holly das Beste aus der Situation – und verspürt schon bald dieses Herzklopfen in Joes Nähe. Aber dann hört Holly, dass ihr ehemals bester Freund Rhett in der Stadt ist – der ihr das Herz gebrochen hat. Zwischen Kerzenschein und Glühweinduft fragt sich Holly, was sie vom Leben und der Liebe erwartet. Und für wen ihr Herz wirklich schlägt?

Lübbe

Ein ganzes Eifel-Dorf im Winterzauber

Barbara Erlenkamp
WEIHNACHTEN IM KLEINEN CAFÉ AN DER MÜHLE

272 Seiten
ISBN 978-3-404-18863-5

Kurz vor dem Fest hängt bei Peter und Sophie der Haussegen gehörig schief. Dabei wollten beide doch nur das Beste. Sophie hat sich Hals über Kopf in ein neues Café-Projekt gestürzt. Und Peter möchte Sophie überraschen und nimmt heimlich Tanzstunden – mit ungeahnten Folgen. Währenddessen ist das ganze Dorf im Weihnachtsfieber. Eine Besuchergruppe aus der englischen Partnerstadt hat sich angekündigt, um die wahre »German Weihnacht« zu erleben. Klar, dass sich alle Dorfbewohner bei den Vorbereitungen kräftig ins Zeug legen. Schließlich hat man einen Ruf als Weihnachtsdorf zu verteidigen. Doch in all dem Trubel fängt plötzlich eins der Gestecke im Bistro Feuer …

Lübbe

Vom Zauber der Bücher und der Liebe

Jana Schikorra
DIE KLEINE BÜCHEREI DER HERZEN
Ausgezeichnet mit dem Lovelybooks Community Award

ISBN 978-3-404-19274-8

Katherine erbt eine kleine Bücherei in der irischen Kleinstadt Howth. Die liebenswerten Dorfbewohner wünschen sich sehnlichst, dass Kate die Bücherei wieder eröffnet. Den Grund dafür findet sie zwischen den Seiten der Bücher: Briefe der Dorfbewohner. Was immer sie beschäftigt, aufwühlt oder glücklich macht, dort kann sich jeder seine Gedanken von der Seele schreiben und in seinen Lieblingsbüchern verstecken. Während Kate noch mit sich hadert, ob sie in Howth bleiben und dieses besondere Erbe fortführen will, trifft sie auf Cadan. Der charmante Fotograf bahnt sich schnell einen Weg in ihr Herz, und bald hat Kate mehr als nur einen Grund, um in Irland zu bleiben …

Eine junge Frau, das Gestüt ihrer Träume und eine verbotene Liebe, die alles ins Wanken bringt

Frieda Radlof
GUT ROSENTHAL - DAS GESTÜT IN POMMERN

336 Seiten
ISBN 978-3-404-18981-6

Pommern, 1886. Charlotte liebt das Abenteuer, ihre wilde Stute und das raue Land ihrer Heimat. Der Graf von Eichberg, den sie heiraten soll, lebt auf einem der prächtigsten Gestüte in Pommern: Gut Rosenthal. Lotte will ihrer Rolle als Gutsherrin gerecht werden, doch die Zuneigung ihres Mannes zu erwidern fällt ihr schwer. Sie vermisst ihr Pferd, die Freiheit im Sattel und das Drängen ihres Mannes nach einem Erben setzt ihr zu. Sie sucht Ablenkung in den Ställen – und trifft Johann, den Stallmeister. Mit ihm erlebt sie eine nie gekannte Verbundenheit. Mehr als sehnsüchtige Blicke sind undenkbar, erst recht, als Lotte endlich ein Kind erwartet. Aber was ist mit ihrem eigenen Glück?

Lübbe

Ein Leben auf den Brettern, die die Welt bedeuten

Valentina May
DAS THEATER AM PARK – STIMMEN DER HOFFNUNG
Auftakt zur großen emotionalen Theater-Familiensaga

416 Seiten
ISBN 978-3-404-18979-3

Hannover 1914: Das Theater am Park erlebt glanzvolle Zeiten. Familienoberhaupt Fritz von Uhlenberg will sich endlich zur Ruhe setzen und bestimmt seinen Sohn Albert zum Nachfolger. Für Tochter Leonora hingegen hat er einen wohlhabenden Ehemann ausgesucht. Doch Leonora träumt von einer Karriere als Opernsängerin und rebelliert gegen den Heiratsplan des Vaters. Als dann der Erste Weltkrieg ausbricht, verändert sich alles: Albert zieht an die Front, und das Theater verliert Personal, Publikum und Gelder. In dieser schweren Zeit ist es Leonora, die um den Erhalt und die Zukunft des Theaters kämpft. Doch kann sie als Frau in einer von Männern dominierten Welt bestehen?
Der Auftakt zur mitreißenden Geschichte der Künstlerfamilie

Lübbe